KB253352

블레이드 헌터

김정률 판타지 장편소설
FANTASYSTORY & ADVENTURE

Blade Hunter

8

dream
books
드림북스

블레이드 헌터 8
다시 찾은 영광

초판 1쇄 인쇄 / 2011년 9월 20일
초판 1쇄 발행 / 2011년 9월 30일

지은이 / 김정률

발행인 / 오영배
편집팀장 / 신동철
책임편집 / 윤상현
편집디자인 / 신경선
펴낸 곳 / (주)삼양출판사 · 드림북스

주소 / 서울특별시 강북구 송천동 322-10호
대표 전화 / 02-980-2112 팩스 / 02-983-0660
편집부 전화 / 02-980-2116 팩스 / 02-983-8201
블로그 / blog.naver.com/dreambookss

등록번호 / 제9-00046호
등록일자 / 1999년 3월 11일

© 김정률, 2011

값 8,000원

ISBN 978-89-542-4445-9   04810
ISBN 978-89-542-4200-4   (세트)

* 지은이와 협의하에 인지는 생략합니다.
* 잘못된 책은 구입한 곳에서 바꾸어 드립니다.

블레이드 헌터

김정률 판타지 장편소설
FANTASY STORY & ADVENTURE

8

다시 찾은 영광

dream books
드림북스

Blade Hunter

블레이드 헌터

8

Contents

제1장
습격

보고를 받은 아그리아 공작이 무릎을 쳤다.

"이건 기회야."

루카스 후작가의 가주가 삼백오십의 호위 병력을 대동하고 수도로 올라오고 있다. 그런데 거기에 블레이드 헌터가 포함되어 있지 않다. 정작 리셀은 영지에 남아 영지전을 준비하고 있다니, 그의 입장에서는 절호의 기회가 아닐 수 없었다.

"엘빈이란 작자가 수도에 들어서기 전에 없애버려야 해. 그러면 충분히 대응할만한 시간을 벌 수 있어. 어쩌면 주군을 잃은 리셀이 폭주할지도 모르고 말이야. 그가 이성을 잃기라도 한다면 더 바랄 것이 없지."

리셀이 없다고는 해도 루카스 후작의 곁에는 삼백오십이나 되는 병력이 있다. 그 정도 병력을 상대할 만한 기사단을 꾸리는 것에는 상당한 위험이 따른다.

현실적으로 그만한 기사 전력을 구성할 능력이 되는 귀족가가 그리 많지 않기 때문에 정밀한 조사가 행해진다면 아그리아 공작가가 음모를 꾸몄다는 사실이 드러날 수도 있다. 그렇게 되면 아그리아 공작가는 황제의 전폭적인 분노에 직면해야 하리라.

그러나 아그리아 공작에게는 믿을 만한 구석이 있었다. 록히드 백작가로부터 몰래 빼내온 블레이드 오너 카르멜. 그라면 충분히 호위 기사들을 헤치고 들어가 엘빈의 목을 벨 수 있다.

블레이드 헌터가 상대가 아니라면 블레이드 오너는 그야말로 무적이었다. 막을 수 있는 유일한 존재인 리셀은 머나먼 루카스 영지에 남겨져 있다.

카르멜은 아그리아 공작가와의 연관성이 겉으로 전혀 드러나지 않은 블레이드 오너였다. 물론 공식적으로 렌테리아 마탑에서 배출되었으니 기록이 남아 있겠지만 들키지 않으면 그만 아닌가?

숨어서 틈을 살피다 달려들어 엘빈만 감쪽같이 죽여버린 뒤 도망치면 모든 것이 해결된다. 정체가 드러나 봐야 비난은 모두 그를 배출한 록히드 백작가가 뒤집어쓸 것이다.

블레이드 오너는 도망치는 데에도 발군이다. 블레이드 오너의 빠른 몸놀림은 보통 사람이 쉽사리 따라잡을 수 없다. 추격자가 중갑주를 걸친 기사라면 더욱 그러할 것이다.

"카르멜에게 그동안 들인 밥값을 받아낼 수 있겠군."

빙그레 미소를 지은 아그리아 공작이 즉각 통신실로 향했다. 휘하의 자작령에 은둔하고 있는 카르멜과 연락을 취하기 위해서였다.

루카스 영지에서 차근차근 영지전 준비를 하는 사이, 엘빈을 호위해 수도로 향하는 대열은 꾸준히 행군하고 있었다. 기병들을 앞뒤로 세운 행렬은 호위 기사들에게 빈틈없이 둘러싸인 채였다.

그 탓인지 이동 속도는 그리 빠르지 않았다. 여기서 보름은 더 가야 황실 자치령에 도착할 수 있을 터였다. 그런데 코너를 돌아서자마자 선두의 기사가 손을 들어 올렸다.

"모두 정지."

그 말에 기사들이 일제히 자리에 멈춰 섰다. 구릉 사이로 드러난 좁은 관도가 통나무로 완전히 막혀 있었다. 언뜻 살펴보아도 기마대가 지나갈 수 없도록 바리케이드를 쳐놓은 것이 틀림없었다.

"적이다. 대응 준비!"

선두의 기병들이 망설임 없이 싸울 채비를 갖췄다. 그 순간 통나무 뒤에서 무수한 인영이 일어서더니 석궁 사격을 가했다.

쐐애애애액.

수백 발의 쿼렐이 날아들었다. 그 사이로 고함 소리가 울려 퍼졌다.

"일제 돌격, 2차 사격을 원천 차단해야 한다."

기병들이 일제히 말에 박차를 가해 달리기 시작했다. 견습기사들 역시 랜스를 꺼내 들었다. 갑옷을 충실히 차려입었기 때문에 석궁의 일제 사격은 그리 큰 피해를 주지 못했다.

"반마삭(말의 발목을 걸 수 있게 풀을 엮어 만든 함정)에 주의하라. 적의 수는 그리 많지 않다."

루카스 후작가의 기병들은 하나같이 실전 경험이 풍부한 정예들이다. 얼마나 훈련이 잘되어 있는지는 굳이 논할 필요가 없다.

아그리아 공작가와 30년 가까이 영지전을 치렀으니 병사 하나하나가 노련하지 않으면 그게 오히려 이상하다. 기병들은 익숙한 동작으로 부챗살처럼 확 펼쳐지며 적을 향해 돌격했다.

그 모습에 뎁스의 이마에서 식은땀이 흘러나왔다. 척 보아도 산전수전 다 겪은 기병임을 알 수 있었다. 그 뒤를 이어 다수의 견습기사들이 달려나오고 있었다.

"젠장. 상상 이상이로군."

뎁스는 중견 용병단의 단장이었다. 이백 명의 용병을 통솔하는 그에게 며칠 전 의뢰가 날아들었다. 그러나 의뢰 내용을 들은 뎁스는 생각할 것도 없다는 듯 고개를 흔들었다.

"작위 계승을 위해 수도로 오는 루카스 후작가의 호위 병력을 막아달라고 하셨소? 설마 우리보고 가서 죽으란 말이오? 받아들일 수 없소."

그러나 복면을 한 의뢰자가 제시한 금액을 들은 뎁스의 눈이 툭 불거져 나왔다. 제시한 금액이 실로 어마어마한 수준이었기 때문이다. 지금까지 뎁스의 용병단이 청부를 통해 받아온 청부금의 열 배가 넘는 수준이었다. 그리고 조건은 상대를 모두 죽이는 것이 아니었다.

"그저 길만 막으면 되오. 어느 정도 시간만 끌어준다면 이 돈은 모두 뎁스 용병단의 것이오. 어떻소? 의뢰를 받아들이겠소?"

뎁스는 고민하다 의뢰를 승낙하고 말았다. 이 정도 청부금이라면 더 이상 용병일을 하지 않아도 평생 떵떵거리며 먹고 살 수 있다. 물론 생존자에 한정된 일이겠지만 말이다.

해서 그는 휘하 용병들에게 의뢰 내용을 설명해준 뒤 동의를 얻었다. 스무 명을 제외한 백팔십 명의 용병이 하겠다고 나섰다.

"하겠습니다."

"그 정도 돈이면 못할 것이 없죠."

그는 동의한 용병대원들을 이끌고 약속 장소로 이동했다. 나무를 잘라 바리케이드를 설치한 용병들은 신분이 드러나지 않게 복면을 뒤집어쓰고 목표물이 나타나기를 기다렸다.

그들은 목표물이 모습을 드러내는 순간 망설임 없이 석궁 사격을 가했다. 그러나 일은 생각대로 풀리지 않았다. 전장에서 쌓은 경험을 살려 반마삭까지 설치해두고 기다렸지만 적 기병들은 지척에 이르자 속도를 줄였다. 물론 운 나쁜 기병 몇이 반마삭에 걸려 나동그라지긴 했지만 대부분의 기병은 매우 노련하게 대처했다.

"반마삭이다. 반원형으로 배치되어 있으니 단숨에 뛰어넘는다."

지휘관으로 보이는 자가 기병 몇 명이 꼬꾸라진 모습만으로 반마삭이 펼쳐진 형태를 한눈에 파악한다. 전쟁터에서 평생 굴러먹은 장교가 아니면 보일 수 없는 전장 파악 능력이다.

경고를 받은 기병들이 단숨에 반마삭을 뛰어넘었다. 그리고 바리케이드 뒤에서 대기 중이던 용병들을 곧장 들이쳤다.

"크아악."

창을 움켜쥐고 있던 용병들이 랜스에 꿰여 비명을 질러댔다. 몇몇 기병들이 창에 찔려 낙마하긴 했지만 그보다 월등히 많은 수의 용병들이 피를 뿌리며 나가떨어졌다.

실로 철저한 실전과 혹독한 수련으로 단련된 정예 기병들이 틀림없었다. 뎁스의 얼굴에서 서서히 혈색이 빠져나갔다.

'실수다. 청부를 받아들이는 것이 아니었는데.'

거액의 청부금에 현혹된 결과는 실로 참담했다. 뎁스의 용병단원들은 쉴 새 없이 죽어나가고 있었다.

그러나 습격자는 그들뿐만이 아니었다. 일제히 돌격한 기병들과는 달리 견습기사 중 절반은 달려나가지 않고 남아 엘빈의 주위를 철통같이 지켰다. 특히 기사들은 일절 전투에 가세하지 않았다.

그때 발밑을 뚫고 시퍼런 검날이 솟구쳤다. 종아리를 베인 견습기사 한 명이 경고성을 내질렀다. 칼날에 묻은 독으로 인해 그의 얼굴은 시퍼렇게 물들어가고 있었다.

"습격이다! 어쌔신이 바닥에 숨어 있다."

고용된 암살자들이 이미 바닥을 파고들어 가 암습을 노리는 상황이었다. 그러나 루카스 가문의 기사들은 역시 노련했다. 그들은 망설임 없이 검으로 바닥을 푹푹 찔렀다. 사람이 파고들어 간 곳은 흙이 비교적 연할 수밖에 없었다.

푸우욱.

섬뜩한 소리와 함께 흙의 표면으로 피가 스멀스멀 배어 나왔다. 기사들은 심지어 마차 밑에까지 기어들어가 바닥을 확인했다.

"튀어나온 갈대 줄기를 확인하라. 어쌔신들이 땅속에 있다."

땅을 파고들어 가 갈대 줄기로 숨을 쉬며 암습할 순간을 기다리던 암살자들은 루카스 기사들의 재빠른 반격으로 인해 속속 죽어나갔다. 참다못한 어쌔신들이 한꺼번에 땅을 뚫고 솟구쳤다. 독을 바른 단검이 시퍼렇게 번들거리며 기사들의 갑옷 틈새를 노렸다.

촤아앙.

그러나 기사들은 호락호락하게 당하지 않았다. 갑옷의 경사각을 적절히 이용해 단검을 퉁겨내고 난 다음 암살자의 몸에 사정없이 장검을 찔러 넣었다.

실전을 통해 걸러진 기사들이라 그 어떤 상황에도 능수능란하게 대처했다. 바로 이런 순간을 위해 혹독한 수련을 소화해낸 전투의 달인들인 것이다.

독 단검에 찔려 안색이 시퍼렇게 변한 기사들이 여기저기서 쓰러졌지만 그보다 더욱 많은 어쌔신들이 피를 뿌리며 나가떨어졌다. 이런 난전에서는 전신갑옷으로 몸을 보호한 기사들의 위력이 극대화될 수밖에 없었다.

　빠른 몸놀림을 장기로 날뛰던 어쌔신들의 몸에 장검이 푹푹 파고들었다. 한 어쌔신의 목을 날려버린 기사가 어처구니없다는 표정을 지었다.

　"살다 보니 대낮에 습격하는 정신 나간 녀석들을 다 보겠군."

　통상적으로 어쌔신들의 습격은 밤을 기해 이루어지기 마련이다. 검은 옷을 입은 어쌔신들의 은신 능력을 어둠이 극대화시켜주기 때문이다. 아마 밤에 이런 습격을 받았다면 더욱 큰 피해를 입었을 터였다.

　그러나 어쌔신들이 대낮에 습격한 데에는 이유가 있었다. 돌연 어쌔신 무리 사이에서 눈부신 빛이 솟구쳤다. 한눈에도 알아볼 수 있을 만큼 선명한 무지갯빛 광채가 뿜어져 나온 것이다.

　"브, 블레이드 오너다. 크악!"

　경고성을 내지른 기사의 몸이 사선으로 잘려나가며 피를 뿜어냈다. 순간 기사들의 안색이 딱딱하게 굳어 들어갔다.

　"블레이드 오너? 서, 설마……."

　"흔치 않은 블레이드 오너가 어찌 여기에."

　그들은 루카스 가문의 블레이드 헌터인 리셀이 대열에 포함되어 있지 않다는 사실을 파악하고 있었다. 모두가 모이는 식사 시간에도 얼굴 한 번 본 적 없다. 마차 안과 기병 대열에서도 리셀의 모습을 찾아볼 수 없었다. 몇몇 기사들은 그 사실에 의구심을 가졌다.

'어째서 가주님을 수도로 모시고 가는 막중한 임무에 프라임 나이트 리셀님을 제외시켰을까?'

무슨 연유로 상부에서 그런 결정을 내렸는지 그들이 알 리가 없다. 그런 만큼 기사들의 얼굴에 절박함이 피어오르는 것도 당연했다.

"모두 밀집 대형으로! 블레이드 오너로부터 가주님을 보호한다."

그러나 기사들의 얼굴에는 절망의 빛이 깊게 드리워져 있었다. 기병 대부분과 견습기사 절반이 용병들을 상대하기 위해 앞으로 달려나간 뒤였다.

습격한 용병대는 하나가 아니었다. 뎁스 용병단이 전멸한 후 두 개의 용병단이 나타나서 전방과 후방을 동시에 들이쳤다. 앞뒤로 배치된 기병들이 그들을 맞아 치열하게 싸우고 있었다. 도무지 몸을 뺄 상황이 아니었다. 정황을 보니 남은 기사들의 수로는 도저히 블레이드 오너의 발목을 잡을 수 없어 보였다.

카르멜의 입가에는 음침한 미소가 떠올라 있었다. 상황을 보니 충분히 임무를 성공시킬 수 있을 것 같았다.

"드디어 피 맛을 실컷 볼 수 있게 되었군."

렌테리아 마탑에서 배출된 다른 블레이드 오너와 마찬가

지로 카르멜 역시 광적으로 피를 즐기는 성품을 지녔다. 견습기사나 시종에게 꼬투리를 잡아 검을 휘두르는 것은 록히드 백작령에서 흔히 즐기던 일이다.

하지만 전통적인 무문이며 특히 자신을 긍지 높은 기사라고 자부하는 록히드 백작은 도저히 그 꼴을 보지 못했다. 견습기사나 시종에게 상처를 입힐 때마다 그는 카르멜을 불러들여 준엄하게 꾸짖었다.

"어째서 그런 짓을 한 것인가? 기사라면 마땅히 약자를 보호해야 하는 의무가 있는 법이야. 다시는 그러지 말게."

그러나 견습기사 출신이 아니라 시종으로 일하다 렌테리아 마탑에서 교육을 받은 카르멜에겐 애당초 기사로서의 자각이 없었다.

자신을 지금의 경지로 만들어준 공이 있는지라 묵묵히 꾸중을 감내했지만 카르멜의 마음속에는 반감이 무럭무럭 자라나고 있었다.

'빌어먹을……. 제국에 몇 되지 않는 블레이드 오너라면 마땅히 그에 대한 대우를 해줘야 할 것 아닌가?'

록히드 백작은 휘하의 기사에게 절제와 금욕을 요구하는 영주였다. 그런 만큼 록히드 백작가의 생활이 카르멜의 마음에 들 리가 없었다.

우선 록히드 백작부터가 소박한 식단을 즐기고 사치를 멀리했다. 그런 주군을 둔 기사들의 생활 역시 그리 풍요롭지 않았다.

게다가 록히드 백작은 가솔들이 행여나 평민 여인을 건드리거나 행패를 부릴 경우 지체 없이 불러들여 준엄하게 꾸짖었다. 그 때문에 록히드 백작령은 영지민들이 살기 좋기로 널리 소문이 나 있었다.

그를 모시는 기사들이나 병사들은 그 사실에 감복해 마음속에서 우러나오는 충성을 바쳤다. 그런 분위기는 카르멜에겐 결코 달가운 것이 아니었다.

사람이란 힘을 가지면 의당 우쭐해지기 마련이다. 마음껏 부귀영화를 누리고 싶고 반반한 여자를 붙잡아다 침대로 끌어들이고 싶은 것이 카르멜의 속마음이었다. 눈에 거슬리는 자는 사정 보지 않고 죽여 뿜어지는 피를 흠뻑 뒤집어쓰고 싶었다. 사람들이 자신을 보고 두려워 부들부들 떠는 모습 또한 즐기고 싶었다. 그러나 엄격한 록히드 백작가의 가풍은 그것을 일절 용납하지 않았다.

'젠장. 제국의 블레이드 오너 중에서 내가 가장 초라한 생활을 할 거야.'

그런 와중에 카르멜의 기사 서임이 결정되었다. 록히드 백작은 일주일 뒤 카르멜에게 서임을 해주어 가문의 기사로 받아들일 것이라 통보했다.

서임을 받는다면 어쩔 수 없이 록히드 영지에 얽매여야 한다. 그 사실에 카르멜은 낙심했다. 그렇다고 해서 자신을 블레이드 오너로 만들어준 록히드 남작의 명령을 거부할 순 없었다.

바로 그날 밤, 아그리아 공작가의 밀사가 카르멜을 찾아왔다. 그리고 카르멜에게 전폭적인 지원을 약속했다.

"모든 게 카르멜님이 원하시는 대로 이루어질 것입니다. 부귀영화는 물론이고 평민의 생살여탈권과 더불어 원하는 여인들을 마음껏 품을 수 있게 해 드리겠습니다."

카르멜은 망설임 없이 제의를 받아들였다. 아그리아 공작가는 지금껏 그가 꿈꾸어왔던 모든 것을 제공하겠다고 약속했다.

"알겠소. 그렇게 하리다."

그는 즉시 밀사의 권유대로 서신 한 장을 작성해두고 그곳을 빠져나왔다. 서신에는 도저히 록히드 백작가의 기사가 될 수 없어서 떠난다는 내용이 적혀 있었다.

그를 블레이드 오너로 만들어준 록히드 백작에 대한 중대한 배신행위였지만 카르멜은 아랑곳하지 않았다. 그는 기사를 고리타분하며 원리 원칙에서 빠져나오지 못하는 고지식한 작자들이라고 단정 지었다.

밀사와 함께 록히드 성을 빠져나오자 마차와 일단의 호위병력이 카르멜을 기다리고 있었다.

"우선 공작 전하께서 내려주신 성에 몸을 의탁하십시오. 훗날 빛나는 검의 위력을 반드시 세상에 증명하실 수 있게 만들어 드리겠습니다. 공작 전하시라면 틀림없이 록히드 백작과의 협상을 성사시킬 수 있을 것입니다.”

마차는 카르멜을 서부의 영지인 로니악 자작령으로 데리고 갔다. 산으로 둥그렇게 둘러싸인 분지 형태의 로니악 성은 사람들이 외부에서 쉽사리 드나들기 힘든 구조였다.

로니악 자작은 아그리아 공작으로부터 카르멜을 성심성의껏 대접하라는 지시를 내려받은 상태였다. 이후 카르멜에게는 천국의 문이 활짝 펼쳐졌다.

록히드 백작령과는 달리 이곳은 한마디로 낙원이었다. 하루 세 번, 끼니마다 대륙의 온갖 산해진미가 차려졌다. 지금껏 구경조차 해보지 못한 진귀한 음식들이 즐비했다.

그리고 카르멜에게는 마음에 드는 여자 누구라도 침대로 끌어들일 수 있는 권한이 부여되었다. 하녀에서부터 길을 가다 눈에 띄는 영지의 처녀 등등, 그 누구를 범해도 제약이 가해지지 않았다.

심지어 로니악 자작은 지금까지 시행하지 않았던 초야권까지 시행해서 카르멜에게 여자를 공급해주었다. 이미 로니악 자작은 권력이 주는 달콤함에 눈이 먼 상태였다. 그 때문에 그는 자신의 딸을 카르멜의 침실로 들여보내는 만행까지 저질렀다.

“부담 갖지 마십시오. 그저 카르멜님과 좋은 인연을 만들고자 함이니 말입니다.”

정황을 볼 때 카르멜은 앞으로 아그리아 공작가의 중요한 재원이 될 것이 틀림없었다. 다른 사람도 아닌 트랜든 가주의 전폭적인 후원을 받는 블레이드 오너이니 앞날이 심히 기대될 수밖에 없었다. 그런 촉망받는 인재인 카르멜과 인연을 맺는다면 로니악 자작의 앞날은 실로 탄탄대로일 터였다. 그 때문에 딸까지 희생시킨 것이다.

자작 가문의 딸까지 품어본 카르멜로서는 실로 하루하루가 꿈결 같았다. 게다가 그는 이곳에서 마음껏 피에 대한 갈망을 충족시킬 수 있었다.

로니악 자작은 영지의 죄수 모두를 카르멜에게 맡겼다. 살인을 저지른 사형수에서부터 소작료를 내지 못한 농노, 귀족에게 무례를 범해 투옥된 농부 등이 카르멜의 수련장으로 끌려들어갔다.

"마음껏 피를 즐기십시오. 모두 죽을죄를 지은 놈들입니다."

카르멜은 흥분된 표정으로 검을 뽑아들었다. 그리고 불행한 희생자의 육신을 사정없이 찢어발겼다. 무지갯빛 광채가 토해지는 순간 사방으로 피가 튀었다.

촤아아악.

카르멜의 욕망은 거기에서 그치지 않았다. 영지를 돌아다니다 조금이라도 눈에 거슬리는 자가 있으면 눈치 보지 않고 목을 날려버렸다. 록히드 백작과는 달리 로니악 자작은 아무런 제재도 가하지 않았다.

"영지의 병사나 견습기사만은 손대지 말아 주십시오. 그들은 영지의 중요한 인재들입니다. 그 외에는 누구도 상관하지 않겠습니다."

록히드 백작가에서의 생활과는 달라도 너무 달랐다.

"이런 생활을 계속 영위할 수 있다면 설사 세상에 나가지 못한다고 해도 여한이 없어."

그러나 아그리아 공작가는 어디까지나 빛나는 검을 노리고 카르멜에게 그런 대접을 해준 것이다.

마법 통신이 날아들자 카르멜은 한껏 자유를 만끽하던 로니악 영지를 떠나야만 했다. 그는 모처에서 아그리아 공작이 보낸 밀사를 만나 임무에 대한 브리핑을 들었다.

"작위 계승을 위해 수도로 오는 루카스 후작가의 가주를 죽이란 말이오? 아무래도 후환이 걱정되는데 괜찮겠소?"

밀사가 고개를 흔들었다.

"걱정하지 마십시오. 모든 것은 공작 전하께서 수습해주실 것입니다. 루카스 후작가의 엘빈만 처리하면 다시 로니악 자작령으로 돌아가실 수 있을 것입니다. 뿐만 아니라……."

밀사의 입가에 흉측한 미소가 걸렸다.

"엘빈은 아내와 딸을 대동하고 있습니다. 후작 영애인 레이첼은 수도에까지 소문이 자자한 미녀이지요. 일만 잘 처리하면 후작 영애를 데리고 돌아가실 수도 있습니다. 물론 후환을 없애기 위해 나중에 반드시 죽여야 하겠지만 말입니다.”

여색과 피를 즐기는 카르멜의 구미에 딱 들어맞는 제안이었다. 내용을 들은 카르멜이 혀를 내밀어 입술을 핥았다.

‘흠. 후작이나 되는 고급 귀족을 죽이는 맛은 과연 어떨까? 게다가 수도에까지 소문이 자자한 미모의 후작영애라……. 마음껏 품고 나서 죽여도 된다니 정말 만족스러운 조건이로군. 하녀를 몇 죽여보긴 했지만 아무래도 귀족 계집의 비명 소리는 뭔가 다르겠지?’

카르멜은 망설임 없이 임무를 수행하겠다고 했다.

“알겠소. 그렇게 하리다.”

그는 즉각 임무에 투입되었다. 평소 입고 다니던 가죽갑옷 위에 시커먼 암살자 복장을 뒤집어쓰고 복면으로 얼굴을 가린 그가 연신 시시덕거렸다.

“흐흐. 말로만 듣던 어쌔신이 된 기분이로군.”

보통의 기사라면 돈을 위해 사람을 죽이는 어쌔신을 경멸할 수밖에 없다. 그리고 어쌔신 복장을 갖춰야 한다는 사실에 거부감부터 가질 것이다.

그러나 카르멜은 애초부터 기사가 아니었다. 그는 흥분으로 몸을 떨며 목표물이 도착하기를 기다렸다.

아그리아 공작이 돈을 물 쓰듯 뿌려 성사시킨 습격은 예정대로 진행되었다. 뎁스가 지휘하는 용병들이 길을 막고 석궁 사격을 가하자 기병 전부와 견습기사 절반이 그쪽으로 투입되었다.

이후 벌어진 암살자들의 습격으로 굳건하던 대열이 흐트러졌다. 추가로 투입된 두 용병단이 필사적으로 기병과 견습기사들을 물고 늘어졌다. 이제 그가 기사 대열을 파고들어 가 엘빈을 죽이기만 하면 모든 것이 끝난다. 물론 카르멜은 후작 영애인 레이첼을 붙잡아 영지로 데리고 갈 생각이었다.

"생각만 해도 흥분되는군."

그 생각 하나로 카르멜이 몸을 날렸다. 그의 장검에서 무지갯빛 광채가 쭉 뿜어져 나왔다.

파아아앗.

그를 발견한 기사의 몸이 무참히 토막 나고 카르멜은 여세를 몰아 기사 하나를 더 베어버렸다. 빛나는 검을 목격한 기사들은 대번에 카르멜의 정체를 눈치챌 수 있었다. 비명 같은 음성이 울려 퍼졌다.

"브, 블레이드 오너다."

복면을 쓰고 등장한 카르멜을 보며 제퍼슨이 입술을 깨물었다. 엘빈의 신임이 깊은 그가 호위대장의 신분으로 호위

기사대를 통솔하고 있었다.

"이게 무슨 짓이오. 어디 소속의 블레이드 오너인지는 모르겠으나 대관절 무슨 이유로 작위 계승을 위해 수도로 가는 루카스 후작가의 행렬을 습격한다는 말이오?"

카르멜은 아무런 말도 하지 않았다. 구태여 입을 열어 신분을 드러낼 필요가 없다. 제퍼슨의 추궁은 계속 이어졌다.

"블레이드 오너라면 최고의 기사요. 그런데 기사의 몸으로 어찌 복면을 쓰고 어쌔신들과 함께 행동할 수 있단 말이오? 부디 자긍심을 지키시오."

그 말에 카르멜의 분노가 폭발해버렸다.

"젠장. 잔소리 그만해. 잔소리라면 그 지긋지긋한 늙은이로부터 귀에 못이 박일 정도로 들었으니 말이야."

"뭐요?"

"기사란 것들은 하나같이 고리타분해. 그러니 잔소리 말고 목이나 늘어뜨리도록."

제퍼슨의 눈매가 가늘어졌다.

"도대체 왜 우릴 습격한 것이오?"

카르멜의 입가에 흉물스러운 미소가 걸렸다.

"간단해. 루카스 자작 영애가 예쁘다는 소릴 듣고 한 번 품어보려고 나선 것이지. 순순히 계집을 내준다면 죽이지 않겠다."

카르멜의 말은 루카스 기사들의 분노를 여지없이 자극했

다. 방패를 움켜쥔 제퍼슨이 굳은 표정으로 고함을 질렀다.

"가증스러운 작자. 설사 목숨이 달아나는 한이 있어도 길을 열어줄 수 없다."

"흐흐. 얼마나 막을 수 있는지 한 번 볼까?"

바로 그때 어디선가 늙수그레한 음성으로 주문을 외는 소리가 들려왔다.

"마나의 분노가 적을 향해 작렬할 지어다. 에너지 볼트."

주문을 외는 목소리는 하나둘이 아니었다. 아스트리아 마탑에서 지원받은 네 명의 마법사가 뒤따라오던 마차에 타고 있었다. 모두 5서클이 넘는 실력 있는 마법사였다.

그들이 거의 동시에 카르멜을 목표로 마법 공격을 가했다. 푸르스름한 광채가 일직선으로 카르멜을 향해 집중되었다.

"흥. 마법 따위."

차가운 코웃음 소리와 함께 카르멜이 날아드는 공격 마법을 장검으로 후려갈겼다. 이미 그는 렌테리아 마탑 시절 마법사를 상대하는 법을 확실하게 숙지한 상태였다.

아마 상대 마법사는 자신이 몸을 드러낸 그 시점에 주문 영창을 시작했을 것이다. 한 번의 공격을 막아낸다면 다음 공격 마법이 가해질 때까지 시간적 공백이 생기게 된다. 그 틈에 달려들어 마법사를 베어버리면 된다.

실제로 그런 방법으로 무수한 마법사가 블레이드 오너 루드비히에 의해 생을 마감했다. 그리고 마나가 응축된 빛나는 검은 모든 형태의 마법 공격을 막아낼 수 있다. 블레이드 오너의 현란한 몸놀림이라면 목표를 놓칠 리가 없다.

콰아아앙.

폭음과 함께 공격 마법이 허공에서 허무하게 폭발해버렸다. 빛나는 검과 접촉하는 순간, 공격 마법을 구성하는 마나의 재배열이 와해되어버린 것이다.

막강한 물리적 데미지를 가하는 에너지 볼트가 목적을 이루지 못하고 사라진 데 이어 라이트닝 볼트마저 맥없이 흩어져버렸다. 그러나 가해진 공격 마법은 오로지 세 발뿐이었다. 카르멜의 눈이 의아한 듯 희번덕거렸다.

'한 발이 왜 날아오지 않는 거지?'

마법사 한 명은 공격 마법을 캐스팅하지 않았다. 그는 상대의 정체를 파악하기 위해 다른 마법을 준비한 상태였다.

물론 블레이드 오너의 몸에는 직접적인 마법이 일절 먹혀들지 않는다. 마나홀이 형성되었다는 이유로 마나가 재배열되지 않는 것이다. 그러나 마법사가 시전한 마법은 신체 내부에 작용하는 마법이 아니었다. 그는 카르멜이 뒤집어쓴 복면을 노리고 마법을 펼쳤다.

"웃."

위기를 감지한 카르멜이 깜짝 놀라 몸을 날렸다. 그의 몸이 흔적도 없어 사라지더니 5미터 정도 떨어진 곳에서 나타났다. 조금 전과는 달리 그의 얼굴을 가리고 있던 복면이 벗겨져 있었다. 마법사가 마법을 적절하게 이용해 복면을 잡아챈 것이다. 역시 고위 마법사다운 실력이었다.

"이런."

카르멜의 얼굴이 적나라하게 드러나버렸다. 그 순간 복면을 벗긴 마법사가 마법으로 카르멜의 얼굴을 영상화해 수정구슬에 저장했다. 이제 그 영상을 가지고 렌테리아 마탑으로 가면 카르멜의 신분 내력을 밝히는 것은 시간문제에 불과했다. 게다가 많은 기사들이 그의 얼굴을 머릿속에 각인한 뒤였다.

작위 계승을 위해 수도로 가는 루카스 후작가를 습격한 것은 실로 중대한 범죄 행위이다. 황제가 사실을 보고받는다면 분명 분노하여 진상을 규명케 할 것이다. 그러면 렌테리아 마탑도 더 이상 침묵할 수 없게 되어버린다.

한 마법사의 기지 덕분에 카르멜의 정체가 만천하에 드러나게 된 것이다. 뜻밖의 일로 인해 정체가 탄로 난 카르멜의 눈이 분노로 활활 타올랐다.

"죽음을 자초하는군. 너희들은 이 자리에서 모두 죽는다."

카르멜이 확고하게 살심을 굳혔다. 얼굴을 본 자들을 모두 죽여야 자신이 벌인 일이 세상에 알려지지 않는다. 그래야만 아스트리아 제국에서 블레이드 오너로 활약할 수 있다.

준비해 온 여분의 복면으로 얼굴을 가린 카르멜의 장검에서 무지갯빛 광채가 한층 더 세차게 뿜어져 나왔다.

파아아앗.

빛을 뿜어내는 검을 한 손에 든 채로 접근하는 카르멜의 모습에 루카스 기사들의 얼굴이 딱딱하게 굳어 들기 시작했다.

절체절명의 순간이었다. 느닷없이 나타난 블레이드 오너가 어느 귀족 가문 소속인지는 모르지만 위기를 모면하기 힘들어 보였다.

비록 이 자리의 기사들이 하나같이 정예들이었지만 블레이드 오너의 빛나는 검만큼은 감당할 수 없다. 이대로 상황이 진행된다면 차기 루카스 후작의 목이 떨어지고야 말 것이다.

그로 인해 마차를 둘러싼 기사들의 얼굴은 딱딱하게 굳어 있었다. 바로 그때 날카로운 소음이 울려 퍼졌다.

끼아아악.

그리폰의 울음소리였다. 기사들의 시선이 반사적으로 하늘로 향했다. 잠시 후 그리폰 한 마리가 마차 지붕에 거칠게 내려앉았다. 마차 바퀴가 비명을 질러대며 흙먼지가 확 피어올랐다. 기사들의 눈에 경계심이 떠올랐다.

“주군을 보호하라.”

혹시라도 적일 가능성을 배제할 수 없었기에 후미에 위치한 기사들이 그리폰을 향해 달려들려 했다. 그들 중 한 명이 그리폰의 갑주에 새겨진 문장을 보고 급히 손을 들어 올렸다.

“적이 아닙니다. 그리폰에 가문의 문장이 새겨져 있습니다. 우리 편입니다.”

그 말을 들은 기사들이 공격을 중지했다.

잠시 후 그리폰의 등에서 누군가가 뛰어내렸다. 사뿐히 바닥에 착지한 사람은 은빛으로 빛나는 전신갑옷을 입고 있었다. 투구 사이로 드러난 얼굴을 본 기사들의 표정이 환해졌다.

“브, 블레이드 헌터!”

“프라임 나이트 리셀 경이시다!”

그리폰에서 내린 기사의 정체는 바로 리셀이었다. 그가 착 가라앉은 눈빛으로 주변의 상황을 살펴보았다. 부릅뜬 두 눈에서 스산한 빛이 번져갔다.

“역시 생각대로였군.”

영지를 출발할 당시 후작가의 가신들은 양동 작전을 계획했다. 엘빈 루카스가 작위 승계를 위해 수도로 가는 사이 크라이어 남작령을 수복해서 원래 주인에게 넘겨주기 위한 작전이었다.

크라이어 남작령은 아직까지 시한이 지나지 않았기 때문에 원주인인 브라운 남작을 내세운다면 황제의 허락 없이도 영지전을 벌일 수 있다. 루카스 후작령에 머물고 있는 용병들과 블레이드 헌터 리셀의 힘이라면 별 어려움 없이 영지전을 승리로 장식할 수 있을 것이다. 그러나 가신들 중 무장 출신들은 주군의 안전 문제를 들어 그 계획에 반대하고 나섰다.

"그럴 경우 주군의 행렬이 위험합니다. 중도에 기습을 당할 가능성도 있습니다."

다른 가신들의 반론도 만만치 않았다.

"그 점에 대해서는 걱정할 필요가 없을 것 같소. 따라가는 호위 병력들은 가문에서도 손꼽히는 정예들이오. 블레이드 오너가 아니면 주군을 해할 수 없소. 그런데 제국 내부에 그럴 만한 블레이드 오너가 있을 리가 없소."

엘빈 루카스는 제국을 다스리는 황제로부터 작위를 계승받으러 가는 길이다. 그 마차를 공격하는 행위는 황제의 분노를 살 수밖에 없다.

막강한 중앙군의 응징을 각오해야하므로 불순한 의도를 품은 귀족 가문에서도 섣불리 휘하의 기사단을 습격에 투입할 순 없다. 기껏 투입한다고 해도 주요 기사들의 얼굴이 알려진 이상 금세 정체가 드러나게 되리라.

그런 만큼 습격이 가능한 전력은 소규모 용병단이나 암살자 조직밖에 없었다. 그 정도는 호위 병력이 무난히 막아낼 수 있다는 것이 양동 작전을 주장하는 가신들의 의견이었다.

그러나 무장들은 여전히 우려를 표명했다. 혹시라도 정체가 밝혀지지 않은 블레이드 오너가 습격에 동원된다면 차기 가주인 엘빈 루카스의 목숨이 위험할 수도 있다.

해서 가신들은 한 가지 작전을 구상했다. 그것은 바로 가문의 블레이드 헌터인 리셀에게 그리폰을 지급하여 몰래 뒤따르게 하자는 작전이었다.

그리폰을 탄 리셀이 하늘을 활강하며 몰래 뒤를 따른다. 그러다가 엘빈의 행렬이 안전한 장소에 도착하면 곧바로 크라이어 영지로 이동하여 영지전에 가담하는 작전이었다.

황제 직속령까지만 가면 황실에서 파견한 기사단이 마중 나와 있을 터였다. 제아무리 담이 큰 귀족 가문이라도 황제의 기사단을 공격할 엄두는 내지 못한다.

"좋은 방법이군."

결국 엘빈은 그 방법을 선택했고 리셀에겐 그리폰 한 마리가 지급되었다. 물론 리셀에게 그리폰을 몰아본 경험이 있을 리가 없었기에 숙련된 기수의 등 뒤에 타야 했다. 그리폰을 타본 리셀의 감상은 이러했다.

"와이번보다 작고 느리군."

그러나 엘빈의 행렬을 뒤쫓기에는 충분한 속도였다. 그렇게 리셀은 기수와 함께 그리폰에 탑승하여 은밀히 행렬을 뒤따랐다. 그러다가 절체절명의 순간에 등장한 것이다.

"숲이 우거진 탓에 상황 판단이 늦었습니다. 용서하십시오, 주군."

마차를 향해 예를 취한 리셀이 망설임 없이 검을 뽑아들었다.

파츠츠츠.

양손에 나눠 쥔 장검에서 눈부신 빛 무리가 솟구쳤다. 그 모습에 카르멜이 움찔했다. 애초에 블레이드 헌터 리셀이 없을 것을 예상하고 세운 계획이었다.

'빌어먹을…… 도대체 어떻게 된 거야?'

쌍검에서 피어오르는 빛 무리를 본 그의 다리가 후들거리며 떨렸다. 이미 그는 리셀이 아그리아 가문의 블레이드 오너 알렉스를 압도적인 실력 차로 처치했다는 사실을 알고 있었다. 스티븐슨 백작가의 블레이드 오너 필리스가 공개 대련을 신청했다가 단단히 창피를 당했다는 사실 또한 알고 있었다. 블레이드 오너에게 철저히 상극인 존재가 바로 블레이드 헌터였다.

'어쩔 수 없다.'

카르멜은 길게 생각해보지도 않고 바로 몸을 돌렸다. 블레이드 헌터 리셀에게 덤비는 것은 한마디로 자살 행위나 다름없었다.

이미 아그리아 공작은 이런 상황에 처하면 지체하지 말고 도주하라는 지시를 내린 상태였다. 아니, 별도의 지시가 없었더라도 자신의 목숨을 더없이 소중히 생각하는 카르멜로서는 도망치는 것 외에 방법이 없으리라.

휘이이익.

카르멜은 블레이드 오너 특유의 재빠른 몸놀림을 십분 활용하여 어둠 속으로 사라졌다. 그야말로 눈 깜짝할 사이에 도주해버린 것이다. 뜻밖의 상황에 기사들이 멍해졌다.

"뭐, 뭐야?"

"도망쳤잖아?"

기사도에 충실한 루카스 가문 기사들의 눈에는 일말의 망설임도 없이 줄행랑치는 카르멜의 모습이 낯설 수밖에 없었다.

리셀은 섣불리 카르멜을 추격하려 하지 않았다. 지금 상황에서 가장 중요한 것은 주군의 안전이었다. 게다가 블레이드 오너가 작정하고 도망친다면 따라잡기가 결코 쉽지 않다.

어쨌거나 몸을 움직이는 속도 하나는 블레이드 오너가 블레이드 헌터를 능가한다고 볼 수 있었다. 마차로 다가간 리셀이 걱정스러운 얼굴로 입을 열었다.

"주군. 괜찮으십니까?"

마차 문이 열리고 엘빈이 얼굴을 드러냈다. 뜻밖의 습격

때문에 안색이 새파랗게 질려 있었다.

"난 괜찮다. 그나저나 늦지 않아서 다행이야."

"용서하십시오."

"괜찮네."

엘빈이 빙그레 웃으며 리셀의 어깨를 툭툭 두드려주었다. 느닷없이 나타난 의문의 블레이드 오너가 꽁지가 빠지게 줄행랑을 친 것은 전적으로 리셀의 등장 때문이었다. 리셀이 아니었다면 무슨 꼴을 당했을지 아무도 모른다.

마차 주변에 옹기종기 모여 있던 마법사들이 다가왔다. 그들의 표정도 매우 우호적이었다. 리셀이 나타나지 않았다면 그들은 한 명 빠짐없이 블레이드 오너의 손에 최후를 맞이해야 했을 것이다. 한 마법사가 빙그레 웃으며 수정구슬 하나를 들어 올렸다.

"다행히 습격한 블레이드 오너의 얼굴을 영상화하는 데 성공했습니다. 렌테리아 마탑에 문의하면 어느 가문의 블레이드 오너인지 알아낼 수 있을 것입니다."

엘빈의 얼굴이 환히 밝아졌다.

"정말 다행이로군요. 황제 폐하께 즉각 이 사실을 고해야겠습니다. 그래야만 습격자의 신원을 밝힐 수 있을 것 같군요."

물론 신원 조회를 하는 것이 쉬울 리가 없다. 아스트리아 마탑은 렌테리아 마탑과 철저히 경쟁 관계이다. 아스트리아 마탑에서 신원 조회를 넣으면 냉정하게 거부해버릴 가능성이 크다.

그러나 황제가 끼어들면 사정이 달라진다. 황제가 칙령을 내려 추궁한다면 렌테리아 마탑은 꼼짝없이 신원 조회에 응해야 한다. 만약 거절한다면 마탑이 위치한 렌테리아 왕국 전체에 그 여파가 미칠 것이다.

"가문의 명예를 걸고 놈의 정체를 밝혀낼 것이다."

엘빈이 굳은 표정으로 고개를 끄덕였다. 그의 시선이 닿은 곳에는 블레이드 오너에게 죽은 기사들의 시신이 널브러져 있었다. 저들은 자신을 지키려다 변을 당했다. 동료 기사들이 어두운 표정으로 시체를 수습하고 있었다. 엘빈이 묵묵히 뇌까렸다.

"반드시 사실을 황제께 고할 것이네. 무슨 수를 쓰더라도 날 보호하려다 죽은 기사들의 원한을 풀어주고 말 것이야."

모여 있던 기사들이 숙연한 표정으로 고개를 끄덕였다.

대열의 앞뒤에서 벌어지던 전투는 금세 수습되었다. 소규모 용병단이 전장에서 잔뼈가 굵은 루카스 후작가의 기병들을 당해낼 가능성은 애초에 없었다. 대부분의 습격자들이 싸늘한 시체가 되어 널브러져 있었고 몇 되지 않는 생존자들은 무기를 버리고 손을 들었다.

"하, 항복이오."

　그들은 분노한 기병들에 의해 단단히 포박되었다. 아마도 수도로 압송되고 나면 집요한 심문에 시달려야 할 터였다. 작위 계승을 위해 제도로 가는 후작가 가주를 습격한 죄는 실로 엄중했다.

　사상자는 생각보다 많지 않았다. 우선 용병대를 상대했던 기병대에서는 열 명 안팎의 사망자가 발생했다. 부상자가 생각보다 많기는 했지만 문제 될 것은 없었다. 네 명의 고위 신관들을 대동했기 때문에 어렵지 않게 부상을 치료할 수 있었다.

　엘빈을 근접 호위하던 견습기사들의 희생도 미미했다. 다수의 견습기사들이 암살자들의 독 단검에 맞아 중독되긴 했지만 행렬에는 아스트리아 마탑에서 지원한 고위 마법사들이 있었다.

　"디톡시케이션(detoxification)."

　마법사가 해독 주문을 외자 견습기사들의 몸을 잠식해 들어가던 독 기운은 눈 깜짝할 사이에 증발되어버렸다. 반면 기사들의 손실은 상당히 큰 편이었다. 의문의 블레이드 오너에 의해 무려 다섯 명의 기사들이 목숨을 잃었다.

　그들의 시신을 수습하고 나자 마차의 대열은 다시금 움직이기 시작했다. 가장 후미에 위치한 마차의 끄트머리에는 용병대에서 살아남은 포로들이 줄줄이 엮인 채 뒤따라왔다.

　리셀은 더 이상 그리폰을 타지 않았다. 주군이 탑승한 마차에 동행하여 황제 직속령까지 호위하기로 한 것이다. 드넓은 마차 안에는 엘빈과 그 아내 에이미, 그리고 레이첼과 리셀이 탑승했다. 창밖을 내다보던 리셀이 얼굴을 찡그렸다.

"설마 습격에 블레이드 오너를 투입할 줄은 몰랐습니다. 어쩌자고 그런 짓을 했을까요?"

리셀로서는 의아할 수밖에 없었다. 만에 하나 신분이 밝혀진다면 그 블레이드 오너는 두 번 다시 제국에서 활약할 수 없을 터였다. 그런데도 불구하고 그런 위험을 감수했다는 것이 이해되지 않을 수밖에 없었다. 엘빈이 씁쓸히 웃었다.

"한 군데밖에 없지 않나? 이런 짓을 벌일 가문은 오직 하나, 아그리아 공작가뿐이야."

"저도 그렇게 생각합니다. 하지만 블레이드 오너의 정체가 드러날 수도 있는 위험을 감수했다는 점이 도저히 이해가 가지 않는군요. 블레이드 오너가 그리 쉽게 얻을 수 있는 전력이 아닌데 말입니다."

"나도 그렇게 생각한다. 도대체 무슨 생각으로 이런 일을 벌였는지 원."

전장을 정리하고 나자 그들은 즉각 마법 통신을 통해 황제에게 습격받은 사실을 고했다. 아스트리아 마탑에서 지원

받은 고위 마법사들이 있었기에 굳이 마정석을 소모할 필요
가 없었다. 황제는 예상대로 불같이 진노했다.

"저런 고얀! 감히 작위 계승을 위해 짐에게 오는 루카스
후작가의 가주를 습격하는 간 큰 놈들이 있을 줄은 몰랐다.
당장 배후를 규명하라."

황제는 습격에 블레이드 오너가 투입되었다는 사실에 더
욱 분노했다. 도대체 어떤 가문이 루카스 후작가의 차기 가
주를 습격했단 말인가? 블레이드 오너를 동원할 정도라면
결코 평범한 가문이 아니었다. 다행히 마탑 마법사들의 빠
른 대처로 인해 습격을 가한 블레이드 오너의 인상착의가
백일하에 드러나버렸다.

"그들이 도착하는 즉시 칙령을 내려 렌테리아 마탑에 신
원 조회를 할 것이다. 혹시라도 추가 습격이 있을지 모르니
패트릭 경을 황실 직영지에 급파하도록 조처하라."

황제는 엘빈의 안전을 위해 황실에서 보유한 블레이드 오
너 패트릭 케이지 백작을 급파했다. 리셀의 손에 죽은 알렉
스와 같은 시기에 블레이드 오너 자격을 취득한 패트릭은
원래 황제파 귀족 가문에서 태어난 인재였다.

그 사실을 알게 된 황제는 즉각 칙령을 내려 패트릭을 황
궁으로 불러들였다. 그리고 백작의 작위를 내걸고 충성을
종용했다.

"짐에게 충성을 맹세할 경우 그대에게 백작의 작위를 하

사하고 황실 기사단의 분대장으로 임명할 것이다.”

비록 다스릴 영지가 없긴 하지만 아버지인 케이지 자작보다 월등히 높은 작위였기 때문에 패트릭은 두 말도 하지 않고 황제에게 충성을 맹세했다.

사실 백작 작위를 수여받는 것은 엄청난 특혜였다. 제국의 귀족 대부분을 차지하는 하위 귀족인 남작이나 자작과는 달리 백작은 휘하에 영주들을 거둘 수 있는 로드(대영주) 신분의 고급 귀족이다. 제국의 귀족이라면 감히 거부할 수 없을 만큼 크나큰 유혹이다. 황제는 그런 방법으로 휘하에 두 명의 블레이드 오너를 거둬들였다.

황제의 명에 의해 패트릭 백작이 오십여 명의 기사들을 대동하고 엘빈의 마차를 마중 나갔다. 그들이 합류하면 어느 누구도 습격할 엄두를 내지 못할 것이다.

제2장
브라운 남작령을
탈환하라

　다행히 더 이상의 습격은 없었다. 블레이드 헌터인 리셀이 도사리고 있는데 그 누가 습격을 가할 수 있단 말인가? 그 탓에 대열은 추가적인 희생 없이 황제 직속령으로 들어갈 수 있었다. 통신을 맡은 마법사가 다가와서 통신 내용을 엘빈에게 보고했다.

　"앞으로 반나절이면 황실 기사단과 조우할 수 있을 것입니다. 황제 폐하의 특명으로 황실 소속의 블레이드 오너인 패트릭 백작이 황실 기사단에 합류했다고 합니다."

　뜻밖의 사실에 기사들이 술렁거렸다. 설마 황제가 휘하의 블레이드 오너를 보내줄 줄은 몰랐기 때문이었다. 그러나 엘빈은 그 사실을 그리 기뻐하지 않았다. 마법사를 돌려보낸 후 그는 즉시 리셀을 불러들였다.

"이쯤에서 돌아가야 할 것 같네. 그게 나을 것 같아."

그러나 리셀은 완강히 고개를 흔들었다. 한 번 습격을 받고 나니 주군의 안위가 더욱 걱정스러워진 리셀이었다.

"아닙니다. 주군. 저는 대열이 황실 기사단을 만나는 것을 확인하고 난 뒤 떠나겠습니다."

엘빈이 그게 아니라는 듯 고개를 흔들었다.

"아닐세. 지금 떠나는 게 나아. 만약 패트릭 백작이 오지 않았다면 그렇게 해도 되겠지만 그가 왔으니 부득이하게 계획을 수정해야 해."

리셀이 영문을 모르겠다는 듯 눈을 끔벅거렸다.

"무슨 말씀이신지?"

엘빈이 빙그레 웃으며 이유를 설명해 주었다.

"소문에 의하면 패트릭 백작은 남달리 호승심이 강한 인물이야. 자네를 만나면 반드시 검을 섞어보려 할 거야."

"그렇습니까?"

"물론 자네가 질 것이라곤 생각하지 않아. 하지만 이기면 크나큰 문제가 발생해. 자네가 패트릭 백작을 꺾을 경우 대부분의 귀족은 황제의 명예가 손상되었다고 간주할걸세."

그 말을 듣자 리셀의 안색이 살짝 굳었다. 엘빈의 말대로 리셀은 패트릭 백작을 전혀 두려워하지 않았다. 렌테리아 마탑에서 배출된 블레이드 오너라면 상대가 누구라도 이길 자신이 있었다.

그런데 문제는 패트릭 백작이 황제에게 충성을 맹세한 블레이드 오너란 점이다. 그의 승패는 황제의 명예와 직결된다. 리셀이 조심스럽게 말을 이어나갔다.

"주군을 위해서라면 패트릭 백작에게 져줄 수도 있습니다만."

엘빈이 미소를 지으며 리셀의 어깨를 툭툭 두드려 주었다.

"난 내 기사에게 그런 짓을 시키고 싶지 않네. 자넨 우리 가문의 희망이야. 자네의 명예가 손상되는 것은 곧 내 명예가 손상되는 것이고, 더 나아가 루카스 후작가의 명예와 직결되는 문제야. 그러니 어서 그리폰을 타고 떠나도록 하게. 크라이어 남작령으로 가서 브라운 남작이 영지를 되찾는 것을 도와주는 게 이제부터 자네가 할 일이야."

리셀이 떨리는 눈빛으로 엘빈을 쳐다보았다. 새삼 엘빈을 주군으로 모시게 된 것이 행운이라는 생각이 들었다. 세상 그 어느 주군이 휘하 기사에게 이렇게 마음을 써준다는 말인가? 리셀이 공손히 고개를 숙였다.

"알겠습니다. 주군. 어김없이 봉행하도록 하겠습니다."

옆에서 보고 있던 후작 부인이 방긋 미소를 지었다.

"리셀 경. 부디 몸조심하도록 하세요. 아버님을 대신해

경에게 다시 한 번 감사 인사를 드리고 싶군요. 경은 한마디로 우리 가문의 은인이에요.”

엘빈의 아내인 에이미는 리셀의 맹활약으로 인해 영지를 되찾은 도플러 자작의 딸이다. 가문의 은인이니만큼 리셀을 쳐다보는 그녀의 눈빛은 더없이 따뜻했다. 리셀이 아니었다면 남편인 엘빈이 어찌 루카스 후작가의 가주 자리에 올랐겠는가?

“조심하세요. 리셀 기사님.”

레이첼 역시 떨리는 눈빛으로 리셀을 쳐다보고 있었다. 아름다운 그녀의 눈동자에는 복잡한 빛이 일렁이고 있었다. 주군의 가족들을 둘러본 리셀이 공손히 검례를 했다.

“그럼 다녀오겠습니다. 주군.”

“반드시 크라이어 남작령을 되찾아 줄 것이라고 믿겠다.”

마차 밖으로 나온 리셀은 즉각 대기하고 있던 그리폰에 올라탔다. 그리폰 기수가 석영 바이저가 달린 투구를 내밀었다.

“투구를 쓰십시오. 리셀 경.”

말없이 투구를 눌러쓴 리셀에게 수많은 눈동자가 집중되었다. 엘빈의 호위를 맡은 기사들과 견습기사들이 선망 어린 시선을 보내는 것이다. 리셀이 그들을 쳐다보며 입을 열었다.

“부디 주군을 지켜주시오. 부탁드리겠소.”

그 말을 들은 기사들이 일제히 부동자세를 취하며 검례를 올렸다.

“걱정하지 마십시오. 목숨을 걸고 주군을 수호하겠습니다.”

기사들 중 일부의 눈빛은 남달랐다. 그들은 바로 후계자 자리에서 밀려난 카인베르크와 카디아스 휘하의 기사들이었다.

그들이 모시던 프라임 나이트 랭카스터와 포츠먼은 아그리아 공작가의 블레이드 오너에 의해 처참한 죽음을 맞이했다. 팔다리가 거의 몸에 붙어 있지 않을 정도로 끔찍한 최후였다. 그런데 그들의 원한을 후련하게 갚아준 사람이 바로 리셀이다. 그런 만큼 리셀에게 보내는 기사들의 눈빛이 범상할 리가 없는 것이다.

“출발합시다.”

리셀이 손짓을 하자 기수가 그리폰을 이륙시켰다.

끼아아악.

구슬프게 부르짖은 그리폰이 하늘 높이 날아올랐다. 남겨진 기사들은 하나의 점으로 사라지는 그리폰을 하염없이 쳐다보고 있었다.

다행히 반나절 동안 습격은 없었다. 해서 엘빈의 행렬은 무난히 황실 기사단과 조우할 수 있었다. 황실 기사단을 지휘하는 이는 가느다란 눈매가 인상적인 창백한 얼굴의 중년인이었다. 그가 안광을 번뜩이며 다가왔다.

"루카스 후작가의 가주를 뵈오이다. 본인은 황제 폐하의 명을 받고 마중 나온 패트릭이라고 하오."

그 말에 호위 기사들이 공손히 검례를 올렸다. 보고를 받은 엘빈이 즉각 마차 밖으로 나왔다.

"만나 뵙게 되어 영광이오. 패트릭 경을 보내주신 황제 폐하의 은혜에 어찌 감사를 드려야 할지 모르겠소."

어릴 때부터 철저히 교육을 받았기 때문에 엘빈의 예의범절은 전혀 나무랄 데가 없었다. 그러나 패트릭 백작의 관심사는 다른 곳에 있는 듯했다. 그는 끊임없이 엘빈의 뒤에 도열한 호위 기사들을 살피고 있었다.

"리셀 경은 어디에 있습니까? 소문이 자자한 블레이드 헌터를 한번 만나보고 싶군요. 저에게 소개시켜 주십시오."

엘빈이 씁쓸히 웃으며 대답해 주었다.

"프라임 나이트 리셀은 이미 영지로 돌아간 상태요. 급한 일이 있어서 보낼 수밖에 없었소."

순간 패트릭 백작의 눈가에 실망감이 스쳐 지나갔다. 엘빈이 예상했던 대로 그는 리셀에게 호승심을 가지고 있었다. 함께 마탑을 졸업했던 동기생 알렉스가 리셀의 손에 목숨을 잃었으니 그럴 수밖에 없었다. 모양새를 보니 진검 대련이라도 벌일 작정이었나 보다. 패트릭 백작이 아쉬운 듯 한숨을 내쉬었다.

"아쉽군요. 말로만 듣던 블레이드 헌터의 위력을 한 번 견식하고 싶었는데……."

그 말에 엘빈이 쓴웃음을 지었다.

'패트릭 경도 생각이 그리 깊지는 않군. 뒷일을 전혀 생각하지 않아.'

두 초인의 대결이 성사된다면 결과와 무관하게 그 여파가 만만치 않을 게 분명했다. 가능한 한 성사되지 않는 편이 나은 것이다. 그러나 검에 모든 것을 건 무인답게 패트릭의 성정은 지극히 단순한 편이었다. 앞뒤 가릴 것 없이 리셀과 겨뤄보려 하니 말이다.

'리셀을 참으로 잘 보낸 것 같군.'

아쉬움을 접어 넣은 패트릭이 말머리를 돌렸다.

"폐하의 명에 따라 수도까지 호위하겠습니다. 그동안의 안전은 저희에게 맡겨주시길……."

패트릭 백작을 위시한 황실 기사단이 가세하고 난 뒤 엘빈의 대열이 수도를 향해 머나먼 여정을 이어나갔다.

날개를 활짝 편 그리폰이 쏜살같이 허공을 가로질렀다. 그리폰의 날개 아래 펼쳐진 들과 강을 살펴본 기수가 보고해왔다.

"크라이어 남작령까지는 그리 멀지 않습니다. 저녁때 정도면 도착할 수 있을 것입니다."

"알겠소."

이미 브라운 남작이 통솔하는 병력이 크라이어 남작령 가까이 접근해 있는 상태였다. 영지를 빼앗긴 지 이제 9년이 된 브라운 남작에게는 황제의 허락 없이도 영지전을 통해 영지를 되찾을 권한이 있었다.

그가 거느린 병력은 육백 명 정도였으며 전원 용병이었다. 크라이어 남작령의 병력이 천 명 정도임을 감안할 때 조금 부족해 보이기는 했지만 용병 개개인이 실전 경험이 풍부한 최정예였으므로 그리 뒤떨어지는 전력은 아니었다.

무엇보다도 리셀이라는 초인이 가세할 경우 영지전의 승패가 어떻게 결정될지는 아무도 짐작하지 못한다. 루카스 후작가에서도 그 점을 생각해서 병력 규모를 결정한 것이다.

리셀을 태운 그리폰은 해가 저물기 전에 브라운 남작의 병력과 조우할 수 있었다. 드넓은 평야에 수백 명의 병력이 횃불을 켜놓고 주둔 중이었다.

"아군이 분명합니다."

막사에 내걸린 깃발을 확인한 그리폰 기수가 급강하를 했다. 날갯짓 소리에 하늘을 올려다본 원정군 기사들이 그리폰의 문장을 보고 눈을 빛냈다.

“오셨다.”

기사의 지시를 받은 병사들이 깃발을 휘두르며 착륙 장소를 지정해 주었다. 기수가 능숙하게 그리폰을 조종해서 사뿐히 바닥에 착지했다.

리셀이 그리폰에서 내리는 순간 일단의 사람들이 우르르 몰려왔다. 선두에 선 자는 통통한 체구의 중년인이었다. 그가 바로 수복해야 할 크라이어 남작령의 원주인인 브라운 남작이었다.

리셀을 쳐다보는 브라운 남작의 눈빛은 떨리고 있었다. 영지를 되찾아 줄 중요 인물인 만큼 긴장하지 않을 도리가 없다. 영지를 빼앗긴 9년의 세월 동안 그는 실로 엄청난 마음고생을 해야 했다.

브라운의 작위는 남작이다. 공후백자남, 5품계 중 가장 하위 계층이다. 솔직히 말해 제도에서라면 명함도 내밀기 힘든 작위인 건 분명하다. 그러나 영지를 가진 영주로서 남작이란 작위는 결코 얕잡아볼 수 없다. 일단 자신의 영지에서는 작은 나라의 왕과 다름없는 대우를 받을 수 있는 것이다.

모시는 대영주나 황제에게 정해진 세금만 바치고 나면 그 누구도 영지의 일에 관여하지 않는다. 영지민으로부터 거둬들이는 세금을 바탕으로 남부럽지 않은 생활을 할 수 있는 것이다.

　게다가 영주는 봉록을 내린 기사나 고용한 직업 병사들로부터 마음속에서 우러러 나오는 충성을 받을 수 있다. 영주의 행차가 있기만 하면 소작농들이 일제히 달려나와 꿇어엎드린다. 세금 징수권과 사법권, 행정권을 모두 가진 영지의 실질적인 주인이기에 받을 수 있는 대우이다.

　여느 영주와 마찬가지로 브라운 남작 역시 할아버지 때부터 풍요로운 혜택을 누려왔다. 영지 자체가 평야로 이루어져 있고 수량이 풍부해 소출이 많았으므로 어지간한 중앙 귀족도 부럽지 않을 정도였다.

　그러나 9년 전 그날의 일로 인해 브라운 가문의 혜택은 하루아침에 날아가버렸다. 함께 루카스 후작가를 섬기던 인근 영지가 영지전에서 패배해 아그리아 공작 계열로 넘어가버린 것이다. 이후 이어진 끊임없는 도발. 이유는 굳이 생각해보지 않아도 뻔했다.

　"무슨 일이 있어도 놈들의 도발에 넘어가면 안 된다."

　브라운 남작이 각별히 주의를 시켰지만 젊디젊은 일선 병사들을 완벽하게 통제하는 것은 불가능하다. 결국 두 영지 간에 군사적 충돌이 벌어졌고 상대 영지에서 기다렸다는 영지전을 걸어왔다. 황제의 허락까지 받아온 것만 보아도 아그리아 공작가에서 얼마나 철저히 준비를 했는지 익히 알 수 있었다.

그리고 브라운 남작은 영지전에서 상대편 영지군의 선두에 선 아그리아 공작가의 블레이드 오너 루드비히를 목격해야 했다. 놀랍게도 팔십 세에 육박하는 루드비히가 다시금 영지전에 나온 것이다. 나이가 들었지만 루드비히의 무위는 여전했다.

블레이드 오너가 가세했으니 영지전의 승패는 안 봐도 뻔하다. 하루아침에 영지를 잃은 브라운 남작은 가솔과 가신, 몇 명 안 되는 기사들을 데리고 쓸쓸히 루카스 후작가에 몸을 의탁해야 했다. 그에게 충성을 바치던 기사 대부분은 루드비히의 손에 이승을 하직했다.

이후 브라운 남작 일가의 생활은 극도로 궁핍해졌다. 그래도 충성을 바치던 봉신 가문이라 루카스 후작가에서 백여 호 가까운 소작농의 세금을 거둘 권리를 내어줬지만 호사스러운 생활을 하던 브라운 남작 일가의 눈에 차지 않는 건 당연했다.

그러나 어쩔 것인가? 브라운 남작은 더 이상 영주가 아니었다. 루카스 후작가의 배려에 감사해 하며 얼마 되지 않는 소작료를 받아 하루하루 버틸 수밖에 없는 것이 브라운 남작의 입장이었다.

그렇게 힘들게 생활하던 브라운 남작에게 마침내 봄날이 찾아왔다. 완전히 몰락해서 도저히 영지를 되찾아줄 가능성이 보이지 않던 루카스 후작가가 마침내 대대적인 반격을 개시한 것이다. 그것은 단 한 사람의 합류로 인해 이루어졌다.

전대 루카스 후작가의 가주였던 아너프리 루카스가 발굴해낸 블레이드 헌터 리셀. 그가 가세함으로써 루카스 후작가는 반격에 성공하여 잃었던 영지 몇 개를 되찾을 수 있었다. 브라운 남작과 같은 처지에 있던 몰락 귀족 몇 명이 다시금 영지를 다스리는 영주가 된 것이다.

그 소식을 들은 브라운 남작은 기대에 부풀었다. 주인이 바뀌어 지금은 크라이어 남작령이 된 자신의 옛 영지를 찾을 수 있는 가능성이 마침내 보였기 때문이었다.

루카스 후작가는 그런 브라운 가문의 기대를 저버리지 않았다. 그에게 육백 명의 용병과 기사 네 명, 그리고 가문의 블레이드 헌터 리셀을 지원해 준 것이다.

자신을 섬기던 기사 다섯 명을 데리고 영지전을 준비하는 브라운 남작의 눈은 기대로 불타올랐다.

"드디어 기회가 찾아왔다. 무슨 일이 있어도 이 기회를 놓치지 않을 것이다."

자신에게 기회를 준 루카스 후작가에 감사해 하며 브라운 남작은 배정받은 병력을 이끌고 크라이어 영지로 진군했다. 병력은 비교적 적은 편이었지만 그는 조금도 걱정하지 않았다.

현재 크라이어 영지를 수호하는 병사 대부분이 자신의 영지민 출신이다. 복무 중인 병사는 아니더라도 그 부모들은 브라운 남작에게 세금을 바쳤다. 그런 기억을 가진 병사들이 전 영주인 브라운 남작에게 적극적인 적대 행위를 할 리가 없었다.

그리고 그는 현재 크라이어 남작령의 상황을 잘 알고 있었다. 브라운 영지를 다스릴 권한을 부여받은 크라이어 남작은 영지를 얻기 위해 아그리아 공작에게 실로 엄청난 재물을 바쳤다. 그렇게 해서 제법 쓸만한 영지를 얻었지만 그걸로 끝난 것은 아니었다.

원래 각 영주들이 대영주에게 바치는 세율은 법령으로 엄격히 규정되어 있다. 그러나 아그리아 공작가는 휘하의 봉신 가문에게 그보다 월등히 높은 세율을 적용했다. 물론 외부로 드러나지 않게 비공식적으로 요구한 것이었다. 새로 영지를 얻은 영주로서는 그것을 거부할 만한 명분이 없었다.

세금을 바치기 위해 크라이어 남작은 그야말로 영지민들을 쥐어짜야 했다. 또한 영지를 얻기 위해 지불한 뇌물까지 보충하려면 더더욱 많은 세금을 거둘 수밖에 없었다.

그 때문에 현재 크라이어 남작령의 농노와 소작농들은 말 그대로 죽지 못해 사는 형편이었다. 소출의 절반 이상을 세금으로 거둬가니 농사를 지을 만한 의욕이 있을 리가 없었다. 주기적으로 휘하의 기사들을 영지에 잠입시켜 사정을 알아낸 브라운 남작이 가슴을 탕탕 쳤다.

"멍청한 작자. 세금을 적당히 거둬서 소작농들에게 미래에 대한 희망을 주어야 소출이 올라간다는 사실을 어찌 모른단 말인가? 닥치는 대로 쥐어짠다고 더 많이 나오는 게 아닌 데 말이다."

그러나 중앙 귀족 출신인 크라이어 남작과 가문 대대로 영지를 다스리며 노하우를 쌓아온 브라운 남작과는 사고방식 자체가 다를 수밖에 없다.

바로 그런 이유로 브라운 남작은 육백 명이라는 비교적 적은 병력을 이끌고 가면서도 희망을 가질 수 있었다. 만약 혹독하게 착취당하는 영지민들 사이에 예전의 영주가 용병들을 이끌고 영지를 되찾으러 온다는 소문이 돌면 그 여파는 상상을 초월할 것이다.

비록 브라운 남작이 대단히 너그럽거나 영지민들을 제 몸처럼 아끼는 영주까지는 아니었다고 해도 나름대로 영지를 별탈 없이 다스려온 쓸만한 영주임에는 분명했다. 모르긴 몰라도 자발적으로 길 안내를 하거나 영지의 정보를 알려주려는 영지민들이 속출할 터였다.

그 사실을 철석같이 믿은 브라운 남작은 영지의 접경지에 도착한 이후 눈이 빠지게 블레이드 헌터 리셀을 기다렸다. 그렇게 오매불망 기다리고 기다리던 리셀이 그리폰을 타고 날아온 것이다.

“어서 오십시오. 리셀 경. 오랫동안 기다렸습니다.”

브라운 남작을 본 리셀이 살짝 목례를 했다.

“조금 늦었습니다. 많이 기다리셨지요?”

브라운 남작이 급히 손사래를 쳤다.

“그렇지 않습니다. 와주신 것만 해도 가문의 영광이지요. 간단하게 주연을 준비해 두었습니다. 막사로 드시지요.”

공손히 허리를 굽히며 지휘관 전용 막사를 가리키는 브라운 남작이었다. 이미 해가 져서 사위가 어둑어둑했다. 리셀은 브라운 남작의 안내를 받으며 막사로 들어갔다.

“크라이어 남작령에 전령을 보내셨습니까?”

리셀의 질문에 브라운 남작이 미소를 지으며 고개를 끄덕였다.

“물론입니다. 이곳에 도착하자마자 전령을 파견했습니다. 크라이어 남작이 받아들였으니 내일 아침이면 병력을 진군시킬 수 있습니다. 정당한 요구이니만큼 그로서는 동의하지 않을 방도가 없지요.”

“흠. 저들이 주전장을 과연 어디로 택할지 궁금하군요.”

그 말에 브라운 남작이 즉각 대답해 주었다.

“아무래도 크라이어 남작은 농성전을 선택한 것 같습니다. 대부분의 병력을 영주성에 모아두었더군요.”

리셀이 깜짝 놀라 되물었다.

"그 사실을 어떻게 아셨습니까?"

"다행히 영지민들이 저를 잊지 않은 것 같습니다. 서너 명의 영지민들이 몰래 숙영지에 찾아와서 영지의 사정을 알려주었답니다. 한때 저에게 세금을 바치던 영지민들이었지요."

브라운 남작의 말은 사실이었다. 그가 이곳에 병력을 주둔시키자 나이 든 영지민 몇 명이 몰래 찾아왔다. 크라이어 남작의 높은 세금에 시달리다 옛 영주가 영지를 되찾으러 온다는 소문을 듣고 도움을 주기 위해 찾아온 것이다.

그로 인해 브라운 남작은 크라이어 남작의 대응 태세와 병력 이동을 미연에 간파할 수 있었다. 리셸이 입을 벌리고 감탄했다.

"놀랍군요. 영지민들이 자발적으로 도움을 주는 것을 보니 브라운 남작님이 영지를 무척 잘 다스리셨나 봅니다."

브라운 남작이 쓴웃음을 지었다. 솔직히 말해 자신이 영지를 잘 다스렸다기보다는 지금의 영주가 워낙 못 다스렸기 때문에 일어난 현상이었다. 그러나 그런 사정을 구구하게 설명할 필요는 없었다.

"영지를 되찾을 경우 앞으로는 영지민들을 각별히 보살필 생각입니다. 이번 일로 느낀 점이 정말로 많으니까요."

브라운 남작의 눈가에서는 회한이 묻어나오고 있었다. 영지민들로 인해 누릴 수 있었던 혜택을 막상 영지를 잃고 나서야 뼈저리게 실감할 수 있었다. 다시 영지를 되찾을 수 있다면 예전보다 더욱 세심하게 신경 써서 영지를 다스릴 터였다. 리셀이 묵묵히 고개를 끄덕였다.

"알겠습니다. 그럼 내일 아침 일찍 주병력과 합류하도록 하겠습니다. 만에 하나 벌어질 기사대전은 전적으로 저에게 맡겨 주십시오."

"믿겠습니다. 그리고 조촐하지만 연회를 준비해 두었습니다. 간단히 여흥을 즐기시지요."

말을 마친 브라운 남작이 손뼉을 쳤다. 그러자 시종들이 은제 접시에 담긴 음식을 들고 들어와 식탁에 올리기 시작했다. 병영에 어울리지 않는 화려한 차림이었다. 탁자 위에 차곡차곡 올려지는 음식들을 보며 리셀이 눈을 크게 떴다.

"야전에서 어찌 이런 음식을 준비하셨습니까? 무척 힘드셨을 텐데……."

"별말씀을……. 제 영지를 되찾아주실 은공께 이 정도는 수고랄 것까지 없습니다."

놀랍게도 브라운 남작이 그 귀하다는 602년산 레드 드래곤을 한 병 준비해 온 것이다.

손뼉을 치자 화사하게 차려입은 아리따운 소녀가 술잔과 술병이 든 쟁반을 들고 들어왔다.

"이것으로 간단히 목이나 축이시지요. 한 잔 따라드려라."

열예닐곱 살 정도 되어 보이는 귀여운 용모의 소녀가 얼굴 가득 미소를 지으며 리셀에게 술잔을 내밀었다.

"받으시지요."

물론 리셀의 표정은 떨떠름했다. 술을 그리 좋아하지 않는 리셀이기에 기꺼울 리가 없다. 그러나 성의를 생각해서 한 잔 정도는 마셔야 할 것 같았다. 그가 잠자코 네헤라자드에서 벌였던 하쿠에레차를 떠올렸다. 레오폰 왕국의 술맛을 떠올리자 절로 얼굴이 찡그려졌다.

'그나마 레드 드래곤은 레오폰 왕국의 술보다는 먹기가 월등히 나은 편이니……'

그런데 뜻밖에도 술을 따라준 소녀가 리셀의 옆에 바짝 붙어 앉았다. 시녀라고 생각했던 리셀의 눈이 가늘어졌다.

'이 여자는 도대체 뭐지?'

자세히 살펴보니 옷차림과 장신구가 화려한 것이 결코 시녀로 볼 수 없었다. 궁금증은 브라운 남작이 풀어주었다.

"제 둘째 딸 카리나입니다. 인물이 그리 밉지 않으니 가급적 예쁘게 봐주십시오."

브라운 남작의 소개에 카리나라고 불린 소녀가 방긋 웃었다.

"영웅을 만나 뵙게 되어 영광이에요. 카리나라고 불러주세요."

리셀로서는 쓴웃음을 지을 수밖에 없었다. 그의 뇌리에는 어느새 주군인 엘빈의 음성이 메아리치고 있었다.

"앞으로는 여자 때문에 많이 귀찮아질걸세."

주군의 뜬금없는 말에 리셀이 눈을 휘둥그레 떴다.

"도대체 무슨 말씀이십니까? 주군."

영문을 모르겠다는 리셀의 표정을 보자 엘빈의 입가에 서린 미소가 짙어졌다.

"자네와 인연을 맺으려는 귀족들이 어디 한두 명인 줄 아나? 루카스 후작령에는 몰락 귀족들이 유난히 많은 편이야. 아마도 그들은 한창나이의 여식을 이용해 자네와 친분을 맺으려 할 것일세. 성공만 하면 가문의 운명이 뒤바뀌는데 시도하지 않을 것 같나?"

"저와의 친분이라니요?"

여전히 분위기 파악을 못 하고 있는 리셀이었다. 그런 리셀에게 엘빈이 차분히 이유를 설명해 주었다.

현재 리셀은 루카스 후작령 전체를 통틀어 최고의 주가를 달리고 있는 젊은 영웅이다. 그가 루카스 후작가에서 차지하는 비중을 생각할 때 머지않은 미래에 더 높은 곳으로 뻗어 갈 가능성은 그야말로 무궁무진하다.

그런데 리셀은 결혼 적령기가 지났음에도 불구하고 아직까지 미혼이다. 얼마 전 영지의 평민 처녀 하나에게 청혼을 했지만 매정하게 거절당했다. 그런 리셀에게 후작령의 귀족들이 관심을 가지지 않을 리가 없다.

"평민 처녀에게 청혼을 했다면 내 딸에게 하지 않으리란 보장이 없지 않은가? 내 딸은 청혼을 받았다는 평민 처녀보다 어디 한군데 모자라는 구석이 없다."

혹시라도 리셀을 유혹하는 데 성공한다면 그들의 앞에는 그야말로 찬란한 미래가 펼쳐지는 것이다.

그 생각은 후작가의 주요 가신들뿐만 아니라 영지에서 바글거리는 몰락 귀족들도 하고 있었다. 그들은 결혼 적령기의 딸을 이용해 어떻게든 리셀과의 하룻밤 인연을 맺으려 했다. 성공하기만 하면 가문의 부흥은 시간문제였다. 설명을 들은 리셀이 어처구니없는 표정을 지었다.

"마, 말도 되지 않습니다. 어찌 그런……."

엘빈이 빙글빙글 웃으며 설명을 이어나갔다.

"하지만 사실이야. 지금은 자네가 내 저택에서 함께 생활하기 때문에 감히 건드리지 못하지만 밖으로 나가면 사정이 판이하게 달라질걸세. 상당히 골치가 아플 것을 장담하지."

엘빈의 말은 엄연히 사실이었다. 리셀을 유혹하기 위해 수많은 귀족 영애들이 호시탐탐 기회를 노리고 있었다. 그녀들이 바라는 것은 바로 리셀의 반려자 자리였다.

리셀의 아내가 될 경우 그녀의 가문은 대번에 루카스 후작가의 주요 권력 구도에 진입할 수 있게 된다. 무엇보다도 리셀은 제국에서 유일한 블레이드 헌터이다. 그런 젊은 사자의 아내가 되는 것은 여자의 입장에서도 대단한 매력이 아닐 수가 없었다.

때문에 가문의 엄명을 받거나, 혹은 자발적으로 나선 귀족 영애들이 눈을 부릅뜨고 리셀이 외출하는 순간만을 기다렸다. 리셀로서는 난감할 수밖에 없는 상황이었다.

"주, 주군. 도대체 어떻게 해야 합니까?"

울상을 짓는 리셀을 보며 엘빈이 대응책을 알려주었다.

"가급적 예의에 어긋나지 않도록, 그리고 상대가 모욕감을 느끼지 않도록 거절하는 법을 알려주겠네. 자네에게 절실히 필요할 테니 정신 똑바로 차리고 배우게."

"부, 부탁드립니다. 주군."

그리하여 리셀은 주군인 엘빈으로부터 접근해오는 여성들을 어떻게 대해야 할지, 개인 교습을 받았다. 루카스 후작가의 후계자였던 엘빈은 이런 상황에의 대처에 비교적 능숙한 편이었다. 그 역시도 가문의 이익을 위해 접근해오는 귀족 영애들로 인해 골치를 썩인 경험이 있었다.

주군의 가르침을 떠올린 리셀이 빙그레 웃으며 카리나에게 목례를 했다.

"아름다운 레이디를 뵙게 되어 영광입니다."

안 그래도 잘 생긴 리셀이 눈웃음까지 지어가며 인사를 하자 카리나의 얼굴이 붉게 물들었다. 아버지를 모시는 기사를 몇 명 봐왔지만 리셀만큼 잘생기지는 않았다. 옅은 은발에 초록빛 눈동자, 흠잡을 데 없는 이목구비는 열여섯 카리나의 방심을 여지없이 뒤흔들어놓았다.

'정말 잘생겼어. 아버지의 기사들처럼 우락부락하지도 않고 말이야.'

바로 그때, 리셀이 들고 있던 술잔을 단숨에 들이켜버렸다. 순간 카리나의 눈이 크게 뜨여졌다.

"어머! 그 독한 술을 어떻게 단숨에……."

싱긋 웃으며 입매를 훔친 리셀이 술잔을 내밀었다.

"한 잔 더 주시겠습니까? 아름다운 레이디께서 따라주시니까 술맛이 한결 좋습니다."

홍당무가 된 카리나가 두 손으로 공손히 술병을 들어 따라주었다. 리셀은 그것마저도 단숨에 마셔버렸다. 그 모습에 카리나가 감탄했다.

"술이 정말 세시군요."

"술은 어느 정도 마시는 편입니다."

리셀은 카리나와 두런두런 담소를 나누었다. 그 모습을 보던 브라운 남작의 입가에 슬며시 미소가 걸렸다. 어리게만 보았던 둘째 딸이 의외로 충실히 임무를 수행하고 있는 것이다.

'정말 잘되었어. 카리나가 리셀 경과 친분을 맺는 것은 우리 가문에 더할 나위 없이 좋은 일이야. 설사 아내가 되

지 못한다고 해도 상관없어. 리셀 경의 아이만 하나 잉태할
수 있어도 우리 가문은 든든한 배경을 가질 수 있어.'

이미 그는 카리나를 리셀의 막사로 몰래 들여보낼 생각을
굳히고 있었다. 자고로 사내라면 여인의 유혹을 뿌리치지
못하는 법이다. 더욱이 치열한 전투를 앞두고 있는 기사의
입장에서는 더더욱 여인의 따뜻한 품을 그리워할 수밖에 없
다.

그러나 그런 브라운 남작의 포부는 한순간 허무하게 무너
져버렸다. 서너 잔의 술을 받아 마신 리셀이 이번에는 카리
나에게 술을 따라주었다. 어리디어린 귀족 영애가 마시기에
레드 드래곤은 너무도 독한 술이었다. 하지만 눈에 콩깍지
가 씐 카리나는 추호도 의심하지 않고 받아마셨다.

리셀은 용의주도하게도 한 번에 다 비울 수 있게끔 술잔
바닥에 찰랑찰랑할 정도로 조금씩만 따라 카리나에게 권했
다. 그것이 쌓이고 쌓인 끝에 카리나는 결국 인사불성이 되
어버렸다.

쨍그랑.

카리나의 손에서 떨어진 술잔이 요란한 소리를 내며 깨어
졌다. 그러나 만취한 카리나는 그것조차 인식하지 못했다.
붉게 달아오른 얼굴로 그대로 곯아떨어져버린 것이다. 리셀
이 모로 쓰러지는 카리나를 부드럽게 안아 들었다.

"이런! 죄송합니다. 영애께서 술을 잘 못 드시는군요. 술

을 권한 저를 용서하십시오.”

브라운 남작이 씁쓸한 표정을 지으며 축 늘어진 딸을 받아 들었다. 리셀의 주량이 이토록 셀 줄은 미처 몰랐다. 급히 시녀를 부른 브라운 남작이 카리나를 막사로 데리고 가서 재우도록 지시를 내렸다.

“별말씀을…… 술을 정말 잘 드시는군요. 리셀 경.”

이쯤에서 포기할 브라운 남작이 아니었다. 이번에는 큰딸 페르네를 불러들인 것이다. 얼굴에 주근깨가 많아 카리나보다 인물이 비교적 떨어지기는 하지만 나름대로 귀염성 있는 얼굴이었다. 카리나의 실수를 번복하지 않기 위해 브라운 남작은 페르네에게 단단히 주의를 주었다.

“어떤 일이 있어도 술을 받아 마시지 말아야 한다. 리셀 경의 주량은 실로 엄청나다.”

“알겠어요. 한 잔도 안 마실 테니 걱정 마세요.”

“너만 믿겠다.”

그러나 리셀은 더 이상 술을 마시지 않았다. 페르네와 정중하게 인사를 나눈 뒤 리셀은 이만 막사로 물러가야겠다고 의사를 밝혔다.

“내일 전투를 위해서는 가서 쉬어야 할 것 같습니다.”

당황한 브라운 남작이 몸을 일으켰다.

“그, 그러셔야죠. 내일 싸우려면 휴식을 취해야 하지요.”

그때 리셀이 정색을 하고 브라운 남작을 쳐다보았다.

“아무래도 밤을 새워 마나 수련을 해야 할 것 같습니다. 브라운 남작님께 한 가지 청이 있습니다.”

“말씀하십시오.”

“저는 밤새도록 마나 수련을 할 것입니다. 그런데 마나 수련을 할 때에는 외부의 충격에 매우 민감합니다. 자칫 잘못해서 누가 건드린다면 마나가 역류해서 큰 부상을 입을 가능성이 있습니다. 그러니 가급적이면 제 막사에 아무도 들어오지 못하게 해 주십시오. 모쪼록 부탁드립니다.”

그 말에 브라운 남작이 얼굴을 찡그렸다. 리셀의 부탁을 들어준다면 딸을 들여보내 하룻밤 인연을 맺는다는 계획이 수포로 돌아가게 된다. 그러나 고민은 길지 않았다. 영지를 되찾는 데에는 리셀의 활약이 절대적으로 필요하다. 브라운 남작이 어쩔 수 없다는 듯 고개를 끄덕였다.

“알겠습니다. 리셀 경. 아무도 들어가지 못하게 하겠습니다.”

“감사합니다. 브라운 남작님.”

몸을 돌린 리셀이 한쪽 무릎을 꿇으며 페르네의 손등에 정중하게 키스를 했다.

“그럼 레이디. 내일 뵙겠습니다. 편히 주무십시오.”

리셀의 정중한 태도에 페르네가 붉게 달아오른 얼굴로 어쩔 줄 몰라 했다. 동생과 마찬가지로 리셀의 수려한 용모에 한눈에 반한 모양이었다.

"네? 네……. 리셀 경."

몸을 돌려 막사를 걸어나가는 리셀의 얼굴에는 이제 살았다는 표정이 역력했다.

'만약 주군으로부터 교습을 받지 않았다면 어떻게 되었을까?'

생각해 보던 리셀이 몸을 가늘게 떨었다. 보나 마나 헤어나지 못해 골치를 썩였을 것이 분명했다.

제3장
더 이상
패배할 수 없다

　다음 날 아침 해가 떠오르자 브라운 남작은 망설임 없이 병력을 진군시켰다. 육백여 명의 용병들과 이십여 명의 기사, 그리고 리셀을 포함한 전군이 거침없이 영주성을 향해 나아갔다.

　들어온 첩보대로 평원에는 병력이 전혀 배치되어 있지 않았다. 브라운 남작이 눈매를 살짝 좁혔다.

　"흠. 농성전이라."

　사실 영지전에서 농성전을 선택하는 경우는 드문 편이다. 영주의 체면을 깎아 먹는 행위이기 때문이었다.

　영지전에서는 법규에 의해 공성 무기의 사용이 엄격히 제한된다. 그런 까닭에 농성전을 벌이는 쪽이 월등히 유리하다고 볼 수 있다. 과거였다면 농성전을 택한 영주는 귀족들로부터 엄청난 규탄을 받거나 최악의 경우 작위를 박탈당하기까지 했다.

그러나 블레이드 오너가 등장한 이후 사정이 조금 변했다. 영지전에서 농성전을 선택하는 영주들이 하나둘 생겨나기 시작한 것이다. 평원에서 싸울 경우 블레이드 오너가 포함된 쪽이 유리하다는 점은 부정할 수 없는 사실이다.

그런 까닭에 많은 영주들이 자존심을 굽히고 농성전을 선택했다. 심지어 루카스 후작가의 영주들도 농성전을 벌인 경험이 적지 않았다. 블레이드 오너의 위력이 입증되었기 때문에 농성전을 선택한 영주들도 더 이상 손가락질당하지 않게 되었다.

그런 만큼 브라운 남작으로서는 별달리 불만은 없었다. 무엇보다도 리셀이 있으니 걱정이 될 리가 없다. 블레이드 오너는 영지전에서 공성 병기 이상 가는 존재이다. 블레이드 오너의 빛나는 검은 제아무리 견고한 성문이라고 해도 단숨에 조각내어버릴 수 있다.

그 사실을 철석같이 믿기 때문에 일말의 망설임도 없이 영주성으로 진군할 수 있었다. 브라운 남작군은 오와 열을 정돈하여 영주성을 향해 끊임없이 진군하고 있었다.

크라이어 영주성의 분위기는 비교적 차분했다. 모든 병사들이 성벽에 배치되어 있었고 성의 내부 광장에도 빼곡히 포진해 있었다. 병력은 특히 성문을 중심으로 밀집되어 있었다.

영지를 걸고 영지전을 벌여야 할 크라이어 남작은 비대한 체구의 중년 사내였다. 긴장했는지 그는 수건으로 연신 이마에서 흘러내리는 땀을 훔치고 있었다.

"과연 블레이드 오너를 막을 수 있겠습니까?"

크라이어 남작의 질문을 듣자 앞에 선 로브 사내가 빙그레 미소를 지었다. 후드 사이로 주름진 얼굴과 희디흰 수염이 드러나 있었다. 자세히 보니 옆에 비슷한 차림새의 로브 사내 세 명이 있었다. 하나같이 마나의 향기가 물씬 풍기는 인물이었다.

"걱정하지 마십시오. 아마 저들은 마법사에 대한 대비를 전혀 하지 않고 있을 것입니다."

로브 사내들은 바로 마법사였다.

아스트리아 제국에서 마법사란 존재는 비할 데 없는 고급 인력이다. 물론 돈을 주면 고용할 수 있지만 거기에 들어가는 비용은 상상을 초월할 정도로 비싸다. 한낱 남작령 하나를 걸고 벌이는 영지전에 동원할 수 있을 정도로 만만한 인력이 아니라는 뜻이다. 로브 사내가 조용히 말을 이어나갔다.

"놈들은 이곳에 6서클 이상의 대마법사가 포진해 있을 거라곤 전혀 생각조차 못할 것입니다. 6서클 마법사가 둘, 5

서클 마법사가 둘이라면 천 명도 안 되는 병력 정도는 눈 깜짝할 사이에 날려버릴 수 있습니다.”

그 말에 고무된 듯 크라이어 남작의 입가에 미소가 떠올랐다.

눈앞의 로브 사내들은 바로 아그리아 공작가에서 보내준 지원 병력이었다. 그저 기사나 서너 명 보내줄 줄 알았는데 뜻밖에도 엄청난 전력을 보내준 것이다. 설마 마법사를 네 명이나 보낼 줄은 꿈에도 상상하지 못했기에 크라이어 남작이 신이 나서 브리핑을 시작했다.

“마법사님들을 믿겠습니다. 성문 쪽에 중보병들을 대대적으로 배치해 두었으니 단시간 내에는 뚫리지 않을 것입니다.”

로브 사내의 입가로 미소가 번져갔다. 크라이어 남작의 전폭적인 협조가 마음에 든 모양이었다.

“블레이드 헌터의 발목을 잡은 사이에 뒤를 받치는 병력을 깡그리 몰살시켜버린다면 리셀이란 자도 수를 쓸 수 없을 것입니다.”

로브 사내는 아스트리아 제국인이 아니었다. 다름 아닌 렌테리아 마탑 소속의 마법사였다. 블레이드 헌터는 렌테리아 마탑이 배출한 블레이드 오너와 철저히 상극인 존재이다. 렌테리아 마탑의 입장에서는 반드시 리셀을 보유한 루카스 후작가를 견제해야 할 필요성이 있었다. 이들은 그러기 위해 특별히 파견 나온 인원이었다.

　사실 이 정도 규모의 영지전에서 6서클 대마법사를 보는 것은 한마디로 불가능한 일이다. 그 정도 수준의 마법사를 며칠 정도 고용하는 데 드는 비용은 웬만한 영지의 절반을 바쳐도 모자랄 정도로 어마어마했다. 그런데 6서클 마법사가 두 명이나 왔고 그것도 모자라 5서클 마법사 둘도 가세했다. 아무리 생각해 봐도 질 수가 없는 싸움이다.

　물론 마법사는 블레이드 오너에게 지극히 약한 면모를 보인다. 블레이드 오너의 빛나는 검은 어렵지 않게 마법사의 공격 마법을 파훼할 수 있다.

　마법의 발현에는 반드시 캐스팅 시간이 필요하다. 만약 블레이드 오너가 상대라면 아마 주문을 끝맺기도 전에 목이 떨어질 가능성이 높다. 일례로 루드비히의 손에 무수히 많은 아스트리아 마탑의 마법사들이 목숨을 잃었다. 그러나 지금과 같은 농성전이라면 상황이 조금 달라진다.

　좁은 성문 앞을 다수의 중보병으로 완전히 틀어막아 버린다면 블레이드 오너도 단시간 내에 돌파할 수가 없다. 그렇게 시간을 끄는 사이 마법사들이 성벽 위에서 마법 공격을 가해 병력을 괴멸시켜버리면 블레이드 오너는 곤란한 지경에 처할 수밖에 없다.

　블레이드 오너도 엄연히 사람인 이상 휴식이 필요하다. 그런데 뒤를 받쳐주는 병력이 없다면 포위 공격에 지쳐 도망칠 수밖에 없는 것이다.

리셀 하나를 처리하기 위해 아그리아 공작가와 렌테리아 마탑은 실로 엄청난 전력을 크라이어 남작에게 지원해 준 것이었다.

바로 그때 전령 하나가 다가와 보고했다.

"적군이 지평선 위로 출현했습니다."

그 말을 들은 로브 사내의 입가에 미소가 떠올랐다.

"슬슬 시작해야겠군요. 우선 절차에 따라 선전 포고 과정을 밟으십시오."

"알겠습니다."

진군을 개시한 브라운 남작군은 정오 무렵 정도에 영주성에 도착할 수 있었다. 영주성을 본 브라운 남작의 눈빛이 가늘게 떨렸다. 할아버지 시절부터 기거했던 낯익은 영주성을 보자 과거의 추억이 떠오를 수밖에 없다.

그러나 그는 이제 병력을 지휘해서 저 성을 공략해야 한다. 브라운 남작이 망설임 없이 명령을 내렸다.

"전군 진군하라!"

수장의 명에 따라 진군을 이어나간 브라운 남작군이 성문에서 2킬로미터 정도 떨어진 곳에 멈춘 뒤 싸울 채비를 갖추기 시작했다. 병사들이 수레에 싣고 온 갑옷과 방패를 차려입는 모습이 매우 부산했다.

이미 크라이어 남작은 휘하의 기사들을 이끌고 성문 앞에 나와 있었다. 잠시 후 전령이 양 진영을 출발했다. 서로 간의 입장을 표명하는 서한을 화살에 매달아 교환한 것이다. 서찰을 펼쳐 읽은 크라이어 남작이 피식 웃으며 화살대를 꺾어버렸다.

"이것이 바로 내 대답이다."

브라운 남작 역시 화살대를 부러뜨려 내동댕이쳤다. 이제 선전 포고가 이루어졌으니 전투를 개시할 순간이었다. 크라이어 남작이 기사들을 대동하고 성으로 들어간 순간 브라운 남작이 명령을 내렸다.

"모두 공격!"

명령이 떨어지자 병력이 일제히 진군하기 시작했다. 브라운 남작은 이미 성을 공략할 계획을 리셀과 세밀하게 논의한 상태였다.

더 접근할 경우 성에서 화살 공격이 가해질 것이다. 그러나 브라운 남작 휘하의 병력은 비교적 장비가 충실한 정예 병력이다. 방패를 이용해 화살 공격을 막아낸 다음 리셀이 돌입해 성문을 부수면 모든 것이 끝난다. 그 틈을 노려 병력이 한꺼번에 성 안으로 들이닥치는 전법을 선택한 것이다. 그것은 아그리아 공작가의 루드비히가 종종 써먹은 방법이기도 했다.

아마 다른 영지전과 마찬가지로 크라이어 영지군은 적극적으로 전투를 하지 않을 것이다. 브라운 남작이 전임 영주이니만큼 더욱 그럴 가능성이 크다. 병사들이 머뭇거리고 있을 때 리셀이 돌입해서 영주를 사로잡는다면 모든 것이 끝난다.

용병들은 방패로 앞을 가린 채 열심히 성과의 거리를 좁혀나갔다. 진군이 시작되고 얼마 되지 않아 성으로부터 화살 공격이 가해졌다.

쇄애애액.

무수한 화살과 쿼렐이 하늘을 뒤덮으며 퍼부어졌다. 그 모습을 본 용병들은 진군을 멈추고 한데 뭉쳐 방패로 위를 막았다.

후두두둑. 콰직.

방패 위에 세차게 박힌 화살의 꽁지깃이 부르르 떨렸다. 대부분의 화살이 방패에 박혔지만 부상을 입은 자들도 꽤나 많이 발생했다. 팔과 다리에 화살이 꽂힌 병사들이 고통에 겨워 신음을 흘렸다.

화살 공격은 그리 정밀하지 않았다. 전혀 엉뚱한 곳으로 날아간 화살이 꽤나 많은 것을 보면 크라이어 영지군이 적극적으로 전투에 임하지 않는다는 사실을 예측해 볼 수 있다. 그에 고무된 용병들이 다시금 진군을 시작했다. 처음의 짐작을 증명하듯 화살 공격은 띄엄띄엄 산발적으로 이루어졌다.

그런데 성까지 절반 정도 왔을 때 리셀의 눈이 커졌다. 성

안에서 확장되어가는 거대한 마나의 기척을 느낀 것이다.

"뭐, 뭐지?"

돌연 성벽 위에서 시뻘건 불덩어리가 생성되었다. 고서클의 위력적인 범위공격 마법, 플레임 익스플루전이었다. 용병들 몇 명이 눈을 부릅떴다.

"마, 마법사다."

"믿을 수 없어. 어찌 영지전에 마법사가?"

리셀이 버럭 고함을 질렀다.

"퇴각하라. 퇴각!"

용병들이 즉각 몸을 돌려 퇴각하기 시작했다. 상대 진영에 마법사가 있는데 지금처럼 밀집 대형으로 돌입하는 것은 자살 행위나 마찬가지였다.

전장에서 마법사의 마법 공격은 실로 엄청난 위력을 발휘한다. 밀집 대형일 때 제대로 한 대 얻어맞는다면 상상도 하기 힘든 타격을 입어야 한다. 그런데 고작 남작령을 매개로 한 영지전에서 마법사의 마법 공격이 가해지는, 상식적으로 말도 안 되는 일이 벌어진 것이다.

"후퇴해! 마법의 사정거리에서 벗어나야 해."

사색이 된 병사들이 뿔뿔이 흩어져서 후퇴를 감행했다. 공교롭게도 바로 그때 성으로부터 화살 공격이 재차 가해졌다.

쐐애애액.

정신없이 도망치는 병사들의 등판에 화살이 푹푹 박혀 들었다. 여기저기서 병사들이 비명을 지르며 쓰러졌다. 그리고 마법사의 마법 공격이 마침내 시작되었다.

콰콰콰콰.

점점 덩치를 불려나가던 불덩어리가 쏜살같이 내쏘아졌다. 모두 네 개였는데 리셀의 방해를 고려해서인지 발사된 방향이 제각각이었다.

"마, 막아야 해."

리셀이 급히 몸을 날리며 빛나는 검을 시전했다. 자신이 막지 않으면 브라운 남작군은 심각한 타격을 받을 것이다. 그러나 리셀이 처리할 수 있는 플레임 익스플루전은 오직 하나뿐이었다.

번쩍.

무지갯빛 섬광이 화염구를 쪼개자 마법이 그대로 흩어져 버렸다. 미처 재배열되지 못한 마나의 파편이 사방으로 뿜어져나갔다. 그러나 나머지 세 개의 플레임 익스플루전은 리셀도 막지 못했다. 마법사의 마법 공격은 뿔뿔이 흩어져 후퇴하는 용병들의 대열을 여지없이 강타했다.

콰아아앙.

엄청난 폭발과 함께 여기저기로 화염이 흩뿌려졌다. 명중하는 순간 상대를 불태우는 파이어 볼과는 달리 플레임 익스플루전은 사방으로 흩어지며 범위 공격을 가하는 마법이었다.

"크아악. 살려줘."

몸에 불이 붙은 병사들이 길길이 날뛰었다. 화염 폭풍에 휘말려 날아가버린 병사에서부터 눈부신 빛에 일시적으로 시력을 잃은 병사, 드러난 피부에 화상을 입어 물집이 잡힌 병사 등 부상자가 속출했다. 육백여 명의 병사 중 무려 삼분의 일이 마법사의 마법 공격에 휘말렸다. 그야말로 끔찍한 피해를 입은 것이다.

그나마 리셀이 재빨리 후퇴를 명령했기에 피해가 더 이상 커지지 않았다. 만약 퇴각 시점이 조금이라도 늦었다면 저 끔찍한 마법 공격을 한 차례 더 받아내었어야 할 터였다.

"빌어먹을."

얼굴을 일그러뜨린 리셀이 본진이 있는 곳으로 몸을 돌렸다. 중간중간 부상을 입어 신음을 흘리는 병사들이 있었지만 도저히 거둘 엄두가 나지 않았다.

마법사들이 시전한 플레임 익스플루전은 사망자보다는 오히려 부상자를 더 많이 발생시켰다. 아무래도 마법사들도 그것을 염두에 두고 시전한 것이 틀림없어 보였다. 부상병들을 돌보려면 많은 병사들이 전투에 가세하지 못하게 된다.

브라운 남작의 얼굴은 참담하게 일그러져 있었다. 조금 전 성벽에서 발사된 마법은 도합 네 발이다. 그렇다면 네 명의 마법사가 크라이어 남작성에 머물러 있다는 결론이 나온다.

"도저히 믿을 수가 없군."

저 정도의 마법을 구사할 수 있는 마법사 네 명을 고용하는 건 영지 전부를 팔아도 불가능하다. 아무래도 아그리아 공작가에서 지원해 준 것이 틀림없어 보였다. 실로 상상도 못 한 강력한 지원군이었다.

리셀과의 논의 끝에 브라운 남작은 그날의 전투를 종결짓기로 결정했다. 마법사가 도사리고 있다면 도저히 성을 공략할 방법이 없었다. 게다가 그들에게는 쓰러진 부상병과 시신들을 거두어들여야 한다는 숙제도 있었다. 그러려면 적어도 오늘은 패배를 인정해야만 했다. 영지전을 벌일 수 있도록 허용된 시간은 일주일. 이제 브라운 남작에게는 6일의 시간이 남게 된 것이다.

결국 브라운 남작군 진영에서 전령이 출발했다. 오늘의 패배를 인정하고 부상병과 시체를 수습할 수 있도록 해 달라는 요청서였다.

"요청을 받아들이겠다."

크라이어 남작은 거드름을 흘리며 요청을 받아들였다. 그에 따라 등에 백기를 멘 병사들이 다가가서 부상병과 시체를 수습했다.

마법 공격 세 발로 인한 타격은 실로 엄청났다. 우선 사망자가 무려 육십 명이나 나왔다. 운 나쁘게 마법이 작렬한 부근에 위치해 있던 병사들이어었다. 그리고 큰 상처를 입어 당분간 전투에 참가하기 힘든 부상자가 백오십 명이 넘었다. 적절한 순간에 가해진 화살 공격 때문이었다. 눈 깜짝할 사이에 전력의 30퍼센트가 날아간 것이다.

브라운 남작군은 침통한 표정으로 5킬로미터 남짓 후퇴하여 숙영지를 차렸다. 영지를 되찾으려면 반드시 마법사를 처리할 방도를 찾아내야 한다. 그러나 뾰쪽한 방법이 없었다.

"도대체 어떻게 하면 되겠습니까?"

브라운 남작은 애가 타들어가는 것을 느꼈다. 그에게 남은 시간은 고작 6일. 그 시간이 지나면 다시 루카스 후작령으로 되돌아가야 한다. 영지를 되찾을 수 있다는 희망이 물거품이 되어버리는 것이다.

물론 시한이 지나더라도 황제의 허락을 얻어 다시 영지전을 벌일 수 있긴 하다. 그러나 황제의 허락을 얻으려면 얼마나 많은 재물을 바쳐야 할지 모른다. 때문에 그는 걱정을 태산같이 했다.

현실적으로도 방법이 없기는 마찬가지였다. 루카스 영지에 지원을 요청하더라도 지원군이 도착하려면 무려 8일이나 걸린다. 아스트리아 마탑에 마법사의 지원을 부탁해도 마찬가지였다.

머나먼 수도의 마탑에서 오려면 전력으로 말을 달려도 보름이 넘게 걸린다. 6일 안에 모든 일을 처리해야 하니 상황이 난감할 수밖에 없는 것이다.

"방법이 없겠습니까?"

침울한 표정의 리셀이 안색을 굳혔다.

"어쩔 수 없군요. 친구를 불러야겠습니다."

"친구라니요?"

"친구가 오면 마법사들을 처리할 수 있을지도 모르겠습니다. 그나저나 병력이 너무 적은 것이 문제로군요. 이럴 줄 알았다면 병력을 더 끌고 오는 건데……."

영문을 모른 브라운 남작이 눈만 끔뻑거렸다. 마음을 정한 리셀이 아슈레인으로부터 선물 받은 팬던트를 조작해서 신호를 전송했다. 아슈레인이 와주기만 하면 뭔가 방도가 생길 것 같기도 했다.

'그나저나 병력 문제가 마음에 걸리는군. 차이가 너무 커.'

그러나 더 이상의 병력 충원은 현실적으로 불가능해 보였다.

그 시각 엘빈의 행렬은 막 수도로 접어들고 있었다. 놀랍게도 관문에는 남부의 명장 브렌트가 마중 나와 있었다. 레오폰 왕국을 정벌한 공을 치하받아 후작으로 승작한 브렌트 후작이 얼굴 가득 미소를 지으며 엘빈을 맞이했다.

"어서 오십시오. 루카스 공."

그 말에 엘빈이 머쓱한 표정을 지었다.

"아직까지 작위를 승계하지 못했으니 공이란 칭호가 부담스럽습니다. 그나저나 정말 오랜만에 뵙는군요. 브렌트 후작님."

브렌트 후작을 보는 엘빈의 눈빛은 따뜻했다. 남부군에 있을 당시 리셀을 잘 보살펴 주었을 뿐만 아니라 충성 서약을 받지 않고 서임을 해준 당사자이니 그럴 수밖에 없었다. 그런 엘빈의 내심을 알아차린 듯 브렌트 후작이 아쉬운 한숨을 내쉬었다.

"어쨌거나 축하드립니다. 리셀 그 녀석, 그토록 거두려고 했는데 결국은 나를 선택하지 않더군요. 블레이드 헌터가 될 줄 알았다면 강제로라도 충성 서약을 받아낼 걸 그랬습니다. 뭐, 지금 와서 후회해 봐야 어쩔 수 없는 일이지만 말입니다."

엘빈이 미소로 화답했다. 브렌트 백작의 말이 또다시 이어졌다.

"5년 동안 데리고 있어 보니 사람이 정말 진국이더군요. 뛰어난 인재를 얻으신 점, 진심으로 축하드립니다."

"별말씀을……. 그저 운이 좋았던 것 같습니다."

엘빈과 브렌트는 걸어가며 두런두런 대화를 나누었다.

"그나저나 폐하께서 무척 심려하고 계십니다. 감히 작위 승계를 위해 수도로 오는 후작가의 행렬을 기습하는 무리가 있다니 말입니다."

용병대의 포로들은 수도에 입성하는 순간 수도 경비대에 넘겨졌다. 그곳에서 심문과 취조를 통해 배후를 규명할 것이다.

그리고 동행한 마법사들은 수도의 마탑 본부로 향했다. 그곳에서 수정구의 영상 자료를 복제 분석해서 황실로 보낼 계획이었다. 그 후 황제의 칙령을 통해 렌테리아 마탑에 신원 조회를 요구할 것이다. 모르긴 몰라도 렌테리아 마탑에서는 신원 조회를 거부할 수 없으리라. 그런 만큼 대열을 습격한 블레이드 오너의 정체는 오래지 않아 밝힐 수 있을 것 같았다.

작위 승계는 순조롭게 이루어졌다. 아스트리아 제국을 다스리는 로마노프 3세는 많은 귀족들과 중신들이 모인 가운데 공식적으로 엘빈이 루카스 후작가의 차기 가주임을 선포했다. 공식적으로 작위 승계를 인정받음으로써 엘빈은 마침내 루카스 후작가의 주인이 된 것이다. 로마노프 3세가 얼굴에 미소를 띠며 엘빈의 얼굴을 쳐다보았다.

"루카스 후작가의 역대 가주들이 그랬듯 짐과 황실, 그리고 제국에 든든한 대들보가 되어주길 바라네.”

“폐하께 변함없는 충성을 맹세 드립니다.”

이제 루카스 후작이 된 엘빈이 감개무량한 표정으로 한쪽 무릎을 꿇었다.

성공적으로 작위를 계승 받았지만 엘빈이 할 일은 많고도 많았다. 우선 수도의 저택에 머무르면서 여러 차례 축하연을 열어야 한다. 수도의 귀족들에게 루카스 후작가의 건재를 알리는 것은 실로 중요한 절차였다.

그리고 황제와의 독대도 예정되어 있었다. 로마노프 3세는 사람을 보내어 은밀한 독대를 요청해 왔다. 물론 엘빈은 황제가 무슨 내용을 논의할지 어느 정도 눈치채고 있었다.

‘폐하께서 본격적으로 아그리아 공작가를 견제하려고 마음먹으셨군.’

제국이긴 하지만 황제의 권력은 그리 절대적이지 않다. 많은 귀족들이 압력을 가하면 한발 물러설 수밖에 없는 것이 황제의 입장이다.

견제와 균형, 황제가 이것을 잘 지켜야만 국정이 평탄해진다. 아그리아 공작가가 루카스 후작가의 영지를 야금야금 집어삼킬 당시 황제는 귀족들의 압력으로 인해 어쩔 수 없이 영지전을 허락해 주었다. 워낙 많은 귀족들이 아그리아 공작가를 지지하니 그럴 수밖에 없었다.

그러나 아그리아 공작가가 강대해지면 자연적으로 황실은 위기감을 느낄 수밖에 없다. 당장 제국에서 추진하는 속국 제도의 요지가 무엇인가? 강대한 변경백의 힘을 줄이려는 것 아닌가? 귀족 가문이 강력한 권세를 얻으면 자연히 황권에 눈독 들이게 된다. 그런 사례는 역사서만 들추어보아도 무수히 많았다.

과거 아그리아 공작가와 루카스 후작가는 강력한 변경백들이었다. 그런데 그들이 맡아 처리해야 할 국경의 적은 인간이 아니었다.

몬스터들의 천국인 서쪽 평원. 두 귀족 가문은 그곳에 도사린 수백만 오크 부족들을 오랫동안 막아온 든든한 제국의 방파제였다. 황제로서는 그 방파제 중 하나가 몰락하는 것을 결코 바라지 않았으리라.

그러나 아그리아 공작가와 그를 지지하는 수많은 귀족 가문의 압력에 황제는 결국 영지전을 허락할 수밖에 없었다. 그로 인해 루카스 후작가는 지금처럼 몰락해버렸다.

그랬던 루카스 후작가에 마침내 반격할 수단이 생겼다. 루카스 후작가가 제 역할을 해 준다면 성공적으로 아그리아 공작가의 힘을 빼앗을 수 있을 것이다.

아마 황제는 그 문제에 대해 논의하려고 은밀한 만남을 청했을 것이다. 황제의 입장에서는 어떻게든 아그리아 공작 가문을 견제해야 할 필요성을 느끼고 있을 것이다. 엘빈의 얼굴에 굳은 결의가 서렸다.

"이 기회를 이용해서 반드시 잃었던 영토를 되찾아야 한다."

앞으로 벌일 영지전에 관해 황제의 허락을 받아낸다면 과거의 성세를 되찾는 것은 일도 아니었다. 무엇보다도 그에겐 블레이드 오너를 압도하는 블레이드 헌터가 있다. 자신도 모르게 주먹이 불끈 쥐어졌다.

"루카스 가문의 영광을 다시 한 번 제국에 널리 떨칠 것이다."

용병들에 대한 심문은 실패로 돌아갔다. 혹독한 고문을 가했지만 배후를 규명할 수 없었던 것이다. 용병단 단장이나 간부들은 대부분 전투 과정에서 전사했고 포로들은 청부자가 누구인지 얼굴조차 알지 못했다.

용병단과 암살 조직에 흘러들어 간 자금의 흐름을 밝혀내는 데에도 실패했다. 아그리아 공작가에서 실로 교묘하게 일 처리를 했기 때문에 연관 관계가 일절 드러나지 않았다.

그나마 대열을 습격한 블레이드 오너의 신원을 밝히는 것은 성공했다. 황제의 칙령이 전달되자 렌테리아 마탑에서는 오래 버티지 못하고 신원을 공개했다.

—수정구에 저장된 영상대로라면 록히드 백작령에서 교육을 위탁한 졸업생 카르멜과 동일합니다.

　습격자의 정체를 알아낸 황실에서는 즉각 록히드 백작령에다 사실을 추궁했다.

　─록히드 백작령 소속의 블레이드 오너 카르멜이 작위 승계를 위해 수도로 향하던 루카스 후작을 습격했다. 그를 내놓지 않으면 록히드 백작가는 황제의 분노에 직면할 것이다.

　깜짝 놀란 록히드 백작은 즉각 소명에 나섰다.

　─카르멜은 이미 6개월 전에 저를 섬길 수 없다는 이유로 영지를 떠났습니다. 따라서 록히드 백작가는 이번 일에 아무런 연관이 없습니다.

　마음이 급했는지 록히드 백작이 직접 수도로 올라와서 황제에게 무릎을 꿇고 결백을 주장했다. 카르멜이 남긴 서한을 증거품으로 제출하며 말이다.

　록히드 백작은 여러 귀족 가문에 카르멜을 휘하에 받아들이지 말라는 요청서를 발송한 적이 있다. 그것을 받은 귀족들이 적극적으로 록히드 백작을 두둔하고 나섰기에 그는 마침내 혐의를 벗을 수 있었다.

　─조사 결과, 블레이드 오너 카르멜과 록히드 백작가와는 연관 관계가 전혀 없는 것으로 규명되었다. 그러나 중대한 범죄를 저지른 카르멜은 결코 용서할 수 없다. 해서 그를 제국 전역에 지명 수배하는 바이다. 그를 받아들이는 귀족 가문은 짐의 분노에 직면할 것을 각오해야 할 것이다.

인간의 한계를 벗어던진 블레이드 오너 한 명이 공식적으로 아스트리아 제국에서 매장되는 순간이었다. 아마 카르멜은 외국으로 나가든가, 아니면 마법으로 외모를 바꾸지 않는 한 대외적으로 활동하지 못할 것이다.

제4장
뜻밖의 지원 병력

　브라운 영지군은 이틀 동안 숙영지를 벗어나지 않았다. 도저히 성을 공략할 방법이 없었기에 무작정 기다려야 했다. 그 때문에 브라운 남작은 하루하루 속이 타들어갈 수밖에 없었다. 이제 그에게 남은 시한은 고작 나흘뿐이다. 그동안 그는 뻔질나게 리셀의 막사를 드나들었다.

　"실례합니다만 친구분이 언제 오실지 여쭤 봐도 되겠습니까?"

　"곧 올 것입니다. 조금만 기다려 주십시오."

　"아, 알겠습니다."

　리셀의 심경도 복잡했다. 과연 아슈레인이 영주성 안에

도사린 마법사 네 명을 상대할 수 있을지 의문이었다. 마법 공격의 위력을 보니 만만치 않은 고서클의 마법사가 분명했다.

마법 방면에 워낙 문외한이다 보니 조바심이 나지 않을 수가 없다. 그렇게 고민하고 있는데 팬던트에서 미약한 마나의 파동이 일었다.

"왔군."

자리에서 벌떡 일어난 리셀이 급히 막사 밖으로 달려나갔다.

팬던트의 신호는 근처 야산에서 전해지고 있었다.

"저희들이 모시겠습니다."

"아니오. 혼자 갔다 오겠소."

호위로 따라붙으려는 기사들을 뿌리친 뒤 리셀은 망설임 없이 야산으로 올라갔다. 얼마 가지 않아 낯익은 모습이 보였다. 마치 도플갱어처럼 자신과 똑같은 모습을 한 아슈레인을 본 리셀의 얼굴에 떨떠름한 표정이 떠올랐다.

"이젠 바꿀 때도 되지 않았나?"

"뭐가 말이냐?"

"웬만하면 다른 모습을 선택해 봐. 지겹지도 않아?"

그 말에 아슈레인이 싱글거리며 고개를 흔들었다.

"전혀! 나는 이 모습이 가장 마음에 드는걸?"

“못 말리는 녀석.”

못마땅한 표정으로 혀를 끌끌 차는 리셀을 아슈레인이 쳐다보았다.

“그래. 이번에는 무슨 일로 날 불렀냐? 몰골을 보니 별다른 위험에 처하진 않은 것 같은데 말이야. 신호도 그리 급하지 않아서 부하들을 하나도 대동하지 않았다.”

“잘했어. 지금 네 도움이 절실히 필요하다.”

리셀이 즉각 자신이 처한 상황을 설명했다. 주군의 명에 따라 영지전을 벌이려고 하는데 상대편에 예상치 못한 전력인 마법사가 등장해서 곤란에 처해 있다는 말을 들은 아슈레인이 눈매를 가늘게 좁혔다.

“이해할 수가 없군. 어째서 내가 도와야 하는지 도무지 납득이 안 돼.”

“뭐가 납득이 안 된다는 거지?”

“내 적은 엄연히 아그리아 공작가야. 만약 상대가 아그리아 공작가라면 두 말도 하지 않고 도와주었을 것이다. 하지만 이번 상대는 아그리아 공작가가 아니야.”

“……”

“경고하건대 네 사적인 목적을 위해서 날 이용하지 말아줬으면 한다. 아무리 네가 친구라도 지킬 것은 지켜줬으면 좋겠어.”

그 말에 리셀이 쓴웃음을 지었다. 확실히 인간과 드래곤의 사고방식은 달랐다.

"네 생각은 잘못되었어. 크라이어 영지를 치는 것은 곧 아그리아 공작가를 치는 것이나 다름없어."

아슈레인의 눈매가 가늘어졌다.

"어째서 그렇지? 이름 자체가 다르지 않나?"

"크라이어 남작령은 아그리아 공작가의 휘하 세력이야. 크라이어 남작령이 바치는 세금이 아그리아 공작가를 살찌우지. 이 영지를 빼앗는다면 세금이 더 이상 아그리아 공작가로 가지 않게 된다. 대신 내가 소속된 루카스 후작가에 귀속되게 된다는 의미이지. 간단히 말해 이 영지를 빼앗는다면 아그리아 공작가에 조금이나마 타격을 가할 수 있다는 뜻이다. 물론 그리 큰 타격은 아니겠지만 말이야."

아슈레인이 이해하기 힘들다는 듯 고개를 갸웃거렸다.

"아직까지는 확실히 모르겠군."

"간단히 설명해주지. 네가 거느리는 와이번 무리와 적대적인 관계에 있는 와이번 무리가 있다고 치자. 그런데 적대 와이번 무리가 주기적으로 사냥하는 사냥터가 있어. 항상 먹잇감이 풍족하게 모여드는 조그마한 물웅덩이야. 만약 네가 적대 와이번 무리와 전쟁을 벌이려면 마땅히 그 사냥터를 빼앗으려 시도하지 않겠나?"

"당연히 빼앗아야지. 그래야 부하들을 배불리 먹일 수 있으니까……."

"같은 맥락으로 생각하면 된다. 크라이어 자작령은 아그리아 공작가를 먹여 살리는 수많은 사냥터 중 한 곳이야. 빼앗아 봐야 큰 타격을 입히진 못하겠지만 계속해서 빼앗는다면 종국에는 아그리아 공작가도 곤란해질 수밖에 없지. 이제 알겠어?"

거기까지 설명하자 마침내 아슈레인이 납득했다.

"좋다. 솔직히 말해 완전히 이해가 가지는 않지만 아그리아 공작가에 조금이라도 타격을 입힐 수 있다면 힘을 빌려주겠다. 그래, 마법사가 네 명이라고 했나?"

아슈레인을 설득하느라 진땀을 뺀 리셀이 안도의 한숨을 내쉬었다.

"그런 것 같다. 정확히 마법 네 발이 발사되었어."

"그럼 현장을 한번 확인해봐야겠다. 마법의 흔적을 보면 놈들의 수준을 알 수 있으니까 말이야."

"좋아. 그것 정도야 어렵지 않지."

마법이 작렬한 흔적은 크라이어 영지성 근처에 있다. 해가 저물었기에 아슈레인은 망설임 없이 와이번의 형상으로 폴리모프했다.

리셀은 아슈레인의 등에 올라타고 날아올랐다. 입술을 비집고 감탄성이 흘러나왔다.

"확실히 그리폰보다 빠르군. 속도감이 장난이 아니야."

─흐흐흐. 하늘의 제왕인 와이번을 그깟 너저분한 그리폰

따위와 비교하지 마라.

아슈레인은 눈 깜짝할 사이에 영지성 상공에 도착했다. 마법의 조종인 드래곤답게 아슈레인은 창공에서도 마법의 흔적을 살필 수 있었다.

—흠. 플레임 익스플루전이로군. 재배열된 흔적을 보니 6서클이 두 명에 5서클이 한 명이야. 아마 정확할 것이다.

"마법 한 발은 내가 처리했다."

—재배열된 마나의 파편을 살펴보니 5서클 수준이야. 그 정도를 추정하는 것은 쉽지. 이만 돌아갈까?

야산에 내려앉은 아슈레인이 다시금 인간의 형상으로 폴리모프했다. 리셀이 조심스럽게 물었다.

"처리할 수 있겠나?"

"가능하기는 하다. 그러나 인간의 모습으로는 네 명 모두를 감당할 순 없어."

그 말에 리셀의 눈이 커졌다.

"그, 그렇다면 어떻게 해야 하지?"

"본체로 돌아가서 마법을 써야 한다. 드래곤은 본체로 있을 때에야 지닌 마법 실력을 모두 발휘할 수 있다. 그렇지 않으면 네 명 모두를 감당하는 게 불가능해."

리셀의 얼굴에 난감함이 서렸다. 그렇다면 아슈레인의 정체가 사방에 드러날 수밖에 없다. 브라운 남작이 지휘하는 병사들은 물론이고 크라이어 남작령의 기사와 병사, 마법사들이 아슈레인의 모습을 똑똑히 목격할 것이다. 그렇게 되면 드래곤이 전쟁에 개입했음을 아그리아 공작가에서도 알아차릴 수 있다. 리셀의 얼굴에 난감함이 떠올랐다.

'곤란하군. 이 사실을 어떻게 하지?'

그러나 달리 선택의 길이 없었다. 아슈레인이 나서지 않는다면 크라이어 영지 공략은 꼼짝없이 물거품이 되어버린다. 낙담하는 브라운 남작의 얼굴이 눈에 선했기에 리셀의 얼굴에 결심의 빛이 떠올랐다.

'우선 주군과 마법 통신을 해서 여쭤봐야겠군. 어차피 주군께서는 아슈레인의 정체를 알고 있으니까 말이야.'

리셀이 아슈레인을 데리고 돌아가자 진영은 난리가 났다. 보초병에서부터 순찰하던 기사까지 입을 딱 벌리고 놀라워했다.

"리, 리셀 경…… 그분은?"

"제 친구이니 경계하지 않으셔도 됩니다."

그러나 병사들은 믿지 못하겠다는 표정으로 힐끔힐끔 쳐다보기만 했다. 설마 쌍둥이라고 해도 저렇게 똑같지 않을 터였다.

'놀라워. 머리색 빼고는 옷차림조차 똑같잖아?'

'혹시 도플갱어 아닐까?'

심지어 마중 나온 브라운 남작조차도 눈을 부릅떴다.

“리, 리셀 경.”

함께 나온 페르네와 카리나 역시 두 손으로 입을 가리고 놀라워하고 있었다. 대부분의 사람이 놀람을 채 감추지 못한 얼굴로 리셀과 아슈레인을 번갈아 쳐다보았다. 리셀은 슬슬 짜증이 치미는 것을 느꼈다.

“웬만하면 모습 좀 바꾸지?”

그러나 아슈레인은 두 말도 하지 않고 거절했다.

“싫다.”

드래곤의 고집은 질기기로 소문난 오우거 심줄보다도 더 질겼다.

다행히 아슈레인 덕분에 준비해 온 마정석을 쓰지 않고 수도의 주군과 마법 통신을 할 수 있었다. 통신 결과는 좋은 편이었다. 엘빈은 아슈레인이 본체로 돌아가 마법을 써도 상관없다는 답신을 해주었다.

“그렇게 해도 좋으니 반드시 크라이어 영지를 수복하도록 하게.”

“후환이 없겠습니까?”

“모두 내가 처리해주겠네. 그러니 걱정하지 말게.”

“알겠습니다. 주군.”

리셀이 한시름 놓았다는 표정을 지었다. 아슈레인이 가세한다면 성에 도사리고 있는 마법사를 무리 없이 처리할 수 있을 터였다. 본체로 돌아간 드래곤은 9서클의 마법까지 쓸 수 있는 대마법사였다.

그러나 걱정이 완전히 가신 것은 아니었다. 병력이 워낙 모자랐기 때문이었다. 그들은 사흘 전 마법사의 마법 공격에 의해 이백 명 가까운 병력 손실을 보았다. 부상당한 병사들은 최소 한두 달이 지나야 무기를 들 수 있다.

고작 사백 명의 병력으로 천 명이 넘는 정예군과 맞서 싸우는 것은 아무래도 무리였다. 그렇다고 해서 크라이어 남작이 기사대전을 받아줄 리가 없기 때문에 리셀이 얼굴을 살짝 찡그렸다.

'뭐 어쨌거나 방법이 있겠지.'

그런데 다음 날 아침 이변이 일어났다.

"정체불명의 병력이 접근하고 있습니다."

경계병의 보고에 모든 병사들이 화들짝 놀라 장비를 차려 입었다. 크라이어 남작군이 법전을 무시하고 기습 공격해오는 것일 수도 있기 때문이었다. 그런데 다행히 접근하는 병력은 크라이어 남작군이 아니었다. 선두에 선 기사들이 조심스럽게 병력의 정체를 추정해보았다.

"몰골을 보니 아무래도 산적 떼 같습니다. 도적처럼 차려 입은 녀석들도 보이는데요?"

의문의 병력은 이백 명 정도 되어 보였다. 하나같이 남루

한 옷에 차림새도 제각각이었지만 그럭저럭 충실하게 무장을 하고 있었다. 장비가 통일되지 않은 것을 봐서 결코 정규군은 아니었다. 그동안 브라운 남작군은 싸울 채비를 모두 갖추고 적의 접근을 기다렸다.

그들이 가까이 다가오자 브라운 남작이 앞으로 나가서 고함을 질렀다. 물론 리셀이 그의 뒤에 바짝 붙어 있었다. 브라운 남작을 보호하려는 목적에서였다.

"정체를 밝혀라. 무슨 일로 접근하는 것인가?"

그때 떨리는 음성이 선두에 선 늙수그레한 사내로부터 터져 나왔다.

"나, 남작님. 접니다. 마일즈입니다. 절 기억하시겠습니까?"

브라운 남작의 눈매가 급격히 휘말려 올라갔다. 상대의 얼굴을 알아본 모양이었다.

"마일즈? 성문 경비대장 마일즈! 자네가 맞나?"

사내의 얼굴에 환한 미소가 떠올랐다.

"절 기억하시는군요. 영주님께서 저같이 미천한 자를 기억해 주시다니 감격스럽습니다."

"무슨 소린가? 자네처럼 유능한 경비대장을 내가 어찌 기억하지 못한단 말인가?"

바로 그때 마일즈의 뒤에서 서른 중반 정도 되어 보이는 사내가 버럭 고함을 질렀다.

“남작님. 그렇다면 저는 아시겠습니까? 9년 전 돌아가신 기사 카인님의 견습기사였던 토리입니다.”

브라운 남작이 반색했다.

“오, 토리. 물론 알고 있지. 고기 굽는 실력이 정말 일품이었지.”

그 뒤를 이어 사내들이 하나씩 나와서 아는 척을 했다. 대부분 브라운이 영주일 당시 직업 병사였거나 견습기사였던 자들이었다. 해후를 나눈 브라운 남작이 의아한 표정을 지었다.

“그런데 자네들이 왜 이곳을 찾아왔나?”

마일즈가 즉각 이유를 설명해 주었다.

영지의 주인이 바뀔 당시 브라운 남작을 섬기던 견습기사나 병사들은 모두 파직되어 일반 영지민으로 돌아갔다. 만약 크라이어 남작이 영지를 잘 다스렸다면 그들은 늙어죽을 때까지 일반 영지민으로 살았을 것이다.

하지만 크라이어 남작은 아그리아 공작가의 요구에 따른 무거운 세율과, 뇌물을 바치느라 축난 재산을 보충하기 위해 그야말로 무자비하게 영지민들을 쥐어짰다. 그로 인해 영지민들의 생활은 날이 갈수록 힘들어졌다.

그렇게 되자 자연히 봉기가 일어났다. 주동 세력은 브라운 남작 시절 견습기사였거나 직업 병사들로 구성되어 있었다. 나름대로 검술을 익히고 군사 훈련을 받은 자들이었기

에 순순히 억압당하려 하지 않았다. 그들은 무리를 지어 영
주성 앞으로 가서 세금을 내려달라고 청원했다.

"부디 세금을 좀 내려주십시오. 도저히 버틸 수 없습니
다."

"아이들이 먹지 못해 뼈만 남았습니다."

그러나 크라이어 남작은 휘하의 기사와 병사들을 보내 시
위를 무자비하게 진압했다. 영지의 재산이기에 죽이지는 않
았지만 피투성이가 될 정도로 흠씬 두들겨 팼다. 그 대목을
들은 브라운 남작은 분노했다.

"저런 미친 작자!"

오죽했으면 영지민들이 영주성 앞으로 모여들어 어려움
을 호소했을까? 그래도 브라운 남작은 영지민들의 고충에
어느 정도는 신경을 써주는 영주였다. 분노하는 브라운 남
작을 본 마일즈의 눈꼬리가 파르르 떨렸다.

"아마 영주님이었다면 적어도 저희들의 요구 조건을 들
어주기라도 하셨을 것입니다."

마일즈의 설명이 이어졌다.

소요를 진압하고 난 뒤 크라이어 남작은 시위의 주동자를
체포해 교수형에 처하려 했다. 일벌백계를 보여 또 다른 소
요를 방지하려고 내린 결정이다. 그렇게 되자 봉기를 주도
했던 전직 정예병이나 견습기사들은 어쩔 수 없이 영지에서
도망쳐야 했다. 붙잡힌다면 본보기로 처형당할 수밖에 없

다. 그들은 결국 가족들을 데리고 산으로 들어가 산적이 되었다.

도적단을 결성해서 지나가는 상인들을 털어먹고 산 자들도 있었다. 도망치지 않으면 꼼짝없이 붙들려 목 매달릴 상황이었기에 불가피한 선택이었다. 그렇게 그들은 끊임없이 정벌군에게 쫓기며 힘겹게 산속 생활을 영위해나가야 했다.

그러다가 그들은 얼마 전 소문을 들었다. 그것은 바로 전임 영주인 브라운 남작이 용병을 데리고 와서 영지를 탈환하려 한다는 소문이었다. 마일즈가 떨리는 음성으로 말을 이어나갔다.

"그래서 왔습니다. 영주님께 조금이나마 도움이 되어 드릴까 하고 말입니다."

브라운 남작의 눈가에 눈물이 그렁그렁 맺혔다. 영지민들이 이토록 자신을 그리워했을 줄은 몰랐다. 과거 영지민들에게 함부로 대했던 일이 지금처럼 후회될 수가 없었다. 입술을 비집고 떨리는 음성이 흘러나왔다.

"고맙네. 나를 기억해줘서 말이야."

마일즈를 위시한 산적들이 일제히 무릎을 꿇었다.

"저희들을 받아주십시오. 비록 먹고살기 힘들어 산적, 혹은 도적으로 떠돌며 무수히 죄를 짓고 다녔지만 예전으로 돌아가고 싶은 마음이 굴뚝같습니다."

"영주님께서 영지를 되찾는 데 조금이나마 힘이 되어 드리고 싶습니다. 오랜 세월이 흘렀지만 아직까지 칼솜씨는 여전합니다."

브라운 남작이 붉게 충혈된 눈으로 고개를 끄덕였다.

"그대들은 누가 뭐래도 내 병사요, 견습기사이다. 이 자리에서 단언컨대 그대들이 지금까지 지은 죄를 모두 사해주겠다. 황제 폐하로부터 부여받은 영주의 권한으로 말이다. 물론 그 효력은 내가 영지를 되찾은 직후 발생될 것이다."

"가, 감사합니다."

"그대들에게 다시 임무를 주겠다. 나의 충실한 병사로서 영주성을 되찾는 데 일익을 담당해주기 바란다. 알겠나?"

말이 끝나기가 무섭게 이백 명의 사내들이 환호성을 내질렀다.

"와아아아."

"브라운 남작님 만세."

비록 불가항력적인 이유로 도적이나 산적이 되었지만 그들은 한때 세금을 바치며 밭을 갈던 영지민이었다. 하루하루 목숨을 걱정해야 하는 산적 생활을 하면서 안정적인 과거를 그리워하지 않을 리가 없다. 그런 상황에서 다시 영지민이 될 수 있는 기회를 부여받은 것이다.

그것도 피도 눈물도 없이 무자비한 현 영주가 아니라 나름대로 자애롭고 너그러웠던 전임 영주의 휘하로서 말이다.

브라운 남작이 휘하의 기사에게 명령을 내렸다.

"저들에게 군복과 갑옷을 지급하도록. 이제부터 저들은 내 병사들이다."

브라운 남작의 기사들이 병사들을 대동한 채 보급 물자가 쌓여 있는 곳으로 갔다. 물론 기사들이 저들을 몰라볼 리가 없었다. 모두가 과거 한마을에 살던 이웃이고 동네 사람들이었다. 묵묵히 보고 있던 리셀이 빙그레 웃었다.

"정말 잘되었군요. 뜻하지 않게 이백 명의 병력을 충원하게 될 줄은 몰랐습니다. 모두 브라운 남작님의 인망이 불러일으킨 결과가 아닐까 생각됩니다."

그 말에 굳은 표정으로 주먹을 불끈 움켜쥐는 브라운 남작이었다.

"리셀 경. 반드시 영지를 되찾아주셔야 합니다. 제 영지민들을 더 이상 잔악한 크라이어 남작의 손에 맡길 수는 없습니다."

"걱정하지 마십시오. 틀림없이 영주성을 수복할 수 있을 것입니다."

옛 영지병 출신 산적과 도적들에게 군복과 갑옷을 지급하여 편제를 마치고 나자 해가 중천에 떠올랐다. 산뜻한 군복 위에 갑옷을 차려입고 무성한 수염을 깎자 떠돌아다니던 시절의 모습은 찾아볼 수 없었다.

그들 중에서 나이가 많거나 너무 어려서 전투를 수행하기 힘든 자들은 죄다 골라내어 부상병들의 간호에 투입했다. 이로써 부상병들을 돌보던 병사들이 다시 전투를 치를 수 있게 된 것이다.

다시 육백으로 복원된 병력을 이끌고 리셀과 브라운 남작은 진군을 시작했다. 특히 브라운 남작의 눈에는 반드시 영지를 되찾고 말 것이란 결의가 일렁이고 있었다.

브라운 남작군이 사흘 만에 영주성으로 몰려오자 크라이어 남작은 코웃음을 쳤다. 병력이 다소 늘었다는 관측병의 보고가 있었지만 루카스 영지에서 보낸 후속군이 합류했을 것이라 치부해버렸다.

"다시 와봐야 결과는 동일할 것이다. 마법사 네 분이 있는 이상 성을 함락시킬 순 없어."

브라운 남작은 병력을 화살의 사정거리 바로 밖에 정렬시켰다. 그러자 리셀이 아슈레인을 쳐다보았다. 이미 그는 브라운 남작과 기사들, 그리고 병사들에게 무슨 일이 일어나도 놀라지 말라는 당부를 해놓은 상태였다. 물론 세부 사항까지 세세히 알려줄 순 없었다.

마법 공격을 준비하고 있는지 성 내부의 마나가 불규칙하게 흔들렸다. 그것을 감지한 리셀이 입을 열었다.

"그럼 준비하도록 해. 마법사의 공격 마법을 철저히 방해해줘야 해.”

“그거야 디스펠을 쓰면 간단하지. 마법을 파훼한 뒤 곧바로 공격하면 되는 건가?”

리셀이 그게 아니라는 듯 고개를 흔들었다.

“아냐. 네가 할 일은 마법사를 봉쇄하는 것뿐이야. 공격할 필요는 없어. 그저 마법사만 꼼짝 못하게 만들어주면 나머지는 나와 병사들이 알아서 해결하겠다.”

“간단해서 좋군. 알겠다. 원하는 대로 해주겠다.”

“좋아. 본체로 돌아가라.”

“그러지.”

사람들 앞에서 폴리모프하는 것이 좀 쑥스러운 듯 주변을 돌아본 아슈레인이 주문을 외워 본체로 돌아갔다. 눈부신 빛이 확 뿜어져 나오며 그의 몸이 급속도로 커졌다. 그 모습에 주변 병사들이 당황했다.

“뭐, 뭐야?”

바로 그때 리셀의 음성이 메아리쳤다.

“놀랄 것 없다. 모두 자리를 지켜라.”

병사들이 눈을 휘둥그레 뜨고 쳐다보는 사이 마침내 아슈레인이 완전히 본체로 돌아갔다. 큼지막한 금빛 드래곤이 바로 지척에서 모습을 드러내자 병사들의 눈이 공포로 물들었다.

“드, 드래곤이야!”

"두려워하지 마라. 이 드래곤은 아군이다. 루카스 후작가의 편에 서서 함께 싸우는 아군 드래곤이란 말이다. 드래곤을 공격하는 행위는 일절 용납하지 않는다. 그러니 진정하라."

그 말에 병사들은 겨우 놀란 가슴을 진정시킬 수 있었다. 겁먹은 기색이 역력한 병사들이 난생 처음 보는 드래곤의 모습을 힐끔거리며 쳐다보았다. 드물긴 하지만 전설을 뒤져보면 인간의 편을 들어 같이 싸우는 드래곤이 전혀 없지는 않았다.

"세, 세상에. 드래곤과 함께 싸우게 되다니……."

"정말 꿈만 같군."

이건 리셀로서도 예상하지 못한 반응이었다. 진영에 드래곤이 모습을 드러내자 병사들의 사기가 한껏 치솟은 것이다. 사흘 전의 패배로 축 늘어져 있던 병사들이 아슈레인의 가세로 인해 용기를 되찾았다. 세상에서 제일 강한 생명체인 드래곤이 같은 편에 서서 싸운다니 그 무엇도 두렵지 않았다.

리셀은 특별히 삼십 명의 병사를 차출해 아슈레인의 호위를 맡겼다. 기사도 두 명이나 붙였다. 지금 상황에서 아슈레인은 철저히 보호받아야 하는 존재였다.

"너희들은 이 자리에서 꼼짝하지 말고 드래곤을 지켜라. 무슨 일이 있어도 수호해야 한다."

“알겠습니다.”

그렇게 채비를 마친 리셀이 입을 딱 벌리고 놀라워하는 브라운 남작을 독려해 전투 개시를 알렸다.

“모두 돌격!”

브라운 남작의 명이 떨어지자 병사들이 일제히 방패를 앞장세운 채 달려나가기 시작했다. 그들 중에서 과거 브라운 남작의 휘하에 있었던 전직 산적, 도적들의 함성이 유난히 우렁찼다.

난데없이 적 진영 한편에서 드래곤이 등장하자 영주성은 발칵 뒤집혔다.

“뭐, 뭐야. 어째서 저런 일이…….”

크라이어 남작은 눈을 부릅뜨고 경악에 겨워했고 마법사들 역시 큰 충격을 받은 모양이었다.

“어, 어째서 드래곤이 인간들의 전쟁에?”

특히 성의 영지병들은 성벽 밖으로 고개를 내밀 엄두를 내지 못했다. 일반 병사들에게 드래곤은 그 정도로 충격적이고 무시무시한 존재였다. 기사들이 고래고래 고함을 지르며 독려했지만 병사들은 차마 발을 뗄 생각조차 못 하는 듯했다.

“활을 쏘란 말이다. 석궁병들 위치로!”

그러나 겁에 질린 병사들은 좀처럼 움직이지 않았다. 그

틈을 이용해서 브라운 남작군은 빠른 속도로 성문을 향해
접근했다.

이를 지켜보던 마법사들이 마법 공격을 시작했다. 마나가
빠르게 재배열되더니 허공에 이글거리며 떠올랐다. 서서히
형체를 이뤄가는 화염구를 보자 공격해가던 병사들의 얼굴
이 딱딱하게 굳어들었다. 사흘 전의 처절한 기억이 떠올랐
기 때문이었다.

"마, 마법 공격이야."

그러나 사흘 전 맹위를 떨쳤던 플레임 익스플루전은 결국
발동되지 못했다. 후미에서 병사들의 호위를 받으며 대기
중인 아슈레인이 디스펠을 전개해 마나를 흩어버린 것이다.

―내 허락 없이는 누구도 마법을 쓰지 못한다.

서클 차이가 워낙 컸기 때문에 다소 먼 거리에서도 수월
하게 마법을 파훼할 수 있었다. 당황한 마법사들이 비명을
질렀다.

"마, 마나가 모이지 않습니다."

"재배열이 불가능합니다."

그럼에도 불구하고 마법사들은 끈질기게 마법을 전개하
려 했다. 그러나 기다리고 있던 아슈레인은 일절 틈을 주지
않았다. 마법이 발현하려는 기미가 보이는 족족 디스펠을
시전했기에 그 어떤 마법사도 목적을 이루지 못했다. 드래
곤 한 마리로 인해 마법사들은 꼼짝없이 바보가 되어버렸

다.

　함성을 지르며 진군하는 병사들의 선두에는 리셀이 달리
고 있었다. 드래곤의 등장 때문에 얼이 빠진 수비병들은 변
변찮게 화살도 날리지 못했다.
　간헐적으로 날아가는 화살은 병사들이 들고 있는 방패에
틀어박혔다. 성문에 도착한 순간 리셀의 장검이 무지갯빛으
로 물들었다.
　화아아악.
　소규모 영주성이라 해자가 없었기에 걸릴 것은 아무것도
없었다.
　“에잇.”
　칼질 두 번에 육중한 성문이 조각나서 나뒹굴었다. 그 뒤
에 설치된 격자문 역시 소름 끼치는 소리와 함께 우수수 부
서져나갔다.
　콰지지직.
　그런데 그 안에는 다수의 병사들이 배치되어 있었다. 두
꺼운 갑옷을 걸친 중보병들이 성문 주위를 철통같이 에워싸
버린 것이다. 리셀의 눈에 난감함이 어렸다.
　“뚫으려면 다소 시간이 걸릴 것 같군.”
　바로 그때 아슈레인의 의사가 전해졌다. 마법의 조종인
드래곤답게 마법사들의 마법을 파훼하면서도 여유가 있었

다.

　─드래곤 피어를 사용해 뚫어줄 테니 마음 단단히 먹어라.

　그 말에 리셀이 마나를 끌어올려 전신을 보호했다. 그 직후 아슈레인의 드래곤 피어가 성문 주변을 잠식했다.

　세상에 존재하는 모든 생명체들에게 참기 힘든 공포를 선사하는 드래곤의 권능. 그로 인해 성문 앞에 포진하고 있던 중보병대의 대열은 대번에 와해되어 버렸다. 하나같이 극도의 공포감에 휩싸여 방패와 무기를 내동댕이치고 도망치는 것이다.

　"아아아악."

　"사, 사람 살려."

　견고하던 대열이 순식간에 허물어져버렸다. 물론 일직선으로 퍼져 나가는 드래곤 피어의 특성상, 공격하던 병사들 수십 명도 그 영향권에서 안전할 수는 없었다. 그들은 파랗게 질린 얼굴로 무기를 내동댕이치고 바닥에 머리를 처박았다. 하지만 전체적으로 보면 그리 큰 손실이라 볼 수 없었다. 드래곤 피어는 애초 목표했던 대로 영주성에 더욱 크나큰 피해를 줬다.

　공교롭게도 막 마법을 시전하던 마법사 두 명이 드래곤 피어의 영향을 받았다. 한껏 마나를 끌어모은 상태에서 드래곤 피어에 잠식당해 그만 마나에 대한 통제력을 잃어버린

것이다. 그들은 예외 없이 마나가 역류하는 불행에 직면해
야 했다.

마법사에게 마나의 역류란 더없이 치명적인 결과를 초래
한다. 6서클의 마법사 한 명과 5서클의 마법사 한 명이 눈
을 까뒤집고 쓰러져 게거품을 게워냈다. 족히 몇 달은 정양
해야 다시 마법을 시전할 수 있을 터였다.

남은 마법사 두 명도 드래곤 피어가 불러일으킨 공포로
인해 안색이 창백하게 변해 있었다. 그나마 남달리 정신력
이 뛰어난 마법사들이라 충격에서 헤어나는 데에는 그리 오
랜 시간이 걸리지 않았다. 그러나 그들이 쓰는 마법은 족족
아슈레인이 파훼해버리고 있었기에 도저히 손을 쓸 방도가
없었다.

드래곤 피어를 이용해 성문의 중보병 대열을 뚫자 전황은
순탄하게 진행되어갔다. 우선 크라이어 남작 휘하의 영지병
들부터가 적극적으로 싸우려 하지를 않았다. 그저 건성으로
싸우다 적절한 순간이 되면 무기를 버리고 손을 머리 위에
얹었다. 항복 의사를 밝히는 병사들의 목을 베며 전투를 종
용하던 기사들은 리셀의 손에 걸려 처참한 최후를 맞이했
다.

서걱.

소름 끼치는 소리와 함께 기사의 몸이 어긋나며 피가 자
욱하게 흩뿌려졌다. 길을 막는 마지막 기사를 해치운 리셀

이 브라운 남작의 기사 세 명과 함께 크라이어 남작이 있는
성벽 위로 달려 올라갔다.

"글렀어."

렌테리아 마탑에서 파견 온 마법사가 얼굴을 찡그렸다.
동료 중 두 명은 마나 역류로 인해 완전히 의식을 잃은 상
태였다.

이미 성문은 허물어졌다. 블레이드 헌터가 성 안으로 진
입한 것을 확인했으니 머지않아 이곳으로 들이닥칠 것이다.
가장 먼저 영주를 사로잡는 것은 영지전의 기본이다. 그의
시선이 기둥을 부여잡고 부들부들 떠는 크라이어 남작에게
로 향했다.

"미안하오. 우리는 여기에서 떠나야 할 것 같소."

"그, 그게 무슨 말씀이십니까?"

"블레이드 헌터가 성 안으로 들어왔으니 우리로선 역부
족이오. 잘 계시오."

두 명의 마법사가 축 늘어진 동료들을 얼싸안고 플라이
마법을 전개했다. 사실 마법사들은 치열한 전투에서도 전사
하는 경우가 매우 드물다. 위기 사항에 처하면 이처럼 마법
을 사용해 빠져나갈 수 있기 때문이다. 그러나 성 안을 살
피고 있던 아슈레인은 플라이 마법조차 용납하지 않았다.

―그 어떤 종류의 마법도 허락하지 않는다.

디스펠을 전개하자 플라이 마법이 꼼짝없이 파훼되었다.

3미터 가까이 떠올라 있던 마법사의 몸이 맥없이 추락했다.

"어이쿠."

신음을 흘리며 허리를 움켜쥐는 마법사들. 그들이 급히 마법을 다시 캐스팅했지만 소용없었다. 캐스팅하는 족족 아슈레인이 파훼해버리는 것이다.

"크, 큰일이야."

사색이 된 마법사들의 시야에 모로 토막 나는 기사의 모습이 들어왔다. 크라이어 남작을 근접 경호하던 기사였다.

"크아악."

낭자한 선혈 사이로 그 모습을 드러내는 빛나는 검! 마침내 블레이드 헌터가 성벽 위로 올라온 것이다. 마법사들이 착잡한 눈빛으로 크라이어 남작을 향해 접근하는 리셸을 쳐다보았다.

"영주가 사로잡혔다. 모두 무기를 버려라."

성벽 위에서 울려 퍼진 외마디 음성에 뒤엉켜 싸우던 양측 병사들의 시선이 일제히 그쪽으로 집중되었다. 성벽 위에는 리셸이 비대한 체구를 가진 크라이어 남작의 목에 검을 들이대고 있었다. 파랗게 질린 크라이어 남작이 고래고래 고함을 질렀다.

"모두 항복해라. 명령이다!"

그 말에 저항하던 기사들은 맥이 풀리는 것을 느꼈다. 영

주가 붙잡혔으니 더 이상 싸울 명분이 없다. 그들이 낙심한
표정으로 들고 있던 무기를 내려놓았다. 병사들이 기다렸다
는 듯 무기를 집어던지는 모습과는 사뭇 딴판이었다.

제5장
구관이 명관이다

　전투는 결국 브라운 남작의 승리로 귀결되었다. 아슈레인이 마법사의 마법 공격을 막아주는 사이 리셀이 성문을 부수고 들어가 크라이어 남작을 사로잡았기에 매우 빠른 시간 안에 전투가 종결되었다.

　크라이어 남작과 그 가족은 탑 안에 감금되었다. 그리고 아슈레인의 마법 방해로 인해 탈출하지 못한 마법사들 역시 포로로 붙잡혔다. 그들의 경우 특별히 아슈레인이 만들어준 마나 응집을 방해하는 아티팩트를 채워 루카스 후작령으로 압송할 계획이었다.

　사실 마법사는 정말 쓸모가 많은 포로였다. 렌테리아 마탑에 거금의 몸값을 요구할 수도 있으며 아스트리아 마탑에다 팔아넘길 수도 있었다. 지하 공방에서 마법 아티팩트를 만드는 노예로 써먹건 회유해서 자기편으로 만들건 모든 것은 아스트리아 마탑이 할 일이었다. 루카스 후작가의 입장에서는 그저 돈을 많이 주는 쪽에 넘기면 그만이었다.

전후 처리 과정은 상당히 신속했다. 브라운 남작은 성문이 깨어지자마자 무기를 버리고 항복한 영지군들을 모조리 자신의 휘하로 편입시켰다. 그 수가 대략 삼백 명가량 되었다.

"내 병사로 고용하겠다. 나를 위해 칼을 들겠는가?"

뜻밖의 제안에 병사들이 어안이 벙벙한 표정을 지었다. 전임 영주의 병사를 받아들이는 것은 유례가 드문 일이다. 그들은 포로가 된 순간, 무장 해제되어 평범한 영지민으로 돌아갈 것을 각오하고 있었다.

"어, 어째서……."

그들의 의문은 브라운 남작이 풀어주었다.

"그대들은 성문이 부서지는 걸 확인한 그 즉시 항복했다. 모르긴 몰라도 나와 적대하고 싶지 않아서 그런 것이겠지?"

"그, 그렇습니다만."

"비록 크라이어 남작의 봉급을 받고 있었지만 그대들은 엄연히 나에게 세금을 바치던 영지민들의 자식이다. 그런 너희들을 믿지 않으면 누굴 믿겠는가? 그래서 나는 그대들을 다시 병사로 고용할 생각이다."

병사들의 얼굴에 얼떨떨한 표정이 번져갔다. 사실 그들은 부모로부터, 혹은 아내로부터 은밀한 부탁을 받았다. 봉급을 받는 이상 지금의 영주를 위해 싸울 수밖에 없었지만 전임 영주에게 적극적으로 적대 행위를 하지 말라고 말이다.

해서 그들은 최대한 건성으로 싸웠다. 화살도 적병이 아닌 텅 빈 공간을 향해 날렸다. 그리고 성문이 깨어지는 순간 미련 없이 무기를 버리고 항복했다. 분노한 기사들에 의해 몇 명이 죽었지만 그들은 두 번 다시 무기를 들지 않았다.

그렇게 전투 초반에 항복한 병사들을 브라운 남작은 따로 선별하여 휘하로 거둬들이려 하고 있었다. 잠시 후 병사들이 상기된 표정으로 고개를 숙였다.

"다시 받아주시겠다니 몸 둘 바를 모르겠습니다. 영주님을 위해 목숨을 바치겠습니다."

"충성을 받아주십시오."

브라운 남작은 삼백여 명 정도의 병사를 자신의 휘하로 끌어들일 수 있었다. 그들은 앞으로 영지를 지키고 치안을 유지하는 데 큰 역할을 할 것이다. 그러나 크라이어 남작 휘하의 기사들과 함께 마지막까지 전투를 벌인 병사들의 처우는 판이하게 달랐다. 하나같이 두 손이 결박당해 성의 지하 감옥으로 직행하는 신세가 된 것이다.

브라운 남작은 놀랄 만한 추진력으로 영지를 장악해 나갔다. 9년 동안 쏟지 못했던 열정을 한꺼번에 내쏟으려는 듯 말이다.

크라이어 남작 일가는 수레 한 대에 허락된 만큼의 한정된 짐을 싣고 영주성에서 내쫓겼다. 그들의 호위는 지하 감옥에서 풀어준 기사들이 맡았다. 스무 명 정도의 기사가 몰락 귀족이 된 크라이어 남작 일행을 호위해서 영지를 떠났다. 그나마 크라이어 남작이 빨리 사로잡힌 덕분에 기사들이 많이 살아남은 편이었다.

크라이어 남작령은 다시 브라운 남작령으로 이름이 바뀌게 되었다. 영주가 되자 브라운 남작은 가장 먼저 영지민들에 대한 세금을 큰 폭으로 내렸다.

"세율 조정은 그리 급하지 않습니다. 당장 돈 들어갈 구석이 한두 군데가 아닙니다. 돌아가는 상황을 보아 결정하시는 게……."

가솔들이 급하게 만류했지만 브라운 남작은 뜻을 꺾지 않았다.

"피폐해진 영지민들의 삶을 돌보는 것이 우선이다. 영지민들의 사정이 윤택해져야 소출이 올라가는 법이지. 깡마른 영지민들의 얼굴을 보느니 내가 좀 덜 쓰는 게 낫다."

브라운 남작은 그야말로 파격적으로 세금을 깎아주었다. 그리고 창고에 쌓여 있는 재물을 대거 풀어 어려운 영지민에게 장기 저리로 대출해주었다. 그러자 브라운 남작에 대한 칭송이 줄을 잇기 시작했다. 세금을 감면받은 소작농들의 얼굴에 화색이 돌았다.

"역시 구관이 명관이야!"

"크라이어 남작과는 비교조차 하기 힘들 정도로 너그러우신 영주님."

크라이어 남작 밑에서 일을 하던 관리와 고용인들은 하나 남김 없이 내쫓겼다. 그러나 영지의 행정에는 아무런 문제가 발생하지 않았다. 과거 브라운 남작을 섬기던 가신들이 하루가 멀다고 영주성을 찾아왔다. 9년의 공백기가 있음에도 불구하고 그들은 능숙하게 영지의 업무를 이어받았다.

영주성을 되찾는 데 일익을 담당한 전직 산적과 도적들은 모두 사면을 받고 다시 영지의 직업 병사가 되는 혜택을 얻었다. 산에 숨어 살고 있는 처자식들을 데리고 다시금 영지민으로 돌아갈 수 있게 된 것이다. 견습기사 출신들은 브라운 남작으로부터 직접 기사 서임을 받고 감격에 겨운 눈물을 줄줄 흘렸다.

"가, 감사합니다. 영주님."

브라운 남작이 따듯한 눈빛으로 그들을 쳐다보았다.

"비록 기사 신분이 되긴 했지만 그대들의 실력은 아직까지 미흡하다. 기사 신분을 유지하려면 각별히 수련해야 할 것이다."

"여부가 있겠습니까?"

단 며칠 사이에 판이하게 변한 브라운 남작령을 보며 리셀이 빙그레 미소를 지었다. 어두웠던 영지민들의 얼굴이 환히 밝아졌고 전반적인 영지의 분위기도 활기차게 변했다. 브라운 남작을 도와 영지를 되찾아 준 것에 대해 보람까지 느껴질 정도였다.

"정말 잘되었어. 영지가 가장 적절한 주인을 찾은 것이지."

옆에 서 있던 아슈레인이 무표정한 얼굴로 말했다.

"일이 잘되었다니 기쁘다. 그럼 나는 레어로 돌아가도록 하겠다."

레어라는 말에 리셀이 쓴웃음을 지었다. 역사를 통틀어 와이번의 서식지를 레어로 택한 드래곤은 오직 아슈레인 하나뿐일 터였다. 물론 고룡들의 레어 못지않게 인간들이 접근하기 힘든 곳이긴 하지만 말이다. 리셀이 진심으로 사의를 표했다.

"정말 수고 많았어. 고마워."

"고마울 것 없다. 아그리아 공작가에 복수를 행하는 과정 중 하나일 뿐이니까."

물끄러미 아슈레인을 쳐다보던 리셀이 수정구 하나를 내밀었다. 포로로 붙잡은 마법사로부터 압수한 통신 장비였다.

"이것을 가지고 가도록 해. 혹시라도 연락해야 할 일이 있을지 모르니까.”

반드시 아슈레인과 통신할 수단을 건네주라는 엘빈의 말
에 수정구 하나를 챙긴 것이다. 아슈레인이 수정구를 물끄
러미 쳐다보았다.

“인간들이 통신용으로 사용하는 수정구로군. 과연 필요
가 있을까?”

“주군께서 당부하신 일이야. 혹시 쓰일 데가 있을지 모르
니까 가져가도록 해.”

아슈레인이 잠자코 수정구를 받아 들었다.

“그럼 나는 이만 가보겠다. 또 내 도움이 필요하면 불러
라.”

“그러지.”

수정구를 집어넣은 아슈레인이 드래곤의 모습으로 폴리
모프했다. 날개를 활짝 펼치며 이륙하는 아슈레인을 리셀이
잔잔한 눈빛으로 쳐다보았다. 영지의 상공에 떠오른 아슈레
인을 보자 영지의 병사들이 일제히 환호성을 질렀다.

“드래곤 만세.”

“루카스 후작가 만세.”

자신들과 함께 싸워 영주성을 점령하는 데 일익을 담당한
골드 드래곤에게 보이는 열의는 정말 대단했다. 리셀이 피
식 미소를 지었다.

‘그나저나 아슈레인이 와이번 무리의 우두머리라는 사실

은 결코 밝혀져서는 안 돼. 그리고 레어의 위치 역시
도······.’

만약 이 사실이 아그러아 공작가에 들어간다면 그들은 수
단 방법을 가리지 않고 아슈레인을 잡아 죽이려 할 것이다.
영지전에서 드래곤은 실로 엄청난 전력이었고 리셀은 이번
에 그 사실을 뼈저리게 실감했다.

아스트리아 제국의 절대자 로마노프 3세는 한껏 얼굴을
찡그리고 있었다. 그토록 결재를 했지만 책상 위에 쌓인 서
류는 도무지 줄어들 기미를 보이지 않았다. 사소한 업무는
관료들이 처리했기에 황제가 결재해야 할 일은 오직 중대한
사안뿐이다.

그럼에도 불구하고 황제의 일은 결코 적지 않았다. 실로
방대한 영토를 가진 아스트리아 제국이었기에 빚어진 결과
였다. 잔뜩 쌓인 서류 뭉치를 살핀 황제가 한숨을 내쉬었
다.

“휴. 차라리 작은 영지를 다스리는 남작이 낫지. 할 일이
이리 많으니 원.”

역대 아스트리아 제국 황제의 사인 중 가장 많은 것이 과
로사라는 사실을 떠올린 로마노프 3세가 다시금 한숨을 내
쉬었다. 거대한 제국을 다스리는 것은 역시 만만치 않았다.
입술을 비집고 흔잣말이 흘러나왔다.

"그나마 이번에 성공적으로 레오폰 왕국을 정벌해서 다행이야. 별 무리 없이 남부 변경백들의 군비를 감축시킬 수 있게 되었으니 말이야."

황제가 다시금 서류 한 장을 집어 들었다. 돌연 그의 입가에 미소가 떠올랐다.

"황태자가 능숙하게 업무 처리를 하고 있군."

아스트리아를 다스려 온 역대 황제들에게 가장 중요한 일은 자식 농사였다. 현명하고 균형 감각을 가진 황자가 황제 자리에 올라야 수많은 귀족들을 조율하며 제국을 잘 다스릴 수 있다.

만에 하나 자질이 떨어지는 자가 황제 자리를 물려받는다면 크나큰 문제가 발생할 터였다. 그런 관점에서 로마노프 3세는 정말로 자식 농사를 잘 지은 경우라고 볼 수 있었다.

황태자는 올해 스물다섯 살이 된 맏아들 체이스필드였다. 현명한 군주로 인정받는 로마노프 3세의 직계 혈손답게 남달리 총명하고 생각이 깊었다. 시야가 넓은 데다 결단력도 있고 친화력도 좋아서 무리 없이 황위를 물려줄 수 있을 것 같았다.

대부분의 황족이 그러하듯 체이스필드는 열일곱 살의 어린 나이에 결혼을 해서 벌써 두 명의 자식을 낳은 상태였다. 로마노프 3세는 일찌감치 체이스필드를 황태자로 낙점해서 제국을 다스리는 노하우를 차근차근 가르치고 있었다.

체이스필드 역시 황제가 내려준 과제를 무난하게 맡아 처리했다. 황태자를 떠올리자 로마노프 3세의 입가에 미소가 걸렸다.

"상황을 봐서 업무를 더 많이 넘겨줘야겠어. 처리하는 속도를 보니 두 배가 넘는 업무도 순탄하게 처리할 수 있을 것 같은데."

자식에게 일거리를 떠맡긴다는 흉악한 생각을 한 황제가 다시금 서류 처리에 몰두했다. 한 시간 정도 결재를 했을 때 집무실 밖에서 나지막한 음성이 울려 퍼졌다.

"폐하. 알현 시간이 되었습니다. 루카스 후작이 알현실에서 대기하고 있습니다만."

그 말에 퍼뜩 정신을 차린 황제가 창밖을 쳐다보았다. 어느새 해가 져서 사위가 어둑어둑했다.

"벌써 시간이 이렇게 되었나? 암. 루카스 후작을 만나봐야지. 그나저나 그가 말이 잘 통하는 사람이면 좋을 텐데 말이야."

서류를 한 곳으로 밀어놓은 황제가 몸을 일으켰다.

엘빈은 황제의 알현실에서 대기하고 있었다. 그는 지금 비밀리에 황궁을 방문한 상태였다. 루카스 후작가의 가주가 황제와 독대한다는 사실이 외부로 알려진다면 좋을 것이 없었다.

해서 황제는 특별히 패트릭 백작과 마법사 한 명을 보냈
다. 그들은 엘빈의 가신들 중 한 명에게 마법을 걸어 루카
스 후작으로 위장시켰다. 그런 다음 엘빈을 몰래 황궁으로
데리고 온 것이다. 대역은 몸이 좋지 않다는 핑계를 대고
자리에 드러누워 있었다. 그렇다고 해도 귀족들의 방문에
계속 시달려야 하는 건 어쩔 수 없겠지만 말이다.

엘빈이 살짝 눈을 감은 채 머릿속으로 생각을 정리했다.
잠시 후 문이 열렸다. 엘빈을 보자 로마노프 3세의 안색이
환히 밝아졌다.

"어서 오시게."

그는 망설임 없이 다가가서 엘빈의 손을 잡고 어깨를 두
드렸다. 유달리 엘빈에게 친근감을 표시하는 로마노프 3세
였다. 황제의 태도에 엘빈이 쓴웃음을 지었다. 물론 그는
황제가 저렇게 행동하는 이유를 잘 알고 있었다.

'아무래도 마음에 걸리는 게 있으니까 이러는 것이겠
지?'

황제가 영지전을 허락했기에 루카스 후작가는 영지 대부
분을 잃고 형편없이 쪼그라들었다. 가주인 엘빈의 입장에서
는 당연히 섭섭할 수밖에 없다. 그러나 오랫동안 귀족 가문
의 후계자로 키워진 엘빈에게 있어 속내를 전혀 겉으로 드
러내지 않는 것쯤은 쉬운 일이었다. 황제가 손을 뻗어 의자
를 가리켰다.

“앉지. 나눌 말이 많네.”

“네. 폐하.”

엘빈이 자리에 앉자 로마노프 3세가 심유한 눈빛으로 쳐다보았다.

“우선 잃었던 영지를 되찾은 데 이어 허드슨 자작령까지 거둔 것을 축하하네. 아. 이젠 베로니카 자작령으로 이름이 바뀌었지?”

“모두가 폐하의 성은 덕분이지요.”

“무슨 소리! 어쨌거나 블레이드 헌터라는 걸출한 기사를 휘하에 거둔 것을 진심으로 축하하네.”

돌연 황제의 눈가에 장난기가 서렸다.

“사실 마음 같아서는 황명을 내려 리셀이라는 블레이드 헌터를 빼앗고 싶다네. 그토록 압도적으로 블레이드 오너를 패배시킬 수 있는 존재라면 마땅히 탐이 나지 않겠나? 자네 생각은 어떤가?”

엘빈이 싱긋 웃으며 대답해 주었다.

“아무리 폐하라도 리셀만큼은 양보해드릴 수 없습니다. 저는 그를 휘하의 기사가 아닌 아들로 생각하고 있습니다. 이미 저는 리셀에게 양자가 되라는 제의를 해두었습니다. 리셀이 틀림없이 받아들일 것이라 생각합니다.”

“호! 그런가?”

“그렇습니다. 저는 훗날 루카스 후작가를 리셀에게 물려

줄 생각입니다. 설마 저에게서 아들을 빼앗아 가시려는 것
은 아니겠지요?"

황제가 실소를 지었다.

"흠. 리셀이란 기사에 대한 신임이 엄청나군. 아쉽지만
할 수 없군. 자네 생각이 그렇다니 내가 고집을 꺾을 수밖
에……."

"은덕에 감사드릴 따름입니다."

엘빈의 얼굴이 미미하게 상기되어 있었다. 리셀의 빛나는
검으로 인해 루카스 후작가는 재기의 발판을 마련할 수 있
게 되었다. 또한 리셀이 아니었다면 엘빈은 결코 루카스 후
작이 되지 못했을 것이다.

그 모든 것을 떠나 엘빈은 리셀의 성품 자체를 마음에 들
어 하고 있었다. 오만하지 않고 공을 내세우려 하지 않으며
소탈하고 믿음직스러운 성품의 리셀은 이미 엘빈의 마음을
완전히 사로잡고 있었다.

엘빈은 어떤 일이 있더라도 리셀을 양자로 삼겠다는 생각
을 굳힌 뒤였다. 그런 엘빈의 귓전으로 황제의 음성이 파고
들었다.

"솔직히 말해보게. 짐에게 섭섭한 감정을 가지고 있겠지?
어쨌거나 내가 허락했기에 아그리아 공작가에 영지를 빼앗
겼으니 말일세."

퍼뜩 생각을 접어 넣은 엘빈이 묵묵히 고개를 흔들었다.

“설마 그럴 리가 있겠습니까? 폐하께서는 모든 것을 순리대로 행하셨습니다. 그런 상황에서 선택할 길이 달리 무엇이 있었겠습니까. 제국이 혼란에 휩싸이지 않도록 정말 잘 처리하셨다고 생각합니다.”

“그렇게 생각해주니 고맙군. 하지만 짐은 항상 루카스 후작가에 미안한 감정을 가지고 있었다네. 그런 내 마음을 후작이 알아줬으면 좋겠군.”

“그런 말씀 마십시오. 루카스 후작가는 결코 폐하께 서운함을 갖고 있지 않습니다.”

황제의 입가에 미미한 미소가 떠올랐다.

직접 대해 보니 루카스 후작가의 새로운 가주는 생각 외로 걸물이었다. 감정을 좀처럼 겉으로 드러내지 않으며 화술도 출중했다. 예의범절에 어긋남도 없었고 거절하는 것도 품위가 있었다. 무엇보다도 황제 앞에서 전혀 주눅 들지 않는 담대함이 놀라웠다. 대부분의 귀족은 황제와 독대하면 긴장감에 제대로 입도 떼지 못한다.

황제가 잠자코 황실 정보부에서 파악한 엘빈에 대한 보고서를 떠올려 보았다.

‘역시 소문은 실제와 많이 다르군. 보고서에는 엘빈 루카스가 세 후계자 중에서 가장 자질이 떨어진다고 쓰여 있었는데.’

황제는 약속을 중요하게 생각하는 엘빈의 성품이 특히 마음에 들었다.

통상적으로 귀족 가문의 수장은 처세에 능해야 한다. 때에 따라서는 약속을 헌신짝처럼 저버리는 비정함도 가져야 하는 것이다. 그 때문에 엘빈은 리셀을 휘하에 거두기 전에 크나큰 어려움을 겪었다. 그러나 아이러니하게도 황제는 엘빈의 그 점을 가장 마음에 들어 하고 있었다.

'그토록 약속을 중요하게 생각한다면 나와 한 약속 역시 철저히 지키겠지?'

생각을 정리한 황제가 입을 열었다.

"그래. 이제 루카스 후작이 되었으니 마땅히 가슴 속에 품은 포부가 있겠지? 그것을 한번 짐에게 털어놓아 보게."

엘빈이 흔들림 없이 대답했다.

"저는 아그리아 공작가에 빼앗긴 영토를 모조리 되찾을 생각입니다."

"흠. 과거의 영토를 모두 되찾는다? 실로 엄청난 포부로군. 아그리아 공작가가 결코 순순히 내어주지 않을 텐데 말이야."

"어떻게든 되찾을 계획입니다. 그리하여 루카스 후작가가 몰락하지 않았다는 사실을 제국 전역에 널리 알릴 생각입니다."

황제가 묵묵히 고개를 끄덕였다.

"흠. 어쩌면 가능할 수도 있겠군. 무엇보다도 루카스 후작의 휘하에는 인간의 한계를 벗어던진 블레이드 헌터가 있으니 말이야. 현존하는 블레이드 오너를 압도하는 위력을 가진 초인의 힘을 빌린다면 불가능하진 않을 것 같아.”

“그렇게 생각해주셔서 감사합니다.”

“그럼 영토 회복은 어디까지 생각하고 있나? 그동안의 수모를 설욕하려면 아그리아 공작가로부터 적지 않은 영토를 빼앗아 와야 할 텐데 말이야.”

이어지는 엘빈의 말에 황제의 눈이 가늘어졌다.

“아그리아 공작가의 영토를 침범할 생각은 전혀 없습니다. 원래 가지고 있던 영토만 수복하면 더 이상 욕심을 부리지 않을 작정입니다. 사람에겐 저마다 주어진 분수가 있는 법. 제가 건사할 수 있는 영토는 딱 그 정도입니다.”

엘빈의 말에 황제가 감탄했다.

“정말 놀랍군. 경탄할 만한 일이야. 그토록 고생을 했으면서도 아그리아 공작가의 영토를 탐내지 않겠다니 말일세.”

엘빈이 흔들림 없이 말을 이어나갔다.

“그렇습니다. 루카스 후작가의 의무는 황제 폐하로부터 하사받은 영토를 잘 관리하고 세금을 꼬박꼬박 바치는 것입니다. 구태여 더 많은 땅을 탐내야 할 이유는 없습니다.”

황제의 눈꼬리가 파르르 떨렸다. 현재 보이는 아그리아 공작가의 행태와는 너무나도 다른 모습이었기 때문이었다.

끝없이 세력을 확장해온 아그리아 공작 가문은 지금에 와서는 황제의 권한까지도 넘보고 있었다. 이대로 내버려둔다면 아스트리아 제국에 크나큰 골칫거리가 될 수밖에 없었다. 엘빈의 설명이 거듭 이어졌다.

"블레이드 오너 루드비히에 의해 빼앗긴 켈렌드리스 광산만 되찾으면 더 이상 영지전을 벌이지 않을 것입니다. 할아버지 시절의 국경선을 회복하는 게 제 목표입니다."

"놀랍군."

"고토만 회복하고 나면 내치에 각별히 힘쓸 생각입니다. 휘하의 영주들이 걱정 없이 살아갈 수 있도록 잘 조율하는 한편, 과거의 책무였던 변경백의 임무를 충실히 수행하겠습니다. 서쪽 평원의 오크들이 단 한 마리도 제국의 영토를 밟지 못하게 만들 것입니다."

제국의 서부 평원에는 수를 헤아릴 수 없는 오크들이 서식하고 있다. 먹을 것이 풍부한 봄에서부터 가을까지는 오크 무리가 그리 많이 넘어오지 않는다. 그러나 겨울철이 되면 어마어마한 숫자의 오크들이 떼를 지어 국경을 침범한다. 굶주린 오크 부족들이 먹이를 찾아 이동하는 것이다. 그것은 매 겨울 벌어지는 연례행사였다.

과거에는 아그리아 공작가와 루카스 후작가 양측에서 국경에 병력을 파견해 오크 떼의 이동을 막아냈다. 그러나 루카스 후작가가 몰락하고 나자 아그리아 공작가가 홀로 변경백의 임무를 수행하고 있었다.

지금도 아그리아 공작가는 방대한 군자금과 병력을 투입해서 매년 되풀이되는 오크의 침공을 힘겹게 막아내고 있었다. 엄청난 예산이 그것을 위해 소요되었다.

그 때문에 황제도 섣불리 아그리아 공작가에 제재를 가할 엄두를 내지 못했다. 만약 아그리아 공작가가 나쁜 마음을 먹고 국경을 열어준다면 수십만 오크 떼가 한꺼번에 제국 영토로 쏟아져 들어올 것이다.

물론 가장 큰 피해를 보는 영지가 아그리아 공작가이니만큼 그럴 가능성은 희박하겠지만 그래도 눈에 띄게 압력을 가할 수는 없었다. 그런 상황에서 신임 루카스 후작의 각오를 들었으니 황제로서는 당연히 기쁠 수밖에 없었다.

황제의 눈에 곁의의 빛이 떠올랐다.

'그래. 루카스 후작가의 힘을 키워줘야 해. 루카스 후작가가 잃었던 영토를 되찾기만 해도 아그리아 공작가의 힘은 많이 줄어들 수밖에 없지. 게다가 그들이 나서서 아그리아 공작가를 견제해 준다면 제국을 다스리기가 한결 순탄할 거야.'

또한 신임 루카스 후작은 과거 책무였던 변경백의 임무를 철저히 수행하겠다고 공언했다. 황제에겐 참으로 기특하게 들리는 발언이었다.

'만나본 결과 최고의 적임자인 것 같군.'

마침내 결정을 내린 황제가 정색을 하고 엘빈을 쳐다보았다.

"후작의 발언에 대해 책임을 질 수 있겠나?"

엘빈이 흔들림 없이 고개를 숙였다.

"약속을 중요하게 생각하는 것이 제 성품입니다. 한 번 내뱉은 말은 철저히 지킬 것입니다. 아마 폐하께서도 이번 회견을 통해 저의 성격에 대해 충분히 짐작하셨으리라 사료됩니다."

그 말을 들은 황제의 입가에 만족스러운 미소가 떠올랐다. 루카스 후작가를 아그리아 공작가를 견제하기 위한 대항마로 삼아야겠다는 결정을 확고하게 굳힌 것이다.

"길게 말할 것도 없겠군. 앞으로 짐은 전폭적으로 루카스 후작가를 밀어주겠네. 루카스 후작가가 아그리아 공작가를 상대로 벌일 영지전은 이유 여하를 막론하고 승인해줄 생각일세. 대신 약속은 꼭 지켜주길 바라네. 켈렌드리스 광산까지만 되찾으면 더 이상 영토를 욕심내지 않겠다는 것 말이야. 물론 변경백 임무도 확실하게 수행해주게."

엘빈의 안색이 확 밝아졌다. 황제가 전폭적으로 밀어준다면 잃었던 영토를 되찾는 일이 한결 수월해질 수밖에 없다. 더없이 기쁜 소식이었지만 그의 표정은 결코 흔들리지 않았다.

"폐하의 은덕에 감사드립니다. 루카스 후작가의 명예를

걸고 약속을 지키겠나이다."

황제가 만족스러운 표정으로 엘빈의 어깨를 두드려주었다.

"후작을 믿겠네. 부디 과거의 성세를 되찾아 제국을 지탱하는 대들보가 되어주게."

"반드시 그렇게 하도록 하겠습니다."

"좋아. 루카스 후작과 이토록 말이 잘 통하니 정말로 좋군. 앞으로 수도에 종종 찾아와주게. 두 팔을 벌려 환대하도록 하지."

너털웃음을 터뜨리는 황제를 엘빈이 잔잔한 눈빛으로 쳐다보고 있었다. 황제가 전폭적인 지원을 약속했으니 잃었던 영토를 되찾는 일이 한결 수월해질 터였다.

자고로 좋은 일만 지속되지는 않는 법이다. 영지전에서 패배하고 쫓겨난 크라이어 남작은 곧장 수도로 가지 않았다.

그는 근처의 마탑 지부에 들러 아그리아 공작에게 영지전의 과정을 모두 보고했다. 통신용 수정구 앞에 앉은 아그리아 공작이 눈을 부릅떴다.

"뭐라고? 영지전에 드래곤이 가세했다고?"

"그, 그렇습니다. 드래곤의 마법 방해로 인해 마법사들은 힘도 쓰지 못하고 사로잡혔습니다. 그리고 블레이드 헌터가 성문을 깨뜨리고 난입해 저를 포로로 잡았기에 영지전에서 결국 패배하고 말았습니다.”

믿을 수 없었던지 아그리아 공작이 고개를 연신 가로저었다. 어떻게 드래곤이 영지전에 가담할 수 있단 말인가?

통상적으로 드래곤들은 율법에 얽매여 있기 때문에 여간해서는 인간의 전쟁에 끼어들지 않는다. 만에 하나 끼어든다고 해도 드래곤 로드의 엄중한 처벌을 받아야 한다. 지금까지 인간들의 전쟁에 가세한 드래곤들은 모두가 처벌을 각오하고 행한 것이다.

“도저히 믿어지지 않는군. 도대체 어떤 드래곤이길래?”

“골드 드래곤이었습니다. 몸 크기를 보아하니 갓 성룡이 된 어린 드래곤이 분명합니다.”

순간 아그리아 공작의 눈빛이 빛났다. 갓 성룡이 된 어린 골드 드래곤이라고 하니 떠오르는 바가 있었기 때문이었다.

대륙에 서식하는 드래곤의 종류는 매우 다양하다. 그중에서 골드 드래곤은 개체 수가 그리 많지 않은 편이다. 조사된 바로는 몬스터 도감에 기재된 골드 드래곤은 제국 전역을 통틀어 봐도 열 마리가 되지 않는다. 그런데 그 열 마리 중 갓 성룡이 된 어린 드래곤은 없었다. 그렇다면……. 아그리아 공작이 자신도 모르게 혼잣말을 늘어놓았다.

“그놈인가? 금빛 도마뱀 작전에서 놓쳐버린 해츨링 말이다.”

“무, 무슨 말씀이신지?”

마정석의 마나가 거의 닳았는지 수정구에 떠오른 크라이어 남작의 얼굴이 흐릿해졌다. 아그리아 공작이 묵묵히 고개를 끄덕였다.

“아무것도 아닐세. 그리고 정말 중요한 정보를 알려주었네. 그러니 자네는 곧장 영지로 오도록 하게. 내가 당분간 먹고살 방도를 마련해 줄 터이니 말이야.”

“배려에 감사드립니다.”

그 말을 끝으로 통신이 끊어졌다. 아그리아 공작은 손을 턱에 괴고 생각에 잠겨 들어갔다.

“정황을 보니 확실해. 영지전에 가세했다는 어린 골드 드래곤은 리셀이라는 놈이 빼돌린 해츨링이 분명해. 도대체 무슨 방법으로 드래곤으로 각성했는지는 모르지만 이게 오히려 놈들에게 반격할 절호의 기회가 될 수 있어.”

곰곰이 생각하니 상황이 명백해졌다. 블레이드 헌터 리셀과 골드 드래곤이 영지전에 가세했다는 것은 곧 둘이 친분을 맺었음을 뜻한다.

리셀이란 녀석이 꼬드기자 드래곤은 어린 혈기에 앞뒤 가리지 않고 인간들의 싸움에 끼어들었을 터였다. 드래곤의 율법 따위는 고려하지도 않고 말이다.

“어린 드래곤은 분명 어미를 사냥한 인간들 전체에게 원한을 갖고 있겠지? 그러다가 리셀이라는 녀석의 사탕발림에 넘어가 영지전에 가담한 것일 테고…….”

생각이 거기까지 닿자 아그리아 공작의 입가에 미소가 번져갔다. 그럴 것이 금빛 도마뱀 작전은 아그리아 공작가 혼자서 추진한 것이 아니었다. 황실에 이어 수도의 마탑까지 한 손 거들었던 작전이었다.

만약 사실을 밝힌다면 황제는 깜짝 놀라 드래곤에 대한 사냥을 명할 것이다. 마탑의 마법사들 역시 거기에 가세할 터였다. 그들이 자신들에게 원한을 가진 드래곤을 가만히 내버려 둘 가능성은 희박했다. 게다가 갓 성룡이 된 어린 드래곤이니만큼 사냥하기도 보다 수월할 것이다.

골드 드래곤은 루카스 후작가의 편을 들어 영지전에 참가했다. 거기에다 블레이드 헌터 리셀과 친분을 맺은 상태이다. 다시 말해 설명만 잘하면 루카스 후작가가 황제의 눈 밖에 나도록 만드는 것은 문제도 아니었다. 그리고 루카스 후작가와 각별한 관계를 맺고 있는 마탑과의 사이도 이간질시킬 수 있었다.

“잘되었어. 즉각 수도에 이 사실을 전해야겠군. 황제에게 이 사실을 폭로해 루카스 후작가를 곤란하게 만들어야겠어.”

아그리아 공작가의 입가에 회심의 미소가 번져갔다.

아그리아 공작은 즉각 수도에 있는 가문의 혈족과 마법

통신을 했다. 루카스 후작가를 곤경에 몰아넣기 위한 작전
이었다.

수도에서 활동하는 아그리아 공작가의 혈족은 한때 트랜
든과 가주 자리를 놓고 권력 다툼을 벌였던 데칸 아그리아
였다. 블레이드 오너 루드비히의 맏아들이기도 한 그는 권
력 다툼에서 밀려난 뒤 수도로 파견 근무를 나가야 했다.
늙어 죽을 때까지 수도에 머물면서 아그리아 공작가의 일을
맡아 처리해야 하는 것이다.

물론 트랜든 가주에게 감정이 전혀 없지는 않겠지만 이번
일은 아그리아 공작 가문의 운명이 걸린 일이다. 그런 만큼
전폭적으로 협력할 것이 분명했다.

아그리아 공작의 예상대로 마법 통신이 오고 간 뒤 데칸
의 저택에서 잇달아 파발마가 출발했다. 아그리아 공작의
전언을 가슴속에 품고 마탑의 각 지부로 향하는 전령들이었
다. 그들이 도착하자 마탑은 발칵 뒤집혔다.

"그, 그게 사실이오?"

금빛 드래곤 작전에서 탈출한 해츨링이 드래곤으로 각성
해서 인간들에 대한 복수를 꾀하려 한다는 사실에 놀라지
않을 도리가 없다. 그것도 모자라 데칸은 직접 황궁에 입궁
해 황제에게 그 사실을 밝혔다.

"그것이 정말인가?"

　깜짝 놀란 황제가 즉각 수도에 머무르고 있던 엘빈을 불러들였다. 이미 아스트리아 마탑의 마법사들이 대거 황실로 입궁한 상태였다.

　부름을 받고 달려온 엘빈은 깜짝 놀랐다. 드넓은 홀에 수많은 귀족이 모여서 웅성거리고 있었기 때문이다. 그들 사이에는 로브를 차려입은 마법사들도 적지 않게 보였다. 옥좌에 앉은 황제가 근심 어린 표정을 짓고 있었다. 엘빈을 보자 날카로운 눈빛이 뿜어졌다.

　"부르셨습니까? 폐하."

　엘빈이 공손히 예를 올렸다. 황제가 그런 엘빈을 쳐다보다 입을 열었다.

　"한 가지 물어볼 것이 있어서 불렀네."

　"말씀하시지요."

　"얼마 전에 크라이어 남작령에서 영지전이 벌어졌네. 영지의 전주인인 브라운 남작이 용병들과 가신들을 데리고 영지전을 시작했지. 알아보니 아직까지 법령에 기재된 기한이 지나지 않아 굳이 짐의 허락을 받을 필요가 없었더군."

　엘빈은 아무런 말도 하지 않고 묵묵히 황제의 말을 듣고 있었다.

　"결국 브라운 남작은 영지전에서 승리하여 영지를 되찾았다고 들었네. 거기까진 아무런 문제가 없어. 그런데 말일세."

황제가 엘빈의 얼굴을 날카롭게 쏘아보았다.

"그 영지전에서 난데없이 드래곤이 등장했다고 하더군. 루카스 후작은 혹시 그 사실을 알고 있었나?"

엘빈이 흔들림 없이 대답했다.

"물론 알고 있었습니다. 그전에 보고를 받았기 때문에 모를 리가 없지요."

"흠. 루카스 후작이 시인하니 이야기가 편해지겠군. 그래, 그 드래곤의 정체에 대해서도 알고 있나?"

"물론입니다. 그 드래곤은 제 휘하의 블레이드 헌터, 리셀의 절친한 친구입니다. 과거 드래곤이 해츨링이었을 당시 목숨을 구해준 일로 인해 친분을 맺을 수 있었다고 하더군요."

황제의 눈매가 가늘어졌다. 굳이 추궁하지 않아도 알아서 술술 이야기해주니 맥이 조금 빠지기는 했다.

"그렇다면 그 드래곤이 금빛 도마뱀 작전에서 탈출한 해츨링이 확실한가?"

"그렇습니다. 저는 그렇게 알고 있습니다."

엘빈이 시인하기가 무섭게 늙수그레한 귀족 한 명이 앞으로 나왔다. 탄탄한 체구에 날카로운 눈빛. 바로 아그리아 공작가의 데칸이었다. 그가 엘빈을 노려보며 말을 이어나갔다.

"금빛 도마뱀 작전은 황실과 마탑, 그리고 아그리아 공작가에서 힘을 합쳐 진행한 작전입니다. 그러나 그 작전은 애석하게도 한 사람의 개입 때문에 목적을 이루지 못했습니다. 현재 루카스 후작가에 몸을 의탁하고 있는 블레이드 헌터 리셀, 그가 바로 금빛 도마뱀 작전을 파탄 낸 원흉입니다."

그 말에 황제의 눈가에 노기가 번져갔다. 그는 그 사실을 이번에 처음 들었다. 제국을 다스리는 황제가 그런 세세한 사안을 모두 알고 있을 수는 없다. 그러나 엘빈은 추호도 흔들리지 않고 변론을 이어나갔다.

"리셀이 황실의 중대사를 방해한 것은 사실입니다. 하지만 그는 이미 죄의 대가를 모두 치렀습니다. 남부군에서 5년 동안 복무하는 것으로 브렌트 후작님으로부터 사면받았으니 말입니다."

말을 마친 엘빈의 시선이 브렌트 후작에게로 향했다. 쓴웃음을 지은 브렌트 후작이 앞으로 한발 나섰다. 적어도 지금은 리셀을 두둔해야 할 입장이었다.

"루카스 후작의 말은 사실입니다. 저는 금빛 도마뱀 작전을 무산시킨 책임을 물어 리셀에게 5년의 충군형을 선고했습니다. 그리고 리셀은 5년 동안 충실히 남부군에서 복무했습니다. 그런 만큼 그에게 죄를 물을 수는 없습니다."

황제의 시선이 이번에는 브렌트 백작에게로 향했다.

"그렇다면 그 사실을 왜 짐에게 보고하지 않았나?"

"그리 중요한 사안이 아니라고 판단했습니다. 게다가 리셀은 남부군에서 복무하는 동안 실로 크나큰 공을 세웠습니다. 까마귀 전대를 이끌고 호레이살 부족으로 찾아가 담판을 짓고 돌아온 기사가 바로 리셀입니다."

그 말에 황제의 눈빛이 살짝 흔들렸다. 리셀이 그토록 큰 공을 세웠으리라곤 미처 짐작하지 못했다. 게다가 이미 죗값을 치렀다면 더 이상 추궁할 만한 근거가 없다.

상황이 묘하게 돌아가자 지체 없이 데칸이 나섰다. 지금 중요한 것은 리셀에 대한 치죄가 아니었다. 아그리아 공작가의 입장에서는 반드시 드래곤을 처리해야 했다.

"지금 상황에서 가장 중요한 것은 드래곤의 존재입니다. 모두 아시다시피 영지전에 가담한 골드 드래곤은 인간에 대해 막대한 증오를 품고 있습니다. 아그리아 공작가와 황실, 그리고 마탑의 연합 작전에 의해 어미를 잃었으니 드래곤이 품은 원한은 보지 않아도 뻔합니다. 가증스럽게도 루카스 후작가에서는 드래곤의 복수심을 교묘히 이용해서 인간의 영지를 공격하게끔 부추긴 것입니다."

말을 마친 데칸이 홀에 모인 귀족들의 얼굴을 둘러보았다.

"인간을 대거 살상한 드래곤을 가만히 내버려둘 수는 없습니다. 토벌대를 결성해서라도 반드시 골드 드래곤을 잡아 죽여야 합니다."

대부분의 귀족이 고개를 끄덕였다.

"그래야지. 암."

"인간을 죽인 드래곤을 용서할 순 없지."

제국 귀족의 입장에서 먼저 인간을 공격한 드래곤을 가만히 내버려둘 수는 없는 노릇이다. 갓 성룡이 된 어린 드래곤이라면 그리 큰 피해를 입지 않고서도 잡을 수 있을 터였다. 그리고 풍성한 전리품도 기대할 수 있다. 바로 그때 엘빈의 반론이 이어졌다.

"비약이 실로 도를 넘어서는군요. 인간을 살상했다? 제가 보고받은 바로 골드 드래곤은 영지전 과정에서 단 한 명의 인간도 죽이지 않았습니다."

데칸이 살짝 당황했다. 그의 증언은 전적으로 크라이어 남작의 보고에 기초한 것이다. 영지를 잃은 원한에 불타던 크라이어 남작은 사실을 많이 왜곡해서 전달했다. 그것을 믿은 것이 패착이었다.

"게다가 골드 드래곤이 인간 전체에 대해 원한을 품었다는 것 역시 잘못된 정보입니다. 이미 저는 그 골드 드래곤과 오랫동안 대화를 나눠보았습니다."

순간 모든 귀족들의 시선이 엘빈에게로 집중되었다. 엘빈이 물 흐르듯 매끄러운 화술로 말을 이어나갔다.

"골드 드래곤이 원한을 가진 대상은 바로 아그리아 공작가입니다. 현 아그리아 공작의 손자이자 금빛 도마뱀 작전의 책임자였던 크릭스 아그리아를 대상으로만 복수를 꿈꾸고 있습니다."

그 말에 귀족들이 술렁이기 시작했다. 그러거나 말거나 엘빈은 말을 계속 이었다.

"금빛 도마뱀 작전에 의해 어미 드래곤이 죽은 것은 엄연한 사실입니다. 그러나 골드 드래곤은 거기에 대해서는 전혀 원한을 갖고 있지 않습니다. 정당한 전투에 의해 어미가 죽었으니 어찌 원한을 품겠습니까? 실제로 드래곤들은 동족이 죽어도 웬만하면 복수를 하지 않습니다."

귀족들이 그럴듯하다는 얼굴로 고개를 끄덕였다.

"그렇지."

"그 점에 대해서는 들어본 적이 있어."

엘빈의 말대로 드래곤들은 인간들에 의해 동족이 사냥당해도 거의 복수하지 않았다. 그저 얼마나 못났으면 인간들에게 사냥당했을까 하고 비웃는 경우가 태반이었다. 엘빈이 때를 놓치지 않고 설명을 계속했다.

"드래곤이 복수하고자 하는 이유는 다른 데 있습니다. 그 드래곤은 해츨링이었을 당시 아그리아 공작가의 기사들로부터 혹독하게 구타당했습니다. 죽을 만큼 두들겨 맞았다고 하더군요. 명령을 내린 자가 바로 크릭스 아그리아라고 말했습니다. 공교롭게도 그곳을 지나치던 리셀이 그 모습을 보고 참지 못해 달려들어 해츨링을 구했지요. 이후의 일은 모두가 잘 알고 계실 테니 생략하겠습니다.”

귀족들은 숨도 몰아쉬지 못하고 엘빈의 말을 경청했다.

“드래곤의 원한은 바로 거기에 기인합니다. 저는 드래곤이 하는 말을 똑똑히 들었습니다. 부하 기사들을 시켜 자신을 혹독하게 구타한 크릭스 아그리아로 복수의 대상을 한정짓겠다고 말입니다. 물론 크릭스를 비호하는 아그리아 공작가에도 원한을 품고 있는 건 어쩔 수 없는 일이겠지요. 간단히 말해 드래곤은 황실과 마탑에 대해 복수할 생각을 전혀 가지고 있지 않습니다.”

황제의 얼굴이 밝아졌다. 드래곤이 황실에게 복수할 생각이 없다는 말에 어느 정도 시름을 덜 수 있었던 것이다.

드래곤은 명실상부한 지상 최강의 생명체이며 자유자재로 하늘을 날 수 있는 존재이다. 만약 드래곤이 황궁의 상공에서 마법 공격을 가한다면 황실로서는 대처하기가 곤란할 수밖에 없었다. 그렇게 나올 경우 꽤나 많은 황족들이 목숨을 잃을 터였다.

그것은 마탑 역시 마찬가지였다. 드래곤은 마탑의 탑주를 월등히 능가하는 수준의 대마법사이다. 그런 드래곤이 공격해 온다면 마탑으로서는 참혹한 피해를 입을 수밖에 없으리라.

그러나 아직까지는 엘빈의 말을 완전히 믿을 수 없었다. 데칸이 바로 그 점을 꼬집고 나섰다.

“루카스 후작의 말을 어떻게 믿을 것이오? 증거가 하나도 없지 않소?”

엘빈이 빙그레 웃으며 입을 열었다. 이럴 경우의 대비책은 모두 준비해 온 상태였다.

“증거가 왜 없겠습니까? 당연히 준비해 왔습니다.”

말을 마친 엘빈이 좌중의 귀족들을 느긋하게 둘러보았다.

“모두 아시겠지만 드래곤은 거짓말을 하지 않습니다. 그 사실에 동의하십니까?”

귀족들의 묵묵히 고개를 끄덕였다.

“맞아. 들은 적이 있어.”

엘빈의 말대로 드래곤은 어떤 일이 있어도 거짓말을 하지 않는 종족이었다. 특히 열등한 존재로 여기는 인간들에게 거짓말을 하는 행위는 드래곤의 율법에 따라 엄격히 처벌받았다. 황제 역시 고개를 끄덕이며 증언해 주었다.

“일전에 들은 적이 있네. 드래곤은 어떠한 경우에도 거짓말을 하지 않는다고 말이야.”

엘빈의 입가에 서린 미소가 짙어졌다.

“황제 폐하께서 공언하셨으니 일이 더욱 쉽게 풀리겠군요. 그렇다면 드래곤에게 마법 통신을 해서 직접 물어보는 것이 어떻습니까? 더없이 확실한 증거가 되지 않겠습니까?”

귀족들이 깜짝 놀랐다. 설마 드래곤에게 마법 통신을 하는 것이 가능하다는 말인가? 그러나 엘빈은 이럴 경우를 대비해 리셀에게 미리 지시를 내려두었다. 그가 늘어선 마탑의 마법사들에게 손짓을 했다.

"한 분만 도와주십시오. 드래곤이 소유한 수정구의 일련번호를 알려드릴 테니 통신을 시도해 주십시오."

마법사 하나가 망설임 없이 앞으로 나왔다. 역사상 처음으로 드래곤과 마법 통신을 하게 되었으니 발걸음이 떨릴 수밖에 없다.

그가 소지하고 있던 수정구를 탁자에 올려둔 다음 마력을 불어넣었다. 그러자 황제와 주요 귀족들이 가까이 다가왔다. 말로만 들어본, 살아 있는 드래곤을 한번 보고 싶었기 때문이었다. 그러나 수정구를 들여다보는 특권은 오로지 황제와 고위 귀족들에 한정되었다. 대다수를 차지하는 하급 귀족들은 제자리에서 발만 동동 구를 뿐이었다.

파파파팟.

마법사가 마력을 불어넣자 수정구가 서서히 밝아졌다. 그러나 통신은 쉽사리 연결되지 않았다. 모여든 귀족들이 조바심을 낼 무렵에야 마침내 통신이 연결되었다.

번쩍.

눈부신 빛과 함께 수정구에 흐릿한 영상이 떠올랐다. 잠시 후 금빛으로 빛나는 비늘을 가진 드래곤의 머리가 수정구에 떠올랐다. 감짝 놀란 귀족들이 입을 딱 벌렸다.

"세, 세상에……."

"정말 드래곤이야."

제아무리 제국의 황제라도 생생하게 살아 있는 드래곤을 보는 경험을 해봤을 리가 없다. 수정구에 떠오른 드래곤의 모습을 황제와 귀족들은 벌린 입도 다물지 못하고 쳐다보고 있었다.

수정구에 나타난 드래곤은 다름 아닌 아슈레인이었다. 리셀에게서 받은 수정구에 신호가 오자 드래곤으로 변신해서 동굴로 들어가 통신을 연결한 것이다.

—무슨 일로 날 불렀는가? 인간들이여.

그 말에 엘빈이 앞으로 나서서 예를 취했다.

"안녕하십니까? 절 기억하시겠습니까?"

순간 아슈레인의 입매가 묘하게 비틀어졌다. 이미 그는 리셀과 마법 통신을 통해 이런 상황에 대한 대처 방법을 전달받은 적이 있다. 드래곤의 종족특성에 따라 거짓말을 할 순 없지만 진실을 어느 정도 숨길 수는 있었다.

'자신의 주군에게 존댓말을 쓰지 말고 최대한 거만하게 행동하라고 리셀 녀석이 말했지?'

리셀의 당부 사항을 떠올린 아슈레인이 입을 열었다.

—친구 녀석의 주군이로군. 그래 무슨 일로 날 불렀지?

"위대한 종족을 만나 뵙게 되어 영광입니다. 확인해야 할 일이 있어서 부득이 통신을 연결했습니다. 몇 가지 질문을 좀 받아주시겠습니까?”

　―말해보라.

　차분히 마음을 가라앉힌 엘빈이 입을 열었다.

　“첫 번째 질문입니다. 드래곤께서 지닌 원한이 과연 인간 전체를 향한 것입니까?”

　아슈레인은 망설이지 않고 대답해 주었다.

　―그렇지 않다. 내가 복수할 대상은 오로지 아그리아 공작가뿐이다.

　회심의 미소를 지은 엘빈이 다음 질문을 이어나갔다.

　“아시다시피 금빛 도마뱀 작전에는 황실과 마탑이 참여했습니다. 그들에게 복수하실 의향이 조금이라도 있으십니까?”

　―그럴 의도는 전혀 없다. 내 복수는 엄연히 아그리아 공작가에 한정될 것이다.

　“좋습니다. 다음 질문입니다. 얼마 전 도움을 주신 영지전에서 인간을 단 한 명이라도 살상하신 적이 있으십니까?”

　―나는 그곳에서 단 한 명의 인간도 죽이지 않았다. 그저 마법사들이 마법 공격을 하지 못하게 교란했을 뿐이다. 흠. 성문 주위에 운집한 인간 병사들에게 드래곤 피어를 뿜어 친구 녀석이 성에 들어가는 것을 도와주긴 했군. 그것이 전부이다. 사망자는커녕 부상자도 발생하지 않았을 것이다.

　엘빈의 입가에 미소가 번져갔다.

"좋습니다. 그럼 마지막 질문입니다. 아그리아 공작가에 대한 복수는 어느 선까지 하실 것입니까?"

순간 아슈레인의 눈동자에 섬뜩한 광망이 떠올랐다. 황제를 위시한 귀족들이 흠칫 놀라 뒤로 물러섰을 정도였다.

—내 복수는 크릭스 아그리아를 죽일 때까지 계속될 것이다. 그는 나에게 참을 수 없는 모욕을 가해 드래곤의 존엄성을 손상시켰다. 그를 내놓지 않는 한 아그리아 공작가는 계속해서 내 분노에 직면해야 할 것이다.

"알겠습니다. 그럼 이것으로 통신을 종료하도록 하겠습니다."

돌연 수정구를 통해 퉁명스런 의사가 전달되었다.

—앞으로는 나에게 통신을 시도하지 말도록. 이 수정구는 곧바로 부숴버릴 것이다.

다음 순간 수정구가 시커멓게 변했다. 드래곤이 일방적으로 통신을 끊어버린 것이다. 엘빈이 자신만만한 표정으로 귀족들을 둘러보았다.

"이제 의문이 풀리셨습니까? 브라운 영지에 모습을 드러낸 골드 드래곤은 결코 인간 전체에 대해 원한을 품지 않았습니다. 그의 복수는 오직 아그리아 공작가에 한정되어 있습니다."

귀족들은 아무런 말도 하지 못하고 엘빈의 말을 듣고 있었다.

“영지전에서도 드래곤은 단 한 명의 병사도 살상하지 않았습니다. 거짓을 말할 수 없는 드래곤의 얘기를 직접 들었으니 모두 수긍하시겠지요.”

잠시 말을 끊은 엘빈이 날카로운 눈빛으로 데칸을 노려보았다.

“오히려 크라이어 남작은 아그리아 공작가로부터 6서클 마법사 두 명, 그리고 5서클 마법사 두 명을 지원받아 브라운 남작군에게 심대한 타격을 가했습니다. 그들의 마법 공격에 의해 무려 이백 명의 사상자가 발생했다는 보고를 받았습니다. 그랬기에 리셀은 급히 연락을 취해 친구인 드래곤을 불러들였습니다. 그리고 제 허락을 받고 전투를 치렀습니다.”

엘빈의 시선이 이번에는 아스트리아 마탑 소속 마법사들에게로 향했다.

“드래곤이 영지전에서 한 일은 마법사의 마법 공격을 교란시킨 것뿐입니다. 그 덕에 네 명의 마법사를 포로로 붙잡을 수 있었지요. 놀랍게도 그들은 모두가 렌테리아 마탑 소속의 마법사였습니다. 타국의 마법사가 제국의 영지전에 가담했다니 정말 어처구니가 없군요.”

한쪽 구석에 있던 아스트리아 마탑 마법사들의 눈빛이 번쩍였다. 렌테리아 마탑 소속의 마법사들이 제국의 영지전에 참가했다는 사실도 놀라웠지만 그들 모두를 포로로 붙잡았다는 말에 더욱 충격을 받았다.

마법사의 효용은 실로 무궁무진하다. 6서클 마법사라면 지하 공방에 가둬두고 마법 아티팩트만을 만들게 하더라도 단 몇 년이면 몸값을 뽑을 수 있다. 낮은 서클의 마법사들보다 만들어내는 마법 아티팩트의 질이 월등히 높으니 그만큼 비싸게 팔 수 있는 것이다. 게다가 전쟁 포로의 신분이니 걸릴 것은 아무것도 없었다. 그들은 지금 딴생각을 하고 있었다.

'루카스 후작가에 사람을 보내 포로로 잡힌 마법사들을 모두 사들여야겠군. 렌테리아 마탑보다 높은 몸값을 지불하면 넘겨줄 테니 말이야. 몸값이 아무리 비싸더라도 손해 볼 일은 없어.'

바로 그때 엘빈이 마법사들에게 말을 걸었다.

"혹시라도 마탑에서는 골드 드래곤에 대한 토벌을 수행하실 의향이 있으십니까?"

적절한 순간에 나온 질문에 마법사들이 고개를 절레절레 흔들었다.

아스트리아 마탑의 입장에서는 섣불리 루카스 후작가의 심기를 거스를 수 없는 상황이다. 우선 블레이드 헌터 수업을 위해 십여 명의 수련생들을 위탁했을 뿐 아니라 포로로 잡힌 렌테리아 마탑의 고위 마법사들을 사들일 계획이기에 구태여 드래곤에 대해 적대감을 표출하기 힘든 입장이다.

대표로 마법사 한 명이 나서서 마탑의 입장을 표명했다.

"저희들은 드래곤 토벌에 휘하 마법사들을 동원하지 않겠습니다. 복수의 대상이 아그리아 공작가에 한정된다면 굳이 마탑에서 드래곤을 적대해야 할 이유가 없지요."

엘빈의 시선이 황제에게로 향했다.

"이번에는 폐하의 의향을 듣고 싶습니다. 영지전에 가세한 드래곤에 대해 어떻게 생각하십니까?"

조용히 엘빈의 얼굴을 들여다보던 황제가 입을 열었다. 루카스 후작가를 밀어주려면 드래곤의 전력화를 용납해줘야 할 것 같았다.

"짐은 드래곤에게 제약을 가하지 않을 생각이다. 그 골드 드래곤이 영지전에서 단 한 명의 병사도 살상하지 않았고 더욱이 복수의 대상이 귀족 가문 하나에 한정된 이상 굳이 토벌해야 할 필요성을 느끼지 못한다. 게다가 드래곤의 복수에도 어느 정도 일리가 있다고 생각한다. 묶인 실타래는 당사자가 풀어야겠지?"

"실로 현명하신 판단이십니다. 결단에 감사드리옵니다."

회심의 미소를 지은 엘빈이 운집해 있는 귀족들을 쳐다보며 말했다.

"루카스 후작가는 이제부터 가문의 모든 역량을 다해 골드 드래곤을 보호할 것입니다. 혹시라도 드래곤을 토벌할 생각을 하는 가문이 있으시다면 그 점을 반드시 고려해주시기 바랍니다."

귀족들이 주춤했다. 루카스 후작가가 적극적으로 보호하는 드래곤을 무슨 수로 사냥할 수 있단 말인가?

귀족들 앞에서 확고하게 단언한 엘빈이 고개를 돌려 데칸을 쳐다보았다. 돌아가는 상황에 그는 기가 많이 꺾여 있었다. 참담하게 일그러진 얼굴만 봐도 알 수 있었다.

"앞으로 골드 드래곤은 우리 루카스 후작령과 함께 행동할 것입니다. 크릭스 아그리아를 내놓기 전까지는 드래곤의 복수를 감수하셔야 할 것입니다."

그 말에 데칸이 이를 갈았다. 그러나 크릭스는 어떤 일이 있어도 내놓을 수는 없었다. 현 가주의 친손자이며 직계 혈손을 어찌 내놓을 수 있단 말인가? 드래곤에게 내놓을 경우 크릭스의 생명은 거기에서 끝나버린다. 큰 원한을 가진 드래곤이 크릭스를 살려둘 이유가 없는 것이다.

불쾌감을 표시하기라도 하듯 그가 아무런 대답도 하지 않고 몸을 돌려 저벅저벅 걸어갔다. 그 모습을 엘빈이 눈을 가늘게 뜨고 쳐다보았다. 그는 이미 아그리아 공작가가 저렇게 나올 것이란 사실을 예상하고 있었다.

'죽을 것이 뻔한데 가문의 주요 식솔을 내놓을 순 없겠지. 그러나 너희들은 드래곤이 영지전에서 차지하는 비중이 어느 정도인지 상상도 하지 못할 것이다.'

황궁에서 벌어진 청문회는 결국 루카스 후작가의 압승으

로 끝났다. 이제 엘빈이 후작령으로 돌아가는 순간 루카스 후작가는 아그리아 공작가를 상대로 대대적인 반격을 가하게 될 것이다.

　엘빈은 무려 3개월 동안 수도에 머물렀다. 많은 귀족들과 교분을 쌓고 안면을 익힌 다음에야 루카스 영지로 발길을 돌렸다. 황제가 전폭적인 지원을 약속했기에 돌아가는 엘빈의 마음은 무척이나 가벼웠다. 황제는 밀약의 표시로 황실 직할령까지 패터슨 백작을 호위로 붙여주었다.
　황실 직할령을 벗어나자 패터슨 백작이 황실 기사단을 이끌고 되돌아갔다. 하지만 안전에 문제는 없었다. 리셀이 그리폰에 탑승한 채 근처를 맴돌고 있었던 것이다. 사뿐히 착지한 그리폰에서 리셀이 뛰어내렸다. 낯익은 주군의 얼굴을 보자 리셀이 망설임 없이 예를 취했다.
　"주군을 뵙습니다."
　리셀을 보자 엘빈의 얼굴에서 미소가 활짝 피어났다.
　"오랜만이구나. 정말 보고 싶었다."
　리셀 외에 이미 백여 명의 호위 병력이 가세했기에 영지로 돌아오는 데에는 아무런 문제가 없었다.

제6장
용병을 확보하라

엘빈이 영주성에 돌아오자마자 연일 가솔 회의가 열렸다. 물론 그것은 아그리아 공작가에 빼앗긴 영지들을 되찾기 위한 회의였다.

엘빈은 매일 회의가 끝나자마자 리셀을 불러들여 회의에서 나온 결론을 이야기해주었다.

"앞으로 내 뒤를 이어 루카스 후작가를 물려받으려면 정보에 밝아야 한다. 우선 오늘의 회의에서 나온 결과를 이야기해주겠다."

당황한 리셀이 말을 더듬었다.

"주, 주군."

"너무 부담 갖지 말고 들어라."

엘빈의 말에 의하면 반격의 준비는 차근차근 진행되어간다고 했다. 우선 명분 자체에는 전혀 문제가 없었다.

루카스 후작가는 지금까지 영지전에서 패해 몰락 귀족이 된 영주들을 모조리 받아들였다. 그리고 엄청난 예산을 써가며 그들의 생계를 돌봐주었다. 그들을 내세운다면 아그리아 공작가의 경우처럼 굳이 시비를 걸지 않아도 영지전을 선포할 수 있게 된다. 게다가 황제가 전폭적인 협력을 약속했으니 영지전 승인을 받는 것도 문제가 아니었다.

그러나 문제는 예상치 못한 곳에서 발생했다. 아그리아 공작가는 루카스 후작가의 반격을 방해하기 위해 천문학적인 돈을 풀었다. 아스트리아 제국에서 활동하는 용병들을 대거 고용하여 선점해버린 것이다.

아그리아 공작가는 제국 내부에서 용병 고용 빈도가 가장 높은 영지이다. 서부 변경백으로써 매년 되풀이되는 오크 무리의 침략을 힘겹게 막아내고 있으니 당연히 용병에 대한 수요가 많을 수밖에 없다.

용병들을 순탄하게 조달하기 위해 아그리아 공작가에서는 제국에 존재하는 용병 길드 몇 군데에 몰래 사람을 심어두었다. 그렇게 하면 조금이라도 싼 가격에 더 많은 용병을 구할 수 있다. 허드슨 영지를 지원할 당시 단시간 내에 삼천 명의 용병들을 고용할 수 있었던 것은 바로 그 때문이었다.

　영지전에서 패배하자 아그리아 공작가 측 삼천 명의 용병
들은 6개월 동안 저렴한 금액에 고용되는 것으로 전쟁 포로
의 굴레를 벗어던졌다. 그런데 그 기간은 엘빈이 영지에 돌
아오고 나서 얼마 되지 않아 끝나버렸다.

　루카스 후작가는 그 용병들을 재고용할 계획이었다. 왜냐
하면 루카스 후작가에서 영지를 되찾으려는 몰락 귀족에게
지원해줄 수 있는 병력이 오로지 용병뿐이기 때문이다.

　영지의 병사들을 지원하는 행위는 영지전 관련 법규에 의
해 엄격히 규제되었다. 그런 만큼 용병들을 최대한 확보해
야 하는 것이 루카스 후작가의 입장이었다. 그런데 계약 기
간이 끝나자 용병들 대부분은 루카스 후작가와의 재계약을
완강하게 거부하고 나섰다.

　"길드에서 복귀 명령을 내렸기에 어쩔 수 없습니다."

　"더 이상 전쟁을 수행하고 싶지 않습니다. 가족에게로 돌
아갈 생각입니다."

　삼천 명의 용병 중에서 재계약에 성공한 용병은 고작해야
오백 정도밖에 되지 않았다. 아그리아 공작가가 용병 길드
에 심어놓은 사람들이 입김을 발휘했기 때문에 벌어진 일이
었다. 결국 루카스 후작가는 재계약을 거부하는 용병들을
떠나보낼 수밖에 없었다.

　"허! 어찌 이런 일이……."

뜻밖의 사실에 루카스 후작가의 가솔들은 난감해했다. 고작 오백의 병력으로는 남작령 하나 지원하는 것도 힘들었다.

"정말 곤란하군."

각 용병 길드에 용병 조달을 요청했지만 구할 수 있었던 건 실력이 형편없는 풋내기들뿐이었다. 실력과 전투 경험을 겸비한 용병들은 모조리 아그리아 공작가에서 선점해버린 것이다.

아그리아 공작가에서는 선점한 용병들을 이용해 서부 국경을 방어하거나 영지전을 벌일 영지를 지원할 예정인 듯했다. 당장 병사 수급에 곤란을 겪게 된 루카스 후작가에서는 하루가 멀다고 대책 회의가 열렸다. 회의 내용을 들은 리셀의 표정이 어두워졌다.

"그것참 곤란하군요. 놈들이 그렇게 비열한 수법을 쓰다니……."

그러나 엘빈의 표정은 밝았다.

"하지만 걱정할 것은 없어. 용병들을 충원할 방도가 생겼으니 말이야."

"가능합니까? 법전을 읽어보니 외국의 용병들은 끌어들일 수 없다고 들었습니다만."

"외국의 용병들이 아니야. 엄연히 아스트리아 사람이면서 용병들 못지않게 잘 훈련받은 병력이지. 실전 경험이 좀 떨어지긴 하지만 그거야 싸우다 보면 익숙해질 테니까 말이야."

리셀이 깜짝 놀라 되물었다.

"그, 그런 병력이 어디에 있습니까?"

엘빈이 빙그레 웃으며 손가락을 뻗어 리셀을 가리켰다.

"자네가 알려주었지."

영문을 모른 리셀이 눈을 끔벅거렸다.

"일전에 자네가 나에게 얘기해주지 않았나? 브라운 남작령에서 일어났던 사건 말이야."

리셀이 고개를 끄덕였다. 당시 마법 공격에 당해 다수의 병력이 전투 불능 사태에 빠졌는데 다행히 전직 영지병 출신 산적들이 찾아와서 기적적으로 병력 수급에 성공했다는 말을 주군에게 해준 기억이 있었다.

"바로 그 점에 착안했네."

엘빈이 빙그레 웃으며 설명해 주었다.

루카스 후작가는 기사대전을 통해 아그리아 공작가로부터 세 개의 영지를 되찾았다. 거기에다 허드슨 자작령을 손에 넣었다. 또한 최근에 벌어진 영지전에서 승리하여 브라운 남작령까지 수복할 수 있었다. 그런데 그 영지에는 충분히 훈련받은 정예병들이 존재하고 있었다. 쫓겨난 영주를 모시던 병사들이었다.

새 술은 새 부대에 담으라는 격언에 따라 영주들은 그들을 모두 해고하고 난 다음 직업 병사를 새로 뽑았다. 그래서 오랫동안 훈련받은 정예병들이 대거 일반 영지민으로 돌아가 버렸다.

그런데 대부분의 병사는 일반 영지민 생활에 쉽사리 적응하지 못했다. 비싼 봉급을 받으며 하루 종일 훈련을 받거나 영지의 치안 유지 활동에 종사하던 정예병들이 양치기나 목동, 농민의 삶을 달가워할 리가 없었다. 당장 수입부터 확 줄어들뿐더러 일도 월등히 고된 편이다.

따라서 대부분의 전직 정예병은 용병이라도 되고자 했다. 그러나 영주의 허락이 없으면 영지를 떠날 수 없기 때문에 그 선택도 쉽지 않았다. 용병이 되려면 지명 수배되는 것을 각오하고 몰래 영지를 떠나야 하는 것이다. 설명을 들은 리셀의 눈빛이 빛났다.

"그렇다면 한때 영지병이었던 그들을 재고용하겠다는 말씀이십니까?"

"바로 그렇지. 충실하게 훈련받은 병사들을 썩히는 것은 정말 아까운 일이야."

한때 영지병이었지만 그들은 모조리 해고된 상태이다. 다시 말해 그들을 재고용하여 용병으로 등록시키면 앞으로 벌일 영지전에 써먹는 데 아무런 문제가 없게 된다. 용병 등록 과정 역시 문지 될 것이 없었다.

"현재 아스트리아 제국에는 수많은 용병 길드가 있지. 그 중 굵직한 것은 모두 아그리아 공작가가 쥐고 있지만 중소 용병 길드의 수는 헤아릴 수 없을 정도로 많아."

이미 루카스 후작가에서는 은밀히 사람을 파견해 몇몇 용병 길드와 접촉했다. 그 결과 좋은 반응을 이끌어낼 수 있었다. 해당 용병 길드도 잘 훈련받은 영지병 출신 인재들을 자신의 길드에 등록할 수 있으니 굳이 반대할 이유가 없었다. 게다가 등록할 때마다 소정의 등록비를 거둘 수 있으니 오히려 그들의 몸이 달아 서로 계약해달라고 매달리는 상황이었다.

엘빈은 즉각 수복한 영지에 통지문을 보냈다. 해고한 영지병들을 잘 설득해서 용병 길드에 등록시키라는 협조 요청서였다. 통지문을 전달하는 전령의 뒤에는 계약을 맺은 용병 길드의 간부가 한두 명씩 말을 타고 뒤따랐다. 한참 설명을 듣던 리셀의 얼굴이 붉게 상기되었다.

"그거 흥미진진하군요. 그래서 어떻게 되었습니까?"

엘빈이 빙그레 웃으며 대답해 주었다.

"생각이 주효했어. 해고된 영지병들 중 50퍼센트 이상이 재계약에 동의하고 나섰네. 영주들이 전폭적으로 협조해주는 덕에 수월하게 일이 진행되고 있어. 병력을 충원하는 것은 이제 시간문제야."

"정말 잘되었군요."

"계약을 맺은 용병 길드를 통해 용병으로 등록한 영지병들이 속속 도착하고 있네. 천 명 정도가 모이면 실력 행사

에 나설 거야. 브라운 남작령과 인접한 바텔 자작령에 영지
전을 선포할 생각일세. 거기에다 자네의 동의를 하나 더 구
해야 할 것 같네."

엘빈은 또 다른 계획을 구상하고 있었다. 그것은 바로 아
그리아 공작가에서 써먹은 방법을 그대로 따라 베낀 계획이
었다.

허드슨 영지를 지원할 당시 아그리아 공작가에서는 오십
여 명의 레드 스콜피온 기사단을 자유 기사로 풀어주는 편
법을 썼다. 그들 중 사로잡힌 사십 명은 아직까지 루카스
영지성의 지하 감옥에 수감되어 있었다.

"놈들과 같은 방법을 써서 까마귀 전대를 영지전에 지원
해 줄 생각일세. 거기에 대해서 어떻게 생각하나?"

원래 자유 기사 신분이었던 까마귀 전대는 엘빈에게 충성
을 맹세함으로써 루카스 후작가의 기사가 되었다. 그런 까
마귀 전대원들을 다시 자유 기사로 풀어주면 인원 제한에
걸리지 않고 영지전에 투입할 수 있다. 자작령 열 명, 남작
령 다섯 명의 제한 조건에 걸리지 않는 완벽한 열외 병력이
었다. 리셀의 입가에 미소가 번져갔다.

"좋은 생각이시군요. 그렇게 할 경우 더욱 효과적으로 영
지전을 치를 수 있을 테니 말입니다. 게다가 남부 전선에서
손발을 맞춰본 까마귀 전대원들과 함께 싸운다면 작전을 펼
치기가 월등히 수월할 것입니다."

“이미 까마귀 전대원들에게 동의를 받았네. 자네가 허락
하는 즉시 그들을 자유 기사로 풀어줄 생각일세.”
“허, 허락까지는……. 저는 전적으로 동의합니다.”
당황해 하는 리셀을 보며 엘빈이 너털웃음을 터뜨렸다.
“수줍어하기는, 허허. 그럼 그렇게 계획을 진행하겠네.”

제7장
반격!
그 짜릿한 순간

엘빈과 리셀이 밀담을 나눈 지 일주일 만에 루카스 후작
가의 반격이 시작되었다. 예전 영주를 섬기던 영지병 출신
용병 천이백이 무기와 장비를 갖추고 출정 준비를 마쳤다.
루카스 후작가에서는 자금을 대거 풀어 그들을 든든하게 무
장시켰다.

도플러, 베로니카, 브라운 외 두 영지에서 차출된 전직 영
지병들은 용병 신분으로 반격에 가담하게 되었다. 가족들이
모두 해당 영지에 있기에 섣불리 딴마음을 먹을 엄두를 내
지 못할 터였다.

거기에 자유 기사가 된 까마귀 전대원 서른한 명이 더해

졌다. 그들은 다시금 리셀과 함께 싸울 수 있게 된 사실에
무척 기뻐하고 있었다.

"함께 싸울 수 있게 되어 기쁩니다. 전대장님."

"멋진 모습을 계속해서 보여주십시오."

까마귀 전대의 이름은 루카스 후작가에 그대로 이어졌다.
남부군의 발톱 기사단에서는 더 이상 후속 전대에 까마귀
전대라는 이름을 사용하지 않았다. 까마귀 전대가 세운 업
적을 기리는 의미에서 행한 일이었다. 대신 스왈로우라는
낯선 이름의 전대가 까마귀 전대의 뒤를 이었다.

그 때문에 까마귀 전대원들은 루카스 후작령에서도 까마
귀 전대의 이름을 계속해서 쓸 수 있었다. 까마귀 전대원들
의 실력은 이미 루카스 가문의 기사들 사이에서도 확실하게
입증된 상태였다.

리셀로부터 고급 검술을 배우고 5년 넘게 남부군에서 실
전 경험을 쌓았으니 실력이야 오죽하겠는가? 그야말로 철
저히 실전으로 다져진 전투의 달인들이라고 해도 과언이 아
니었다.

이미 친선 대련 과정에서 여러 명의 가문 소속 기사들이
들것에 실려 나가는 소동을 겪고 난 다음이었다.

용병식 합공술을 익힌 탓에 어지간히 강한 실력자에게도
쉽사리 당하지 않으며 동료를 구하기 위해 서슴없이 몸을
날릴 정도로 호흡이 일치된 까마귀 전대를 당해낼 기사단은

쉽게 찾아보기 힘들었다. 게다가 귀족 가문 소속 기사단 중에는 보기 힘들게 집단 전투 훈련까지 쌓았다.

거기에 블레이드 헌터 리셀이 가세했고 골드 드래곤 아슈레인이 본체 상태로 참전해서 마법 파훼를 담당했다. 사람들의 반감을 사지 않기 위해 공격 마법을 가급적 자제할 테지만 가끔씩 뿜어주는 드래곤 피어는 실로 엄청난 위력을 발휘할 터였다.

그렇게 해서 만반의 준비를 갖춘 용병대는 몰락 귀족인 테레나스 자작을 앞세워 브라운 남작령과 인접한 바텔 자작령으로 진군했다. 영주의 전 주인이었기에 바텔 자작에겐 영지전을 거부할 권한이 없었다. 게다가 황제인 로마노프 3세는 마법 통신을 통해 곧바로 영지전을 승인해주었다.

결국 바텔 자작은 천오백의 병력을 이끌고 평원으로 나올 수밖에 없었다. 체면 때문에 농성전을 포기한 것이다.

승부가 판가름나는 데에는 채 한 시간도 걸리지 않았다. 화살 세례를 두어 차례 쏟아 부은 뒤 양측 병력이 거세게 충돌했다.

"크아악."

리셀의 검에서 무지갯빛 광채가 뿜어지는 순간 바텔 자작의 기사가 피를 뿜으며 나가떨어졌다. 굳이 두 번의 칼질까지도 필요하지 않았다. 무지갯빛 광채를 내뿜는 쌍검을 들고 전장을 종횡무진 휘젓는 리셀의 위용은 실로 살이 떨릴 지경이었다. 그의 맹활약에 바텔 자작의 기사들은 그야말로 추풍낙엽처럼 나가떨어졌다.

까마귀 전대는 데저트 렙터 대신 잘 훈련된 군마를 타고 바텔 영지군의 대열을 여지없이 뒤흔들고 다녔다. 이런 평원 전투에서는 혹독하게 훈련된 전투 기사단의 위력이 극대화될 수밖에 없었다.

전직 영지군 출신 용병들은 생각보다 잘 싸웠다. 짧게는 사오 년에서 길게는 십 년 가까이 군사 훈련을 받은 정예군답게 조직적으로 바텔 영지군을 압박해 들어갔다.

결국 바텔 자작이 보유한 대부분의 기사가 리셀의 손에 유명을 달리했다. 저지선이 뚫리자 리셀은 곧장 밀고 들어가 바텔 자작의 목에 검을 들이댔다. 포로가 된 바텔 자작의 눈에 체념의 빛이 어렸다.

"져, 졌소. 항복하리다."

리셀이 워낙 빨리 기사들을 궤멸시킨 다음 바텔 자작을 사로잡았기에 피해는 경미했다. 게다가 까마귀 전대가 집단 전술로 바텔 영지군의 전열을 뒤흔들어버렸기에 용병들은 한결 편하게 싸울 수 있었다.

그리하여 몰락 귀족인 테레나스 자작은 마침내 17년 전에 잃었던 영지를 되찾을 수 있게 되었다. 패배한 바텔 자작은 가족과 가신, 기사 몇 명을 데리고 쓸쓸히 영지를 떠나야 했다.

　다시금 영주가 되어 정들었던 영주성에 입성한 테레나스 자작은 눈물을 줄줄 흘리며 감격했다.

　"드디어 영지를 되찾았어."

　그리고 리셀이 브라운 영지에서 목격했던 일들이 그대로 되풀이되었다.

　바텔 자작 역시 크라이어 남작과 같이 뇌물을 바치고 영지를 얻은 중앙 귀족 출신이다. 아그리아 공작가에 바쳐야 할 높은 세금과 뇌물로 바친 재산을 복구하느라 영지민들을 계속해서 쥐어짜 왔다. 그로 인해 영지민들의 삶은 상당히 궁핍해진 상태였다.

　반면 17년 동안이나 몰락 귀족 생활을 해야 했던 테레나스 자작은 더없이 너그러우면서도 영지민들의 사정을 생각해주는 영주로 변해 있었다. 그 역시 브라운 남작과 마찬가지로 영주가 되자마자 영지민들에 대한 세금부터 대폭 내려주었다.

　영지의 운영에 있어서도 문제 될 것이 아무것도 없었다. 17년이라는 제법 많은 시간이 흘렀지만 과거 그를 섬겼던 가신들과 관리들이 소문을 듣고 찾아왔기에 행정 문제는 말끔히 해결되었다.

　그렇게 테레나스 자작령이 안정되자 용병대는 다음 목표를 향해 이동했다. 영지전 과정에서 적잖은 용병들이 전사하거나 부상당했지만 병력 충원 문제는 금방 해결되었다.

테레나스 자작이 새로운 영지병들을 뽑으면서 실업자가 된 기존 정예병들이 대거 용병단 입단서를 제출한 것이다. 이럴 경우를 대비해서 계약을 맺은 용병단의 간부 몇 명이 항상 근처에 대기하고 있었다.

다음 영지를 되찾는 과정 또한 대동소이했다. 하나의 영지를 되찾으면 루카스 후작령에서 목표로 한 영지의 전 주인이었던 몰락 귀족이 호위를 대동하고 출발했다. 그가 도착하는 것과 거의 동시에 해당 영지에 영지전을 선포할 수 있다. 황제가 실로 빠른 속도로 영지전을 승인해주니만큼 곧장 영지전을 벌일 수 있었다.

다음 목표인 레니아 남작령에서는 농성전을 선택했다. 비록 고위 마법사는 없었지만 레니아 남작은 영지를 빼앗기더라도 최대한 많은 적병을 살상하라는 아그리아 공작의 밀명을 받았다. 그 때문에 농성전을 선택한 것이다. 그러나 그의 계획은 리셀이라는 초인과 드래곤 아슈레인에 의해 여지없이 무너져버렸다.

성 위에서 가해지는 화살 공격은 수많은 사상자를 만들어낸다. 튼튼한 방패를 지급하더라도 피해를 전혀 입지 않을 수는 없다. 포물선을 그리며 날아드는 화살에는 눈이 없기 때문이다. 아그리아 공작도 애초에 이것을 염두에 두고 지시를 내렸다. 그러나 그 계획은 아슈레인의 가세에 의해 꼼짝없이 무용지물이 되어버렸다.

용병대가 돌격을 시작하고 성벽에 밀집한 영지군이 시위를 당길 때쯤 아슈레인은 느긋하게 드래곤 피어를 시전한다. 성벽 위를 겨냥했기 때문에 용병대가 휘말릴 가능성은 극히 적었다.

"크아아악."

"사, 사람 살려."

아슈레인의 드래곤 피어에 의해 성벽의 궁수들은 여지없이 공황 상태에 빠져들 수밖에 없다. 얼굴이 파랗게 질린 궁수들은 활이나 석궁을 쏠 엄두도 내지 못했다. 그 틈을 타서 진군한 용병대가 성벽 가까이 접근하면 리셀이 망설임 없이 빛나는 검을 시전해서 성문을 산산이 부숴버렸다.

콰아앙!

물론 성문 안쪽에는 다수의 중보병들이 대기하고 있다. 블레이드 헌터 리셀이 성 안에 난입해서 영주를 사로잡는 것을 방지하기 위해서였다.

그러나 성문이 부서지면 용병대는 지체 없이 양옆으로 갈라져서 길을 터준다. 그리고 아슈레인의 드래곤 피어가 그곳으로 다시 한 번 작렬한다. 성문 안쪽에 포진한 중보병대가 드래곤 피어에 휘말리면 그대로 상황이 끝나버린다. 처절한 비명 소리와 함께 무기와 방패를 집어던지고 뿔뿔이 흩어지는 것이다.

리셀이 까마귀 전대를 대동한 채 공포에 질려 흩어진 중보병대를 돌파하여 영주를 사로잡아버리면 모든 것이 끝난다.

영지전은 실로 허무하게 끝나버렸다. 크라논 남작이 입성하는 순간 레니아 영지는 크라논 남작령으로 이름이 바뀌어버렸다. 레니아 남작은 꼼짝없이 영지를 빼앗기고 추방될 수밖에 없다.

리셀이 지휘하는 용병대는 그런 방법으로 잃었던 영지를 하나하나 되찾아나갔다. 블레이드 오너 루드비히가 영지를 빼앗는 데 걸린 시간보다 수십 배 이상 빠른 속도였다.

그럴 것이 루드비히가 영지를 빼앗을 때에는 시간이 무척 오래 걸렸다. 어떻게든 시비를 걸어 황제의 허락을 받아내야만 영지전을 선포할 수 있기 때문이다. 모략을 꾸며 병력 충돌을 야기시키는 것 자체가 상당한 시간이 걸린다. 또한 황제의 허락이 떨어지는 것도 몇 달은 족히 걸린다. 영지 하나에 영지전을 선포하는 데 거의 1년에서 1년 반이라는 시간이 걸리는 것이다. 때문에 아그리아 공작가가 지금처럼 거대해지기까지 무려 30년 가까운 세월이 걸렸다.

그러나 루카스 후작가의 반격에는 그런 과정이 말끔히 생략되었다. 우선 과거 영지의 주인이었던 몰락 귀족이 나서면 굳이 시비를 걸어 병력 충돌을 야기시킬 필요가 없다.

황제의 승인도 실시간으로 떨어진다. 영지 접경지에 도착하자마자 곧장 영지전을 선포하고 전투에 들어갈 수 있는 것이다.

리셀과 아슈레인이 나서면 영지전을 승리로 장식하는 것은 그야말로 시간문제였다. 영지전에서 승리하여 영지를 안정시키는 과정 역시 극히 수월하게 진행되었다.

간혹 아그리아 공작가 계열 귀족들 중에서 영지민들의 신망을 얻은 영주가 없진 않았지만 어차피 영지의 안정은 해당 영주에게 내려진 과제이다. 점령해서 넘겨주기만 하면 원주인이 최선을 다해 영지를 안정시킬 것이다. 그렇게 해서 루카스 후작령은 빠른 속도로 잃었던 영지를 되찾아 나갔다.

쾅.

아그리아 공작의 눈빛은 이글이글 타오르고 있었다.

"벌써 아홉 개의 영지를 빼앗겼다. 도대체 이게 말이나 되는 소리인가?"

계속해서 날아드는 비보에 아그리아 공작은 말 그대로 미칠 지경이었다. 과거 아그리아 공작가는 아홉 개의 영지를 빼앗는 데 무려 10년 가까운 세월을 허비해야 했다. 그렇게 힘들게 빼앗은 영지 아홉 개를 단 6개월도 안 되어 도로 빼앗겨버린 것이다.

　현재 아그리아 공작가에는 영지를 빼앗긴 몰락 귀족과 그 식솔들이 우글거리고 있었다. 기사대전에서 패배해 내어준 영지까지 합치면 모두 열두 개의 영지가 루카스 후작가로 귀속되었다. 그 영지에서 거둬들이던 세금을 고스란히 루카스 후작가에 빼앗겨버린 것이다.

　그동안 아그리아 공작은 영지를 수호하기 위해 수단 방법을 가리지 않았다. 선점했던 용병들을 대거 지원해주기도 했고 렌테리아 마탑의 마법사를 파견해 보기도 했다. 하지만 영지를 수호하는 데에는 결국 실패했다. 도리어 적의 전력을 불려주는 결과까지 초래했으니…….

　고용한 용병들은 영주가 사로잡히자 망설임 없이 두 손을 들고 항복했다. 어떠한 경우에도 항복하지 말고 싸우라는 명령을 받았지만 블레이드 헌터의 위용과 골드 드래곤의 피어, 그리고 까마귀 전대의 집단 전술, 이 삼박자가 맞아떨어지자 전의를 잃을 수밖에 없었다. 압도적인 전력 차를 보고도 저항하는 것은 자살행위나 다름없었다.

　"하, 항복이오."

　항복한 용병들은 전쟁 포로의 굴레를 벗어던지기 위해 루카스 후작가의 편을 들 수밖에 없었다. 렌테리아 마탑의 마법사 역시 힘을 쓰지 못하기는 마찬가지였다.

　호위병과 기사들의 수호 아래 아슈레인은 느긋하게 마법사의 공격 마법을 파훼했다. 드래곤의 집요한 방해로 마법을 사용하지 못하게 된 마법사들은 도망치지도 못하고 포로로 붙잡혔다. 그들은 전원 비싼 몸값을 받고 아스트리아 마탑에 넘겨졌다.

브라운 남작령에서 붙잡힌 마법사 네 명은 이미 아스트리아 마탑으로 압송된 상태였다. 렌테리아 마탑에서 제시한 몸값보다 오히려 아스트리아 마탑이 제시한 금액이 많았기에 루카스 후작가에서는 일말의 미련도 없이 마법사들의 신병을 넘겨주었다.

그들에게 직면한 운명은 실로 처참했다. 포로가 된 마법사들은 빛 하나 들지 않는 지하 공방에서 손가락이 부르트도록 마법 아티팩트 제조를 해야 했다. 벗어나는 길은 오직 한 가지뿐이었다. 렌테리아 마탑을 저버리고 아스트리아 마탑 소속으로 변절하는 것.

애당초 기사와 같은 충성심이 없는 마법사들로서는 의지력이 약해질 수밖에 없는 상황이었다. 아마도 이번에 넘겨진 마법사들 역시 그런 운명에서 벗어나지 못할 터였다.

그렇게 되자 렌테리아 마탑에서도 더 이상 마법사들을 지원하지 못했다. 이미 포로가 되어 아스트리아 마탑에 넘겨진 전력만 해도 엄청났다. 게다가 그들 중 6서클 마법사 두 명이 고된 지하 공방에서의 노역을 버티지 못하고 변절한 상태였다. 그런 상황에서 마법사를 더 잃는다면 렌테리아 마탑은 장차 아스트리아 마탑에 대적조차 하지 못하게 될 터였다. 거듭된 실패를 되새겨보던 아그리아 공작의 얼굴이 와락 일그러졌다.

"이래서는 안 돼. 무슨 수를 써야 해."

곤경에서 벗어나기 위해 아그리아 공작의 머리가 부산하게 돌아가고 있었다. 결코 이대로 물러날 수 없었다.

리셀이 거느린 용병대의 진군은 계속되었다. 리셀과 아슈레인, 그리고 까마귀 전대는 단 두 달 만에 두개의 영지를 더 수복했다. 기존 영주가 기를 쓰고 방어하려 했지만 도저히 막아낼 방법이 없었다. 잃었던 영지를 되찾은 몰락 귀족들은 눈물을 줄줄 흘리며 리셀에게 감사를 표했다.

"리셀 경 덕분에 가문의 숙원을 이루었소. 이 은혜 영원히 잊지 않겠소."

"별말씀을……. 저는 주군의 명령에 따라 움직인 것뿐입니다."

"물론 루카스 후작 각하께도 영원히 충성을 바칠 것이오."

영지 하나를 되찾을 때마다 거느린 용병들의 숫자가 늘어났다. 되찾은 영지에서 해고된 정예병들이 용병으로 등록하기 위해 길게 줄을 설 정도였다. 그러나 그런 용병대의 거침없는 진군은 다음 영지에 이르자 주춤할 수밖에 없었다.

그곳에는 아그리아 공작가가 보유한 두 번째 블레이드 오

너가 도사리고 있었다. 리카르도 자작가의 블레이드 오너
칼튼. 그는 영지가 위기에 처하자 망설임 없이 몸을 떨치고
나섰다. 아그리아 공작이 필사적으로 만류했지만 고집을 꺾
지 않고 리셀을 맞상대하겠다고 공언한 것이다.

　리카르도 자작가는 원래 아그리아 공작가 세력권 내부에
영지를 가지고 있던 영주였다. 전형적인 무장 출신으로 뼛
속까지 기사도를 추구하던 귀족 가문이었다.

　사실 리카르도 자작이 원래 가지고 있던 영지는 그리 사
정이 좋지 못했다. 토질이 척박한 편이었으며 강이 없어서
수량도 현저히 부족했다. 게다가 영지의 절반 이상이 산지
였다. 그러므로 리카르도 자작가의 형편이 그리 넉넉할 리
가 없었다.

　그러나 리카르도 자작의 둘째 아들이 블레이드 오너가 되
어 렌테리아 마탑에서 출관하자 사정이 판이하게 달라졌다.
당장 아그리아 공작가 내부에서 차지하는 위상이 파격적으
로 올라가버린 것이다.

　인간의 한계를 벗어던진 초인을 보유한 리카르도 자작가
를 아그리아 공작가에서 결코 소홀히 대할 리가 없었다. 칼
튼이 영지에 돌아오고 얼마 되지 않아 리카르도 자작가에
아그리아 공작의 친서가 날아들었다.

　―영지의 사정이 그리 넉넉하지 않은 것으로 알고 있소.
원한다면 풍요로우면서 넓은 영지를 내어주도록 하겠소.

리카르도 자작은 아그리아 공작의 제의를 받아들였다. 가문 대대로 다스리던 영지를 다른 귀족에게 넘겨주고 새 영지에 보금자리를 튼 것이다.

새로 지급받은 영지는 과거와는 달리 매우 풍요로웠다. 땅은 기름졌으며 강이 영지를 가로지르고 있었기에 농사지을 물도 풍부했다. 게다가 영지 대부분이 평야로 구성되어 있어 거둬들이는 세금이 예전 영지와는 비교조차 되지 않을 정도로 많았다. 아그리아 공작은 그야말로 최상의 조건을 지닌 영지를 제공해주었다.

그럴 것이 그 영지는 원래 루카스 후작가의 직영지였다. 과거 영토가 온전했을 당시 루카스 후작가는 바로 그 영지를 기반으로 삼고 있었다. 영지의 중앙에는 더없이 화려하고 웅장한 성이 자리 잡고 있었다. 한때 루카스 후작가의 영주성이었던 만큼 성의 규모는 상상을 초월했다.

칼튼이라는 블레이드 오너를 휘하에 끌어들이기 위해 아그리아 공작은 그야말로 최고의 대우를 해 주었다.

그러나 리카르도 자작의 행운은 그리 오래가지 않았다. 리셀이 이끄는 용병대가 주변 영지를 야금야금 집어삼킨 뒤 마침내 그의 영지에 도착했던 것이다. 루카스 후작가의 입장에서는 반드시 되찾아야 할 영지였다.

영지의 경계점에 도착하자 리셀은 곧바로 전령을 보내 영지전을 선포했다. 영지전을 신청한 영주는 다름 아닌 엘빈이었다. 그가 영지를 빼앗긴 아버지 샤라반을 대신해서 수복을 선포한 것이다.

리카르도 자작의 보고가 올라가자 아그리아 공작은 즉각 답신을 해주었다.

―리카르도 자작가의 예전 영지를 돌려주겠소. 그러니 영지를 포기하고 물러나시오.

영지를 포기하고서라도 주요 전력인 칼튼을 빼돌리려는 의도였다. 아그리아 공작가의 입장에서는 반드시 보유한 블레이드 오너를 보호해야 한다.

그러나 리카르도 자작은 그 권고를 받아들이지 않았다. 골수까지 무장인 그로서는 싸워보지도 않고 영지를 내어줄 순 없었다. 아들인 칼튼 역시 아버지의 결정을 전적으로 지지하고 나섰다.

"비록 블레이드 헌터의 명성이 떠들썩하지만 순순히 당할 생각은 없습니다. 영지를 수호하기 위해 목숨을 걸고 싸울 것입니다."

리카르도 자작가가 선택한 것은 영지전이 아니었다. 그보다 낮은 단계인 기사대전을 치르겠다고 공언했다.

영지전을 각오했던 리셀은 마땅히 기뻐할 수밖에 없었다. 병사의 희생 없이 기사 세 명의 대전을 통해 영지의 소유권을 결정짓게 되었으니 많은 피를 보지 않아도 되는 것이다. 그러나 이번 상대인 칼튼은 결코 만만치 않은 상대였다.

영지전 절차에 따라 호위대와 함께 접경지까지 온 엘빈이 칼튼의 비밀에 대해 말해주었다.

"칼튼은 다른 블레이드 오너와는 좀 달라. 이미 견습기사로 몸을 단련시킨 상태에서 렌테리아 마탑에 들어갔기 때문이지."

게다가 무장 가문 출신답게 칼튼은 영지로 돌아가고 나서도 검술 수련을 게을리하지 않았다. 최고의 무기인 빛나는 검 없이 하루 종일 자작가의 기사들과 대무를 펼칠 정도였다.

블레이드 헌터의 명성이 제국 전체에 떠들썩하게 퍼지자 그는 더욱더 수련에 매진했다. 명성이 자자한 기사들이 칼튼과 겨뤄보고 난 뒤 그의 검술 실력을 극찬하고 나섰다.

"블레이드 오너 칼튼의 검술 실력은 정말 뛰어나다. 그가 빛나는 검을 시전할 경우 상대가 블레이드 헌터라고 할지라도 호락호락 당하지 않을 것이다."

바로 그 칼튼이 칼을 들었다. 영지를 지키기 위해 목숨을 내건 것이다. 그러나 엘빈의 입장에서는 반드시 빼앗아야 할 영지였다. 루카스 가문 대대로 삶을 영위해온 영지였기에 몰락의 오명을 떨쳐내려면 반드시 수복해야 했다. 때문에 두 가문은 영지를 걸고 피할 수 없는 대결을 준비하기 시작했다.

두 세력은 곧장 기사대전의 절차에 대한 논의에 들어갔

다. 서로가 보낸 사신들이 만나 기사대전의 내용과 방법을 의논했다. 이것은 제국에서 벌어지는 초인 간의 두 번째 기사대전이다. 새로이 등장한 블레이드 헌터와 기존에 존재하던 블레이드 오너와의 우열을 확실하게 가리는 대전이니만큼 제국 귀족들의 관심이 쏠릴 수밖에 없었다.

황제 역시 호기심을 이기지 못하고 직접 공증을 볼 귀족을 파견하기로 했다. 그 결과 첫 번째 기사대전을 관전했던 토르 공작이 다시금 기사대전의 공증인을 맡겠다고 나섰다.

논의 끝에 결정된 기사대전의 방식은 저번과는 판이하게 달랐다. 지난 기사대전이 승리한 기사가 계속해서 대결을 펼치는 연승식으로 진행되었던 반면 이번 대결은 단승식으로 합의되었다.

두 가문에서 서로 세 명씩의 기사를 내보내 2승을 먼저 거둔 가문이 승리하는 방식으로 결론지어졌다. 논의 내용을 본 엘빈이 비릿한 미소를 지었다.

"리셀의 활약을 최대한 봉쇄하려고 하는군."

그럴 것이 이런 방식으로 기사대전을 펼치면 당연히 리카르도 자작가 쪽이 우세할 수밖에 없다. 설사 칼튼이 리셀에게 패배하더라도 다른 기사들이 두 번을 승리한다면 성공적으로 영지를 방어할 수 있다. 운이 좋으면 리셀이 등장하기 전에 승부를 결정지을 수 있다.

기사대전에서 패배할 경우 루카스 후작가는 5년 동안 영지전을 신청할 수 없게 된다. 아그리아 공작가로서는 5년이라는 시간을 벌 수 있는 것이다.

이번 기사대전에는 아그리아 공작가의 쟁쟁한 기사들이 나올 것이 분명했다. 물론 자유 기사로 풀어주어 일시적으로 리카르도 자작가에 귀속시키는 편법을 써서 말이다.

그런 만큼 루카스 후작가에서도 최고의 기사를 내보내야 한다. 그에 따라 엘빈은 기사대전에 참가할 기사를 세심하게 물색했다. 물론 그중 한 자리는 엄연히 리셀의 것이었다. 그런데 리셀이 뜻밖의 제의를 해 왔다.

"레인에게 한 자리를 맡겨 주십시오."

"까마귀 전대장 레인 말인가?"

"그렇습니다. 우선 자유 기사 신분이니 기사대전에 내보내는 데 아무런 걸림돌이 없습니다. 게다가 실전으로 다져진 레인의 실력이라면 쉽사리 검이 꺾이지 않을 것입니다."

레인의 실력이 어느 정도인지는 그를 직접 지도한 리셀이 가장 잘 알고 있었다. 천부적으로 검술에 자질을 타고난 데다 리셀로부터 비싸디비싼 트리스탄 검술을 전수받았다. 그리고 남부 전선에서의 실전을 통해 배운 검술 모두를 완전히 자신의 것으로 체득한 상태였다. 그런 레인이 나선다면 제아무리 강한 상대라도 무리 없이 이길 수 있을 것이다.

엘빈은 두말도 없이 리셀의 조언을 받아들였다.

"알겠네. 한 자리를 레인에게 맡기도록 하겠네."

남은 한 자리는 엘빈이 가신들의 조언을 받아들여 뽑았다. 과거 카인베르크를 섬기던 기사로 서른 중반의 눈매가 매우 날카로운 기사였다. 페이튼이라는 이름을 가진 기사는 일 대 일 대결에 특히 강하다는 평가를 받고 있었다. 그렇게 페이튼, 레인, 리셀이 루카스 후작가를 대신해 기사대전에 나가기로 결정되었다.

아그리아 공작가에서도 최선을 다해 기사대전을 준비했다. 블레이드 오너 칼튼을 주축으로 두 명의 기사가 더 선발되었다. 각각 칼라일과 베이스턴이란 이름을 가진 기사로 이번 기사대전을 위해 임시로 자유 기사의 신분으로 풀려났다. 물론 아그리아 공작가를 섬기는 무수한 기사 중에서 확실하게 검증된 실력자들이었다.

기사대전을 펼치는 장소는 리카르도 자작가의 영주성 앞 광장으로 결정되었다. 황제가 파견한 토르 공작이 공증을 맡은 만큼 어느 쪽에서도 섣불리 수작을 부릴 수 없을 터였다.

소문이 퍼지자 많은 귀족이 참관을 희망해왔다. 굳이 거부할 명분이 없었기에 엘빈과 리카르도 자작은 그들의 참관을 모두 허락해 주었다. 이번 기사대전이야말로 수많은 귀족 앞에서 가문 소속 기사의 무위를 뽐낼 절호의 기회였다.

제8장
두 번째 기사대전

시간이 흘러 기사대전의 순간이 다가왔다. 헤아릴 수 없는 귀족들이 운집한 가운데 마침내 영지를 건 기사대전이 시작되었다. 엘빈이 첫 번째 순서로 싸우게 된 기사 페이튼의 어깨를 두드려주었다.

"부탁하네."

"반드시 주군께 승리를 바치겠습니다."

굳은 표정으로 고개를 끄덕인 페이튼이 방패와 검을 움켜쥐고 앞으로 나아갔다. 워낙 규모가 큰 시합인 만큼 얼굴에 긴장감이 역력했다. 이제 그는 루카스 후작가의 명예를 걸고 전투를 벌여야 한다. 맞서 싸울 상대는 먼저 나와 페이튼을 기다리고 있었다.

이번 기사대전은 저번과는 달리 리카르도 자작 측에서 먼저 기사를 내보내야 한다. 도전받은 쪽에서 먼저 기사를 내보내는 것이 기사대전의 규칙이었다.

두 기사가 대전장 한복판에서 조우하자 마법으로 증폭된 진행 요원의 음성이 울려 퍼졌다.

"루카스 후작가를 대표해서 나온 기사는 페이튼 라미레즈 경입니다. 그와 리카르도 자작가를 대표해서 나온 칼라일 브릭스턴 경이 대결해서 승부를 판가름할 것입니다."

소개가 끝나자 기사들이 싸울 채비를 갖추었다. 운집한 귀족들이 눈빛을 초롱초롱 빛내며 두 기사의 일거수일투족을 살폈다.

대결이 시작되었다. 토르 공작이 손을 내리자 두 기사가 서로를 향해 서슴없이 달려들었다. 그들은 초반부터 전력을 다하고 있었다.

쐐애애액 푸캉.

대기를 가르며 쏘아진 검을 페이튼이 방패를 기울여 틀어 막았다. 소름 끼치는 소리와 함께 방패의 표면에 흠집이 깊숙이 파였다. 방어에 성공한 페이튼이 상대의 틈을 노리고 검을 내질렀다. 그러나 칼라일은 노련한 몸놀림으로 찌르기를 흘려보냈다. 경면 처리가 된 데다 물리 방어 마법이 걸린 갑옷은 무리 없이 검격을 막아냈다.

푸캉.

사선으로 교차한 장검을 한껏 힘을 써서 밀어붙이는 두 기사의 얼굴은 잔뜩 일그러져 있었다. 맞닿은 검날에서 불꽃이 연신 일어났다.

두 기사의 대결은 상당히 오래 지속되었다. 그럴 것이 그들은 하나같이 물리 방어 마법이 걸린 마법갑옷을 착용하고 있다. 빛나는 검이 아니면 갑옷에 걸린 물리 방어 주문을 단시간 내에 무력화시킬 수 없다. 주문이 작용하는 한, 상대의 갑옷을 꿰뚫고 육신에 타격을 입히기 힘들다는 뜻이다.

때문에 두 기사는 오랫동안 치고받으며 서로의 갑옷에 걸린 마정석의 마나를 소진시키는 데 주력했다. 물리 방어 마법이 유지되는 갑옷은 전력을 다한 찌르기에도 뚫리지 않는다.

페이튼의 실력은 무척 뛰어난 편이었다. 대규모 난전보다는 일 대 일 대결에 특화되었다는 평가답게 날렵하게 움직이며 상대의 시선을 쉴 새 없이 교란시켰다. 상대의 방어를 교묘하게 피해가며 찔러 넣는 일격은 맞서 싸우는 상대의 등골을 서늘하게 만드는 데 모자람이 없었다.

그러나 애석하게도 실력 자체는 리카르도 자작이 내세운 기사 칼라일이 월등히 뛰어난 편이었다. 그것을 간파한 리셀의 얼굴이 어두워졌다. 공방을 나누는 모습만으로도 어느 기사가 얼마만큼 혹독하게 수련했는지, 그리고 얼마만큼 실전을 경험했는지 훤히 보였다.

'아무래도 첫 승리는 어려울 것 같군.'

리셀의 관점에서 보면 수련 정도와 실전 경험 등 모든 면에서 페이튼이 열세였다. 익힌 검술의 완성도 자체도 많이 뒤떨어져 있었다. 대결은 리셀의 예상대로 흘러갔다.

파아앗.

방패를 교묘하게 밀어낸 뒤 파고든 일격에 페이튼의 갑옷에 걸린 물리 방어 주문이 해제되었다. 마정석의 마나가 모두 소진되어 마법의 효력이 사라진 것이다. 그러자 페이튼은 수세에 몰릴 수밖에 없었다.

콰아앙.

장검이 일직선으로 후려갈기자 견갑이 흉측하게 우그러들었다. 통증 탓에 페이튼의 얼굴이 일그러졌다. 질 수 없다는 듯 반격을 가했지만 통하지 않았다. 상대인 칼라일의 갑옷에 걸린 마법은 아직까지 유지되고 있었다. 작정하고 가한 공격이 갑옷의 물리 방어 주문을 뚫지 못하고 허무하게 튕겨 나갔다. 도리어 무리한 공격으로 인해 페이튼은 강력한 역공을 허용해야 했다. 적절한 순간에 가해진 차지 공격을 그대로 허용한 페이튼이 비틀거리며 뒤로 물러났다.

"크으윽."

기회를 놓치지 않고 후려갈긴 칼라일의 장검이 방패를 밀어냈다. 그 순간 균형을 잃은 페이튼의 앞가슴이 훤히 드러났다. 칼라일은 망설임 없이 장검을 페이튼의 가슴에 찔러 넣었다. 급히 몸을 틀어 갑옷의 경사각을 조정했지만 흉갑이 깊숙이 패여 들어가는 것을 막을 수 없었다.

콰아앙!

찌그러진 갑옷이 폐를 압박하자 페이튼의 숨결이 급격히 거칠어졌다. 안 그래도 숨이 턱 끝까지 닿아 있는 마당에 더욱 어려운 상황에 몰린 것이다.

"후욱, 후욱."

마음 같아서는 호흡을 방해하는 흉갑을 벗어던지고 싶었다. 하지만 상대가 그럴 틈을 줄 리가 만무했다. 절망적인 상황이었지만 페이튼은 그래도 포기하지 않았다. 공격을 성공시킨 상대가 방심한 틈을 이용해 그는 필사적으로 반격을 가했다.

파아앗.

공격이 주효해서 페이튼은 마침내 상대의 갑옷에 걸린 물리 방어 주문을 무력화시킬 수 있었다. 하지만 거기까지가 한계였다. 지칠 대로 지친 상태라서 검에 좀처럼 힘을 실을 수가 없었다. 상대에게 재기할 틈을 주지 않겠다는 듯 칼라일이 거센 검격을 연신 퍼부었다.

쾅 콰앙!

형체를 알아볼 수 없을 정도로 우그러진 방패의 손잡이가 결국 떨어져 나갔다. 방패를 잃고 사색이 된 페이튼이 필사적으로 검을 휘둘렀지만 모든 공격을 막아낼 순 없었다.

어깨에 일격을 허용한 페이튼이 비틀거리는 순간 칼라일이 발부리를 걷어차며 교묘하게 차지 공격을 가했다. 결국 페이튼은 균형을 잃고 뒤로 나동그라지고 말았다.

"이익."

사력을 다해 일어나려던 페이튼의 흉갑을 칼라일이 사정없이 짓밟았다. 그런 다음 장검을 역수로 쥐고 힘껏 아래로 찔렀다. 소름 끼치는 소리와 함께 장검이 페이튼의 흉갑을 여지없이 꿰뚫고 들어갔다. 장검은 페이튼의 목과 가슴이 이어지는 부분에 깊숙이 박혔다.

페이튼의 입술이 벌어지며 분수처럼 핏줄기가 뿜어졌다. 이어 눈에서 빛이 꺼진 페이튼의 머리가 힘없이 축 늘어졌다. 끝까지 포기하지 않고 싸운 기사의 장렬한 죽음이었다.

스르릉.

장검을 뽑아든 칼라일이 상대의 투혼을 인정한다는 듯 정중한 자세로 검례를 취했다. 첫 번째 대전에서 결국 루카스 후작가가 패배한 것이다. 진행을 맡은 마법사의 음성이 장내에 울려 퍼졌다.

"첫 번째 대전은 리카르도 자작가의 승리입니다. 자작가의 기사 칼라일이 후작가를 대신해서 나온 기사 페이튼을 꺾었습니다."

발표가 나온 순간 우레와 같은 함성이 터져 나왔다.

승리를 거둔 칼라일이 피로 얼룩진 검을 들어 올리며 관중들의 환호에 화답해 주었다. 그는 의기양양한 기색으로 자작가의 진영으로 귀환했다. 온통 피와 땀으로 얼룩진 얼굴에는 승리의 기쁨이 아로새겨져 있었다.

반면 루카스 후작가의 분위기는 침울하기 그지없었다. 장래가 유망하던 기사 한 명을 잃은 데 이어 첫 번째 대결에서 패배의 쓴잔을 마셔야 했다. 등에 깃발을 멘 병사 서너 명이 들것을 들고 달려나와 페이튼의 시신을 수습했다. 엘빈이 착잡한 표정으로 그 광경을 쳐다보았다.

"역시 아그리아 공작가의 기사층은 두텁군. 실력 있는 기사들이 너무 많아."

그가 선택한 기사 페이튼은 자신의 모든 능력을 발휘해서 싸웠다. 그럼에도 불구하고 칼라일의 벽을 넘어서지 못했다. 사실 칼라일 정도 실력을 가진 기사를 리카르도 자작가가 보유했을 가능성은 매우 희박하다. 아그리아 공작이 아끼던 기사를 지원해 준 것이 틀림없었다.

리셀의 표정도 그리 밝지 않았다. 만약 두 번째 기사인 레인까지 패배한다면 리셀에게는 싸워볼 기회조차 찾아오지 않을 것이기 때문이다.

그가 지켜보는 사이 두 번째 대전이 준비되었다. 귀족들은 첫 번째 시합이 안겨준 흥분을 가라앉히며 이어지는 대결을 눈을 빛내며 관전했다.

대전장에는 리카르도 자작가가 내보낸 두 번째 기사가 등장하고 있었다. 상당히 우람한 체구를 가진 기사였는데 투구의 면갑을 올린 상태라서 얼굴이 훤히 보였다. 용모를 보니 리카르도 자작가의 블레이드 오너 칼튼이 아니었다. 분명 아그리아 공작가가 지원해준 기사일 터였다.

'어떻게 하지?'

리셀은 고민했다. 마음 같아서는 자신이 나서서 단숨에 상대를 거꾸러뜨리고 싶었다. 그러나 그렇게 할 경우 루카스 후작가의 패배는 확정되어 버린다. 물론 리셀이 나서면 의심할 여지 없이 승리를 거둘 수 있다. 그러나 다음 차례로 나설 레인은 블레이드 오너 칼튼을 상대해야 한다. 대전에서 레인이 이기는 것은 상상조차 해 볼 수 없는 확률이다. 리셀의 얼굴에 체념의 빛이 어렸다.

'어쩔 수 없군. 레인을 믿는 수밖에……'

그가 보는 사이 레인이 주군인 엘빈에게 다가가 예를 취하고 있었다.

"반드시 주군께 승리를 바치겠습니다."

엘빈이 손을 뻗어 레인의 어깨를 두드려 주었다. 그런데 입술을 비집고 나온 말은 모두의 예상을 뒤엎고 있었다.

"얼마 전에 아내가 무척 아팠다고 들었는데 이젠 괜찮은가?"

레인이 깜짝 놀라 엘빈을 쳐다보았다. 엘빈의 말대로 레인의 아내는 얼마 전 큰 병을 앓았다. 레인이 남부 전선에서 복무한 6년 동안 마음고생을 심하게 해서 생긴 병이었다.

루카스 후작령으로 들어와서 생활이 안정되자 긴장이 풀린 탓에 병이 발작했다. 파랗게 질린 얼굴에 이불이 흠뻑 젖을 정도로 식은땀을 흘리는 아내를 레인이 밤을 새워 간호했다. 레인은 눈물이 그렁그렁한 눈으로 뼈가 앙상한 아내의 손을 꼭 잡아주었다.

"힘을 내. 여보. 지금까지 고생만 했잖아?"

아내가 이대로 침상에서 일어나지 못할 것 같았기에 레인은 애가 탔다. 바로 그때 누군가가 찾아왔다. 주군인 엘빈이 특별히 보내준 고위 신관이었다.

신관이 신성력을 아낌없이 퍼부어 치료해 주었기에 아내는 마침내 병상을 떨치고 일어날 수 있었다. 당시의 일을 상기한 레인의 눈빛이 파르르 떨렸다. 그 어떤 주군이 고위급 신관을 보내 기사의 아내를 보살펴 주겠는가?

"주군 덕분에 아내는 건강을 되찾았습니다. 정말 감사……."

엘빈이 조용히 레인의 말을 끊었다.

"감사 인사는 나중에 하게. 그리고 한 가지 당부하겠네. 나를 위해서가 아니라 자네 아내를 위해서 싸우도록 하게.

지금까지 고생만 한 아내를 미망인으로 만들 순 없지 않은
가?”

“…….”

말을 잇지 못하는 레인을 보며 엘빈이 부드럽게 미소를
지어주었다.

“가서 필사적으로 싸우게. 행여나 아내의 마음을 아프게
만들지 않게 말이야. 알겠나?”

레인이 아무런 갈없이 몸을 돌렸다. 투구 사이로 드러난
그의 눈은 투지로 불타오르고 있었다. 그렇다. 주군의 말대
로 지금까지 고생만 해온 아내를 미망인으로 만들 순 없는
노릇이었다. 레인의 가슴은 반드시 승리해서 아내를 평생
행복하게 해주겠다는 각오로 들끓어 오르고 있었다.

레인이 나가자 즉각 진행 요원이 소개를 시작했다.

“이번에 나온 기사는 루카스 후작가를 대신해서 싸울 기
사 레인…… 입니다. 평민 출신이라 성은 없습니다. 명성이
자자한 까마귀 전대의 전대장으로 리카르도 자작가를 대표
해서 나온 베이스턴 프락시모 경과 명예를 건 일전을 벌일
것입니다.”

소개가 끝나자 대전이 시작되었다. 두 기사가 방패를 앞
세우고 달려들어 격돌했다. 두 개의 방패가 굉음을 울리며
맞부딪혔다.

콰아앙!

두 번째 대결 역시 기사들은 초장부터 모든 힘을 쏟아 붓고 있었다. 그런데 전투를 시작하고 얼마 되지 않아 레인의 눈매가 가늘어졌다. 놀랍게도 베이스턴이 사용하는 검술 역시 트리스탄 검술이었기 때문이었다.

베이스턴은 아그리아 공작가에 충성을 바치는 중소 귀족 가문의 둘째 아들이다. 가문에 쓸만한 검술이 없었기에 부친은 거금을 지불하고 검술 선생을 초빙해서 아들에게 트리스탄 검술을 가르쳤다. 그 때문에 두 기사가 사용하는 검술은 분간하기 힘들 정도로 똑같았다.

쾅 콰쾅!

한참 동안 공방이 오고 갔다. 그동안 두 기사는 상대의 갑옷에 걸린 물리 방어 주문을 파훼하는 데 주력했다. 그래야만 상대의 갑옷을 꿰뚫고 치명상을 입힐 수 있다. 물론 대부분의 사람은 베이스턴의 우세를 점치고 있었다.

덩치도 큰 데다 검을 수련해온 기간도 길다. 물론 실전 경험이야 남부 전선에서 복무한 레인이 앞서겠지만 명성 자체는 베이스턴이 월등히 윗줄이었다. 베이스턴 역시 그 사실을 확신한 듯 연신 맹공을 퍼붓고 있었다. 그런데 치열하게 싸우는 레인의 얼굴에는 회심의 미소가 감돌고 있었다.

'실력이 예상보다 강하긴 하지만 극복할 수 있어. 전형적인 트리스탄 검술의 검로를 고스란히 답습하고 있으니까 말

이야.'

레인의 판단대로 베이스턴은 거금을 주고 배운 트리스탄 검술의 검로를 전혀 변형시키지 않고 펼쳤다. 검술 자체가 높은 수준으로 완성되어 있기에 굳이 변화를 가미할 생각을 하지 않은 것이다.

반면 레인은 치열한 실전을 통해 트리스탄 검술의 정화를 고스란히 자신의 것으로 체득했다. 그 경험을 바탕으로 자신만의 변형된 검로를 개척한 상태였다. 그것을 사용해서 몰아친다면 낯선 검로에 직면한 베이스턴이 파탄을 드러낼 수밖에 없다.

생각을 접어 넣은 레인이 고함을 버럭 내질렀다.

"이길 수 있다!"

그러나 다음으르 흘러나온 말은 오로지 레인의 입안에서만 메아리쳤다.

'메어리! 너를 실망시킬 순 없다. 반드시 승리해서 네 곁으로 돌아가겠다. 그것이 바로 주군께서 내려주신 은혜에 보답하는 길이다.'

레인의 검로가 돌변했다. 사막 전사와 치열하게 싸우며 개척한 자신만의 검로를 펼쳐내기 시작한 것이다. 돌변한 공격 패턴에 베이스턴이 당황을 감추지 못했다.

"뭐, 뭐지?"

마치 폭풍처럼 몰아치는 공격에 베이스턴은 정신없이 방

어에 몰두해야 했다. 한 번도 경험해보지 못한 생소한 검식
이었다. 더없이 정교하면서도 파괴적이었다. 필사적으로
방어했지만 공격을 모두 막아내지는 못했다.

쾅! 파아앗.

옆구리에 강력한 찌르기를 허용한 순간 갑옷의 마법 주문
이 사라졌다. 반면 레인의 갑옷에는 아직까지 마정석의 마
나가 남아 있었다. 물리 방어 마법이 유지되는 것이다.

이어지는 베이스턴의 반격을 검으로 걷어낸 레인이 방패
를 앞세워 차지 공격을 가했다. 남부 전선에서 갈고닦은 연
환 공격은 상대에게 숨 쉴 틈조차 허용하지 않았다.

큰 충격을 받고 뒤로 주르르 밀려나던 베이스턴의 앞가슴
으로 강력한 찌르기가 들어갔다. 반사적으로 검을 들어 쳐
냈지만 완전히 막아내는 것은 불가능했다. 결국 레인의 검
은 갑옷 틈새를 뚫고 베이스턴의 겨드랑이 깊숙이 박혔다.

"크으윽."

묵직한 신음 소리와 함께 베이스턴의 왼팔이 축 늘어졌
다. 방금 허용한 일격에 의해 팔 근육이 끊어진 것이다. 부
들부들 떨리는 손은 방패의 무게를 이기지 못했다.

덜커덩.

흉측하게 찌그러진 방패가 힘없이 떨어져 나뒹굴었다. 레
인은 상대에게 틈을 주지 않고 거듭 맹공을 가했다. 베이스
턴이 필사적으로 검을 휘둘러 방어했지만 방패를 잃었기에

완벽하게 막아낼 순 없었다.

검을 맞댄 상태에서 힘을 주어 휘저어버리자 베이스턴의 몸이 균형을 잃고 뒤로 주르르 밀려났다. 그로 인해 철통같은 방어가 무너지고 빈틈이 생겼다. 레인이 눈빛을 빛내며 검에 힘을 불어넣었다.

"에잇."

고함 소리와 함께 휘둘러진 검이 정확히 베이스턴의 팔뚝에 작렬했다.

쾌직.

만약 검의 날이 온전했다면 대번에 팔뚝을 잘라낼 수 있었겠지만 애석하게도 치열한 공방을 겪으며 검날이 현격히 무뎌진 상태였다. 때문에 레인의 검은 베이스턴의 팔을 잘라내지 못했다. 그러나 베이스턴은 그 일격으로 인해 더 이상 싸울 수 없는 상태에 몰려버렸다. 갑옷이 우그러드는 과정에서 팔뼈가 부러져버린 것이다.

철컹.

베이스턴의 손에서 검이 떨어져 나뒹굴었다. 부러진 팔을 쳐다본 그의 얼굴이 참담하게 일그러졌다. 팔을 둘 다 쓰지 못하게 되었으니 싸울 수 있을 리가 없었다. 거칠게 숨을 헐떡거리던 레인이 다가가서 베이스턴의 목에 검을 겨눴다.

"패배를 인정하시겠소? 그러면 죽이지는 않겠소."

그러나 베이스턴은 완강하게 고개를 가로저었다.

“거부한다. 치욕스러운 삶보다는 명예로운 죽음을 선택할 것이다. 루카스 후작가의 기사여. 부디 나에게 기사다운 최후를 안겨다오.”

“알겠소.”

레인은 일절 망설이지 않고 검을 찔러 넣었다. 소름 끼치는 소리와 함께 검날이 베이스턴의 뒷목을 뚫고 빠져나왔다. 베이스턴의 눈빛이 꺼지며 벌어진 입으로 피가 콸콸 흘러내렸다. 이어 레인이 검을 빼내자 베이스턴의 몸이 맥없이 허물어졌다.

“와아아아.”

죽은 시신에 정중히 검례를 취한 뒤 몸을 돌리는 레인을 향해 열화와 같은 함성이 집중되었다. 레인은 조금 전 칼라일이 했던 대로 검을 들어 관중들에게 화답해주었다.

진영으로 돌아오자 엘빈이 상기된 표정으로 일어서서 그를 맞이했다. 레인이 주군을 향해 공손히 예를 취했다.

“다행히 가문의 명예를 지킬 수 있었습니다. 모든 영광을 주군께 바치겠습니다.”

엘빈의 입가에 미소가 번져갔다.

“승리를 축하한다. 하지만 보상은 없을 것이다.”

뚱딴지같은 말에 가신들의 눈이 휘둥그레졌다. 엘빈이 빙그레 웃으며 말을 이어나갔다.

“레인. 그대가 승리를 거둘 수 있었던 원동력은 아마 따

로 있겠지? 아내의 이름이 메어리라고 했나? 승리의 보상
은 그대 아내에게 내려질 것이다. 풍성할 테니 기대해도 좋
아.”

레인의 입가에 미소가 번져갔다.

“은혜에 감사드립니다. 주군. 아내가 무척 기뻐할 것입니
다.”

엘빈이 흡족한 표정으로 손을 뻗어 레인의 어깨를 툭툭
쳐주었다.

“많이 지쳤을 테니 물러가서 휴식을 취하도록 하라. 정말
수고 많았다.”

“예. 주군.”

이로써 루카스 후작가와 리카르도 자작가는 각각 1승 1패
씩을 기록했다. 이제 마지막 대전에서 기사대전의 결과가
결정될 것이다. 영지의 소유권 역시 그 결과에 따라 가려질
것이다. 자신의 차례가 되자 리셀이 무표정한 얼굴로 몸을
일으켰다. 엘빈에게 다가가서 예를 취하는 리셀의 눈빛은
차분히 가라앉아 있었다.

“그럼 다녀오겠습니다. 주군.”

“널 믿겠다. 리셀. 부디 영지를 되찾아주기 바란다.”

“걱정하지 마십시오. 주군.”

몸을 돌린 리셀이 저벅저벅 걸음을 옮겼다.

이미 대전장은 깨끗이 치워져 있었다. 등에 깃발을 멘 병사들이 삽을 들고 돌아다니며 흙을 퍼서 핏자국을 말끔히 덮었기 때문이었다.

대전장 복판에는 리카르도 자작가의 블레이드 오너 칼튼이 검을 쥔 채 버티고 서 있었다. 대전장을 향해 걸어가며 리셀은 상대의 모습을 면밀히 살폈다.

지금까지 만나본 다른 블레이드 오너와는 달리 칼튼은 가죽갑옷이 아니라 금속제 판금갑옷을 입고 있었다. 다시 말해 갑옷의 무게에 익숙해져 있다는 뜻이다. 충분히 몸을 단련하지 않은 사람은 무거운 판금갑옷을 입고 자유자재로 움직일 수 없다. 리셀의 눈빛이 살짝 빛났다.

'견습기사 출신이라고 하더니 단련을 게을리하지 않았나 보군.'

대전장의 중앙에 버티고 선 칼튼이 눈을 빛내며 리셀을 쳐다보았다. 리셀이 가까이 와서 서자 그의 입꼬리가 묘하게 비틀렸다.

"블레이드 헌터라. 참으로 거창한 명칭이로구려. 과연 당신이 그런 명칭을 가질 자격이 있다고 생각하오?"

리셀이 조용히 대답했다.

"내가 붙인 것이 아니라 잘 모르겠소."

"어쨌거나 블레이드 헌터란 명칭은 더 이상 쓰이지 않게 될 것이오. 내 손에 의해 세상에서 사라질 테니 말이오."

쓴웃음을 지은 리셀이 검을 가볍게 들어 올렸다.

"입으로 싸울 생각이오? 슬슬 시작하는 게 어떻소? 어차피 싸워보면 결과가 나올 테니 말이오."

"성격이 매우 급하시구려."

차가운 미소를 지은 칼튼이 장검을 쥔 손에 힘을 주었다. 돌연 그의 검이 부르르 떨리더니 무지갯빛 섬광이 뿜어져 나왔다.

화아아악.

그 모습을 보며 리셀 역시 쌍검에 빛나는 검을 끌어올렸다. 칼튼과는 달리 리셀의 빛나는 검은 비교적 천천히 뻗어 나왔다. 그 틈을 노려볼 법도 한데 칼튼은 움직이지 않았다. 알렉스와는 달리 칼튼은 리셀의 쌍검이 완전히 무지갯빛으로 물들 때까지 기다려주었다.

"준비가 된 것 같으니 공격하겠소. 최선을 다하셔야 될 거요."

냉혹한 일갈과 함께 칼튼이 달려들어 장검을 휘둘렀다. 리셀이 들어 올린 검과 부딪히자 눈부신 섬광과 함께 사방으로 자욱하게 스파크가 튀었다.

콰아앙!

그렇게 몇 합 나누고 난 리셀의 얼굴에 어처구니없다는 표정이 떠올랐다.

'수많은 기사로부터 격찬받았다고 해서 바짝 긴장했는데

별것 아니잖아?'

칼튼의 검술 실력은 아무리 잘 봐줘도 평범한 기사 수준이었다. 빛나는 검을 배제하고 순수한 검술 실력만으로 따지면 까마귀 전대원들에게도 미치지 못하는 실력이다. 실력에 비해 명성이 과도하게 부풀려진 경우였다.

게다가 칼튼은 자신의 장점에 스스로 제약을 가한 상태였다. 그가 차려입은 판금갑옷의 무게는 상당히 무거운 편이다. 그 때문에 블레이드 오너 특유의 빠른 몸놀림이 많이 둔화되어 있었다. 솔직히 말해 리셀의 입장에서는 알렉스보다 오히려 상대하기가 쉬운 타입이었다.

알렉스를 상대할 때에는 온몸의 감각을 끌어올려 상대의 움직임과 기척을 미리 예측해야 했다. 몸놀림이 워낙 빠르기 때문에 그렇게 하지 않으면 공격을 막아낼 수 없다. 하지만 칼튼의 움직임은 굳이 감각을 확장하지 않아도 눈에 훤히 들어왔다. 무거운 판금갑옷을 착용한 것이 오히려 패착이라고 볼 수 있었다.

게다가 그토록 극찬받았다는 칼튼의 검술 숙련도와 실전 경험 역시 기대 이하였다. 모든 것이 정점에 이른 리셀과는 비교조차 안 되는 수준이었다. 지금 상태라면 눈 깜짝할 사이에 상대의 방어를 무너뜨리고 치명적인 일격을 선사할 수 있다. 순수한 검술 실력에서 그 정도로 차이가 나는 것이다.

마음 같아서는 전투를 멈추고 자신이 깨달은 것을 알려주고 싶었다. 판금갑옷이 오히려 블레이드 오너의 빠른 몸놀림을 저해하는 요소이며 검술에 대한 숙련도 역시 아직 멀었다고 말이다.

그러나 리셀은 억지로 마음을 다잡았다. 이것은 두 가문의 명예와 거대한 영지가 걸려 있는 기사대전이다. 우호 관계에 있는 가문과의 친선 대련이 아닌 것이다.

게다가 리셀은 이미 엘빈으로부터 단단히 언질을 받은 상태였다. 기회가 생길 경우 반드시 칼튼의 목숨을 거두라고 말이다.

블레이드 오너는 실로 엄청난 전력이라고 볼 수 있다. 블레이드 헌터가 없는 곳에서는 제왕처럼 군림할 수 있다. 엘빈의 행렬을 습격한 카르멜의 경우만 봐도 알 수 있었다.

아그리아 공작가가 보유한 블레이드 오너는 루카스 후작가의 입장에서 재앙이나 마찬가지였다. 그런 만큼 기회가 있을 때 처단해서 아그리아 공작가의 힘을 조금이라도 줄여야 한다. 생각을 접어 넣은 리셀의 눈빛이 날카롭게 빛났다.

'날 원망하지 마시오. 검을 쥔 순간부터 기사는 항상 죽음을 생각해야 하는 존재요. 주군의 명에 따라 그대의 목숨을 거두겠소.'

순간 리셀의 움직임이 판이하게 변했다. 지금까지는 쌍검

을 이용해 칼튼의 맹공을 무리 없이 틀어막기만 했다. 그러
던 리셀이 역공에 나서서 칼튼을 맹렬히 밀어붙이기 시작했
다.

"크헉."

주르르 밀려난 칼튼이 신음을 흘렸다. 조용히 방어에 몰
두하던 상대가 맹공을 퍼붓기 시작하자 도저히 감당할 수가
없었다. 리셀은 쌍검을 종횡무진 휘두르며 강렬한 공세를
퍼붓고 있었다. 심지어 칼튼에게 숨 한 번 몰아쉴 틈을 주
지 않았다.

파파파팟.

정신없이 방어하던 칼튼의 이마에서 식은땀이 주르르 흘
러내렸다.

"이, 이렇게 실력이 엄청나다니……."

리셀의 공격은 끊임없이 계속되었다. 무지갯빛 광채를 자
욱하게 내뿜는 검 두 자루가 연신 허점을 파고들었다. 공격
하나하나가 예측하기 힘든 경로를 찔러 들어왔고 도무지 방
향을 짐작할 수 없었기에 칼튼은 진땀을 빼야 했다. 한계를
느끼는 것은 금방이었다.

푸캉.

사선으로 베어오는 검을 칼튼이 힘겹게 막아냈다. 그러나
이어지는 두 번째 공격은 도저히 막아낼 엄두를 내지 못했
다. 칼튼은 두 눈을 부릅뜨고 심장을 향해 파고드는 검을

쳐다봐야 했다. 유일한 방어 수단인 장검이 상대의 검에 봉쇄된 상태이기 때문이다.

서걱.

무지갯빛 빛 무리가 서린 장검이 흉갑을 가볍게 꿰뚫고 심장에 틀어박혔다.

철그렁.

칼튼의 손에서 장검이 떨어져 바닥에 나뒹굴었다. 핏기가 사라진 칼튼의 입술이 힘없이 달싹거렸다.

"어, 어떻게?"

리셀이 무표정한 얼굴로 검을 뽑았다. 그제야 선혈이 분수처럼 뿜어져 나왔다. 쏟아지는 피를 뒤집어쓰며 리셀이 고즈넉이 입을 열었다.

"블레이드 헌터와 블레이드 오너는 원천적으로 다른 존재요. 마법사가 어찌 기사를 만들어낼 수 있겠소? 단언하건대 렌테리아 마탑에서 배출된 블레이드 오너는 결코 블레이드 헌터를 당해낼 수 없소."

"미, 믿을 수 없……."

말을 끝맺지 못한 칼튼의 눈이 돌아가며 힘없이 무릎을 꿇었다. 바닥에 얼굴을 박고 쓰러진 칼튼의 몸에서 피가 스멀거리며 번져갔다. 묵묵히 시체를 내려다보던 리셀이 몸을 돌렸다.

사위는 조용했다. 누구 하나 입을 열 엄두를 내지 못했다. 예상치 못한 결과에 귀족들은 눈을 부릅뜨고 놀라워했다.

그럴 것이 그들 대부분은 팽팽한 접전을 예상하고 있었다. 첫 번째 기사대전에서 죽은 알렉스와는 달리 칼튼은 견습기사 출신에 검술 수련도 게을리하지 않은 블레이드 오너이다. 그런 만큼 블레이드 헌터를 맞아 밀리지 않고 싸울 수 있을 줄 알았다. 그러나 승부는 오히려 첫 번째 기사대전보다 허무하게 판가름났다.

대결이 시작되고 칼튼이 리셀을 향해 맹공을 퍼붓기 시작했을 때 귀족들은 눈을 초롱초롱 빛내며 관전에 열중했다. 예상했던 대로 칼튼이 선전하는 모습을 보이는 것이다. 리셀은 쌍검을 이용해 조용히 막아내기만 할 뿐이었다. 팽팽한 접전에 귀족들은 숨조차 제대로 몰아쉬지 못했다.

그런데 리셀이 공세를 시작하자 상황이 판이하게 뒤바뀌어버렸다. 두 자루의 검이 무지갯빛 광채를 머금고 대기를 갈가리 찢어발기자 칼튼은 땀을 뻘뻘 흘리며 방어에 몰두할 수밖에 없었다. 그러다가 눈 깜짝할 사이에 승부가 결정되었다.

두 자루의 검이 격돌하는 순간 리셀이 왼손의 검을 내뻗어 칼튼의 심장을 가볍게 꿰뚫어버렸다. 1차 기사대전을 치른 알렉스보다 오히려 더 허무하게 당해버린 것이다.

이어진 리셀의 말은 음성 증폭 마법을 통해 모든 귀족들의 귀로 파고들어 갔다.

　　—마법사가 만들어낸 블레이드 오너는 결코 블레이드
　헌터를 당해낼 수 없다.

　무겁게 가라앉은 정적은 리셀이 루카스 후작가의 진영에
도착하고 나서야 깨어졌다.
　"기사대전의 마지막 승부가 결론지어졌습니다. 루카스
후작가의 블레이드 헌터 리셀이 리카르도 자작가의 블레이
드 오너 칼튼을 꺾고 마지막 대전을 승리로 장식했습니다.
이로써 2승을 거둔 루카스 후작가가 기사대전의 최종 승자
가 되었습니다."
　리카르도 자작의 얼굴에서는 도저히 핏기를 찾아볼 수가
없었다. 자랑거리이던 아들이 죽은 데 이어 영지까지 잃게
생긴 것이다. 그 역시도 아들이 저토록 어이없이 당할 것이
란 생각을 전혀 하지 못했다. 입술을 비집고 회한 어린 음
성이 흘러나왔다.
　"아그리아 공작 전하의 충고를 들을 것을……. 블레이드
헌터의 실력이 저토록 엄청날 줄은 미처 예상하지 못했어."
　그러나 후회는 아무리 빨라도 늦는 법이다.

　기사대전이 루카스 후작가의 승리로 귀결되자 영지의 처

리는 일사천리로 진행되었다.

　리카르도 자작은 가솔과 가족, 기사들을 이끌고 쓸쓸히 영지를 떠나야 했다. 그의 얼굴은 초췌하기 그지없었다. 블레이드 오너 칼튼을 잃었으니 아그리아 공작가에서 예전처럼 우대해줄 리가 없다. 아마 그가 직면할 운명은 아그리아 공작령에 우글거리는 무수한 몰락 귀족과 조금도 다를 바가 없을 것이다.

　루카스 후작가는 마침내 잃었던 직할령을 되찾을 수 있었다. 아버지가 빼앗긴 영주성에 입성하며 엘빈이 감회 어린 표정을 지었다.

　"마침내 이곳을 되찾다니……."

　그럴 것이 영주성은 엘빈에게 수많은 추억이 서려 있는 장소였다. 이곳에서 태어났으며 이곳에서 어린 시절을 보냈다. 영지를 내어주고 떠나는 과정에서 아쉬운 마음에 얼마나 뒤를 돌아보았던가? 그랬던 영주성을 다시금 되찾으니 가슴이 벅차올라 좀처럼 진정할 수가 없었다. 영주성의 성루에 버티고 선 엘빈이 하염없이 영지의 정경을 쳐다보고 있었다.

　루카스 후작가는 즉각 직할령을 이곳으로 옮겼다. 되찾은 영지를 후작령의 중심부로 삼은 것이다.

지금까지 관리하던 영지는 몰락 귀족 중 하나를 골라 영주로 삼았다. 그에 따라 수많은 이주 행렬이 하루가 멀다고 이전 영지를 떠났다. 후작령의 일을 맡아보던 하급 관료와 가신들이 모두 새 직할령으로 이주하는 것이다.

비록 새로 정해진 직할령이 적대적 성향의 영지와 맞닿아 있지만 그들의 얼굴에는 전혀 걱정이 깃들어 있지 않았다. 블레이드 헌터 리셀과 까마귀 전대, 그리고 루카스 후작령을 도와주는 골드 드래곤이 있는 한 고토를 회복하는 것은 시간문제였다.

그런데 그 대열을 초점 잃은 눈빛으로 쳐다보는 한 여인이 있었다. 한때 리셀의 아내가 될 수 있었던 기회를 자신의 발로 걷어차 버린 비운의 여인 로르나였다. 수척한 얼굴에는 예전의 발랄하던 미모를 좀처럼 찾아볼 수 없었다.

그녀가 마치 넋이 빠진 듯 영지를 떠나가는 마차의 대열을 쳐다보았다. 리셀의 청혼을 받아들였다면 아마도 그녀는 저 대열에 껴 가족들과 함께 풍요롭고 부유한 새 영지로 떠났을 것이다. 루카스 후작가의 프라임 나이트이자 블레이드 헌터의 아내로서 말이다. 그러나 기회를 자신의 손으로 저버린 탓에 그녀는 이곳에 남아 있을 수밖에 없었다.

새 직할령으로 떠날 수 있는 사람들은 가신과 관료, 그리고 기사의 가족들뿐이다. 평범한 소작농의 딸에 불과한 그녀에게는 해당되지 않는 자격 요건이었다. 그녀는 마치 석

상이 된 듯 구릉 위에 버티고 선 채 하염없이 마차 대열을
쳐다보고 있었다.

　직할령 이전 작업은 순조롭게 진행되었다. 결재할 것이
워낙 많았기 때문에 영지를 되찾는 작전은 당분간 중지되었
다. 그로 인해 리셀과 까마귀 전대는 오랜만에 휴가를 즐길
수 있게 되었다.
　까마귀 전대원들은 잠시나마 치열한 전장을 잊고 모처럼
가족들과 단란한 시간을 가졌다. 그러나 외톨이 신세인 리
셀은 휴가 기간 동안에도 연무장에 나가 땀을 흘렸다. 그가
할 일은 정말 많고도 많았다.
　리셀에게 내려진 우선적인 임무는 바로 차세대 블레이드
헌터를 돌봐주는 것이었다. 루카스 후작령에는 모두 이십
명의 블레이드 헌터 후보가 있다. 그중 열 명은 마탑에서
파견된 수련생들이고 나머지 열 명은 루카스 후작가에서 직
접 거둬들인 자들이다. 하나같이 가슴이나 아랫배에 마나홀
이 생성된 자들로 정통적인 견습기사 과정을 밟고 있었다.
　루카스 후작가에서는 그들을 위해 실로 방대한 예산을 쏟
아붓고 있었다. 수련생 한 명당 두 명의 교관이 배정돼 검
술 수련과 체력 단련 훈련을 시켰다. 모든 훈련을 마나직접
마법진 위에서 시행하는 만큼 차기 블레이드 헌터 육성에
얼마만큼의 자금이 소요되는지는 안 봐도 뻔했다.

그러나 마탑의 위탁 교육생들은 고된 훈련 과정을 좀처럼 따라가지 못했다. 연일 불평이 터져 나왔다.

"우린 기사가 아니라 블레이드 오너가 되기 위해서 왔소."

"이런 훈련을 받기 위해 온 것이 아니오."

그러나 교관들은 불만에 아랑곳하지 않고 수련을 시켰다. 반면 마탑에서 내쫓긴 뒤 루카스 가문에 거둬진 수련생 집단은 고된 훈련에 잘 적응해나갔다. 기사가 될 수 있다는 희망을 품은 그들은 교관들의 명령에 철저히 복종했고 그 어떤 힘든 훈련도 무리 없이 소화해 냈다. 좋은 숙소와 풍성한 식단, 체계적인 훈련에 의해 그들의 체형은 하루가 다르게 우람하게 변해갔다.

그리고 그들 중 두 명이 마침내 마나의 순환을 시작할 수 있게 되었다. 수련 과정에서 리셀은 교관들에게 한 가지를 당부했다.

"항상 마나집적 마법진 위에서 수련을 시키시오. 그리고 마나가 움직이더라도 놀라지 말고 자연스럽게 내버려두게 하시오."

교관들은 리셀의 당부를 철저히 지켰다. 그 결과 두 명이 마침내 마나를 움직이는 데 성공할 수 있었던 것이다.

그렇게 되자 리셀은 즉각 훈련장을 찾았다. 연습용 갑옷을 입은 교관들이 부동자세를 취하며 가문의 프라임 나이트를 맞이했다.

"프라임 나이트 리셀 경을 뵙습니다."

리셀이 빙그레 웃으며 화답해 주었다.

"수고가 많으십니다."

둘러선 교관들 사이에는 이리저리 긁힌 연습용 갑옷을 입은 두 명의 젊은 수련생이 철탑처럼 버티고 서 있었다. 철저한 교육 때문인지 그들은 눈동자도 움직이지 않았다. 늙수그레한 교관 한 명이 다가와서 보고를 했다.

"두 명이 마나의 순환을 시작했습니다. 피러스와 할로라는 이름을 가진 수련생입니다."

보고를 받은 리셀이 고개를 끄덕였다.

"훈련 상황은 어떻게 되고 있습니까?"

"새벽 훈련은 구보입니다. 사슬갑옷을 입고 연무장 열 바퀴를 돌고 난 뒤 아침 식사를 하고 오전에는 검술 수련을 합니다. 끼니마다 풍성한 육류를 지급하고 있으며 오후에는 실전과 다름없는 대련을 교관들과 펼칩니다."

훈련생들의 훈련 과정은 리셀이 남부 전선에 있을 때 까마귀 전대원들과 하던 것과 동일하게 진행되었다. 리셀이 눈빛을 빛내며 훈련생들을 쳐다보았다.

'이들이 바로 내 견습기사들인가?'

사실 리셀과 훈련생들은 처한 상황이 다르다. 리셀은 드래곤 하트로부터 얻은 마나 덕분에 젊은 나이에 블레이드 헌터가 될 수 있었다. 그러나 저들에겐 그런 기연이 없으므로 마나집적 마법진 위에서 오랫동안 수련을 해야 한다. 리셀보다 오랜 시간이 걸릴 것은 자명한 사실이었다.

다행히 아스트리아 마탑에서 충분히 마법사들을 지원해 주었기에 마법진의 수준은 높은 편이었다. 아마도 스크롤을 이용하는 것보다 마나의 질과 양이 월등히 뛰어날 것이다. 설명을 들은 리셀이 고개를 끄덕였다.

"환경이 괜찮은 편이로군요."

리셀이 눈빛을 빛내며 가까이 다가갔다. 그러자 피러스와 할로, 두 수련생의 시선이 리셀에게로 향했다. 리셀이 누구인지 알 턱이 없었기에 그들은 미동도 하지 않고 리셀을 쳐다보았다. 교관의 입가에 미소가 번져갔다.

"그분이 누구인 줄 아느냐?"

물론 피러스와 할로는 묵묵부답이었다. 그러나 이어지는 말을 들은 그들의 눈이 찢어질 듯 부릅떠졌다.

"바로 가문의 프라임 나이트이신 리셀 경이시다. 아마 너희들도 들어보았을 것이다. 블레이드 헌터라는 명칭에 대해서 말이다."

그 말에 두 수련생의 부동자세가 풀렸다. 그들이 흔들리는 눈빛으로 리셀을 쳐다보았다. 세상을 위진시키는 블레이드 헌터가 저토록 젊은 기사였다는 말인가? 입을 떼지 못하는 그들을 보며 리셀이 빙긋이 웃었다. 입술을 비집고 나지

막한 음성이 흘러나왔다.

"만나서 반갑다. 나의 견습기사들이여."

순간 두 수련생은 저도 모르게 입을 떡 벌리고 말았다. 그렇다면 자신들이 블레이드 헌터의 견습기사가 되었단 말인가? 다리가 후들후들 떨려왔다. 이어진 교관의 말에 그들의 몸이 허물어지듯 무너져 내렸다.

"마스터께 예를 취하지 않고 뭘 하는 게냐?"

두 수련생의 입에서 동시에 벼락같은 고함 소리가 터져 나왔다.

"마, 마스터를 뵈옵니다."

한쪽 무릎을 꿇고 고개를 숙인 그들의 몸이 부들부들 떨리고 있었다. 막연히 기사가 될 수 있다는 희망으로 고된 수련을 감내해 낸 그들이었다. 수련을 마치고 마스터의 밑에서 수련하다가 종국에는 루카스 후작가의 기사로 서임되는 것이 그들이 가슴속 깊이 품은 희망의 상한선이었다.

그런데 평범한 기사도 아니고 세상을 뒤흔들고 있는 블레이드 헌터가 자신들의 마스터로 내정되었다니……. 그렇다면 자신들이 차세대 블레이드 헌터로 키워지고 있다는 말인가? 믿기 힘든 말에 피러스가 떨리는 음성을 토해냈다.

"그, 그렇다면 저희들은……."

리셀이 빙그레 웃으며 고개를 끄덕여 주었다.

"그렇다. 너희들은 내 뒤를 이어 루카스 후작가를 수호할 차세대 블레이드 헌터 후보들이다. 물론 그 과정은 결코 만만치 않을 것이다. 그러나 철저히 수련하면 반드시 성과를 거둘 수 있을 것이다. 내가 그러했듯 말이다. 너희들은 지금 내가 했던 수련 과정을 고스란히 되밟고 있다.”

이어지는 리셀의 말에 두 수련생은 몸 둘 바를 몰라 했다. 그들은 한 마디로 수만 명 중 한 명 잡을까 말까 한 행운을 붙잡은 것이다.

“모, 목숨을 걸고 수련하겠습니다.”

“반드시 마스터의 기대에 부응하겠습니다.”

“일어나라.”

리셀의 말에 두 수련생이 후들거리는 몸을 추슬러 간신히 몸을 일으켰다. 리셀은 그들에게 마나 순환에 대한 주의 사항을 알려주었다.

“마나 순환이 시작되었다는 말을 들었다. 앞으로 마나 수련을 함에 있어 어떠한 경우에도 강제성을 행사하지 말길 바란다. 가만히 내버려두면 마나가 가장 자연스러운 경로로 흘러갈 것이다. 나는 그렇게 했기 때문에 빛나는 검을 얻을 수 있었다.”

두 수련생은 꿈쩍도 하지 않고 리셀의 말을 경청했다.

“마법사들처럼 마나를 단순한 수단으로 생각하지 말고 절친한 친구로 생각하라. 진심으로 대하는 한 마나는 결코 너희를 배신하지 않는다. 알겠느냐?”

“알겠습니다.”

“교관들의 지도에 따라 각별히 정진하라. 나는 나 이외에 다른 블레이드 헌터가 세상에 출현하는 것을 반드시 보고 싶으니까 말이다.”

두 수련생이 동시에 허리를 꺾었다.

“마스터의 염원을 결코 저버리지 않겠습니다.”

그간의 훈련과 교관들의 정신 교육 때문에 그들은 충실히 기사도에 따르는 견습기사가 되어 있었다. 그들의 마음가짐이 마음에 들었던지 리셀의 입가로 미소가 번져갔다.

“그늘에 가서 좀 쉬도록 하자. 개개인에게 필요한 조언을 해주도록 하겠다. 마나의 순환이 시작되었으니 지금부터가 가장 중요한 고비이다.”

수련생들은 두 말도 하지 않고 리셀의 뒤를 따랐다. 그들의 눈동자에서는 형언할 수 없는 감정이 묻어나오고 있었다. 그들의 마음은 철저히 수련해서 반드시 블레이드 헌터가 되겠다는 야망에 불타오르고 있었다.

제9장
허물어진
웨스트가드 성벽

그 시각 엘빈은 수도에서 날아온 급보로 인해 자리에서
벌떡 일어났다.

"뭐야? 아그리아 공작가에서 웨스트가드 성벽을 허물고
있다고?"

현재 루카스 후작가에서 수도에 파견해 둔 식솔은 카인베
르크였다. 원래 수도에는 아버지 샤라반의 이복동생인 카일
로스 루카스가 파견되어 있었다. 후처의 자식이던 카일로스
는 일찌감치 야망을 접고 이른 나이부터 가문의 일을 맡아
해왔다.

그러다가 가문의 후계자에서 밀려난 카인베르크가 고령

의 카일로스를 대신해 가족들을 이끌고 수도로 파견 근무를
나갔다. 현재 그는 야망을 모조리 접고 루카스 후작가의 번
영을 위해 열심히 수도에서 활동하고 있었다.

카인베르크는 수도에서 암약하는 정보 길드를 통해 한 가
지 정보를 입수했다. 정보료가 상당히 비쌌지만 그는 망설
임 없이 대가를 지불하고 정보를 사들였다.

그것은 바로 아그리아 공작가가 서쪽 평원의 오크 침략자
를 틀어막는 중대한 관문인 웨스트가드 요새를 허물고 있다
는 첩보였다. 그는 습득한 정보를 곧장 후작령으로 보냈다.
보고를 받은 엘빈이 이를 우두둑 갈아붙였다.

"아그리아 공작. 정녕 이런 비열한 수를 써야만 했었소."

루카스 후작가의 입장에서는 한마디로 충격이 아닐 수 없
었다.

아스트리아 제국과 서쪽 평원 사이에는 드넓은 벌판이 자
리 잡고 있다. 서쪽 평원에서 벌판을 지나치면 북쪽으로는
아그리아 공작령이, 남쪽으로는 루카스 후작령이 버티고 있
다. 물론 루카스 후작가가 영토를 빼앗기기 전의 일이었다.

국경과 서쪽 평원 사이에는 요새를 세울 만한 협곡이 존
재하지 않는다. 해서 두 변경백 가문은 아주 오래전부터 드
넓은 평원에 성벽을 건설해왔다. 드넓은 벌판에 거대한 성
벽을 건설하는 것은 실로 엄청난 작업이다. 무려 몇 대를
걸쳐가며 성벽을 쌓다가 겨울이 되면 오크 침략자들과 맞서

싸우고 봄이 돌아오면 다시 성벽을 쌓는 과정이 끊임없이 되풀이되었다.

그동안 루카스 후작가와 아그리아 공작가는 굳건한 협력 관계를 유지했다. 한쪽이 위기에 처하면 서둘러 병력을 보내 지원해주는 등 서로 힘을 합쳐 성벽 건설에 힘을 쏟았다. 그 결과 마침내 웨스트가드 성벽이 세워졌다. 길이만 해도 수십 킬로미터에 달하는 거대한 성벽을 건설하는 데 성공한 것이다.

거기에 동원된 인력만 해도 천문학적이었다. 두 영지에 사는 영지민들 대부분이 6개월 이상 건설 현장에 투입되어 본 경험이 있을 정도였다.

그렇게 성벽을 완성하고 나자 오크 침략자들을 막아내는 것이 한결 수월해졌다. 변변찮은 공성 병기가 없기 때문에 오크 무리가 사용하는 것은 오로지 조잡한 사다리뿐이다. 그로 인해 성벽에 배치된 병사들은 별 피해 없이 오크 무리를 막아낼 수 있었다.

그러다가 두 가문 사이에 영지전이 벌어졌고 결국 루카스 후작가는 많은 영지를 잃고 몰락해버렸다. 드넓은 웨스트가드 성벽의 관리와 수비가 모두 아그리아 공작가의 몫으로 넘어간 것이다.

지금껏 아그리아 공작가에서는 수많은 병력을 투입하고 용병을 고용해서 서쪽 평원의 오크 무리를 힘겹게 막아나갔다. 바로 그 때문에 황실에서도 섣불리 아그리아 공작가를 건들 엄두를 내지 못했다.

그런 상황에서 아그리아 공작가가 수많은 사람이 피땀을 흘려 쌓아올린 웨스트가드 성벽을 허물고 있다는 첩보가 입수된 것이다. 그것도 과거 루카스 후작령을 수호하던 남쪽 성벽을 말이다. 즉각 가솔 회의가 열렸는데 참석한 가신들은 하나같이 아연한 표정을 지었다.

"그럴 수가…… 어떻게 그럴 수 있단 말이오?"

"도저히 믿을 수가 없구려."

아그리아 공작가의 꿍꿍이는 명백했다. 루카스 후작가에 블레이드 헌터가 존재하는 이상 집어삼킨 영지를 토해내야 하는 것은 당연한 수순이다. 최악의 경우 1년 이내에 모든 영지를 빼앗길 수도 있었다.

때문에 아그리아 공작가에서는 영지를 모두 빼앗길 것을 상정하고 계획을 짰다. 그리고 영지민들을 대거 징집하여 웨스트가드 성벽을 허물기 시작했다. 영지를 모두 되찾을 루카스 후작가를 곤란에 빠지게 하여 추가적으로 이어질지 모르는 복수전을 원천 차단하려는 목적이었다. 어처구니가 없어진 엘빈이 혀를 찼다.

"쯧. 고토를 회복하고 나면 더 이상 영토를 욕심내지 않겠다는 내 말을 전혀 믿지 않나 보군."

사실 이렇게 되면 루카스 후작가는 상당히 곤란한 상황에

빠질 수밖에 없다. 겨울이 되면 수많은 오크 무리가 건재한 북쪽 성벽 대신 허물어진 남쪽으로 물밀 듯 밀려들 것이다. 미개한 몬스터로 간주되는 오크에게도 그 정도 지능은 있었다. 웨스트가드 성벽을 잃은 루카스 후작가는 실로 엄청난 인적, 물적 자원을 들여 변경백의 임무를 수행해야 할 터였다.

물론 루카스 후작가가 웨스트가드 방면에 진출하기 전까지는 엄연히 아그리아 공작가가 허물어진 성벽에 병력을 배치해 오크의 침략을 막아내야 할 것이다. 자원이 풍부한 아그리아 공작가는 큰 무리 없이 사나운 침략자들을 막아낼 수 있을 것이다.

그러나 루카스 후작가의 자원은 아그리아 공작가처럼 풍부하지 않다. 잃은 영토를 모두 회복하면 마땅히 변경백으로서의 임무를 수행해야 한다.

그렇게 될 경우 루카스 후작가는 심각한 위기에 직면하게 될 터였다. 지금껏 오크 무리의 침략을 든든하게 막아오던 웨스트가드 성벽이 무너진 이상 병사들의 희생이 속출할 것은 의심할 여지가 없었다. 특히 기사 전력이 부족한 루카스 후작가는 상당한 곤경에 처할 것이다.

그렇다고 해서 아그리아 공작가에 성벽을 허물지 말라고 부탁할 수도 없는 노릇이었다. 두 가문 간의 감정은 이미 최악으로 치달은 상황이다. 게다가 영지 내에서 벌이는 일은 설사 황제라고 해도 간섭할 수 없다.

결국 루카스 후작가로서는 엄청난 시간과 자원을 소비해서 쌓아올린 웨스트가드 성벽이 무너지는 것을 눈을 부릅뜨고 쳐다봐야 한다는 결론이 나온다. 어쩌면 이것이 영지 회복을 시도하지 말라는 아그리아 공작가의 압력일 수도 있었다.

잇달아 대책 회의를 열었지만 쉽사리 결론이 도출되지 않았다. 무려 열흘 가까이 가신 회의를 주관하고 난 엘빈이 길게 한숨을 내쉬었다.

"도저히 방법이 없군. 정말 큰일이야."

지금 루카스 후작가가 선택할 수 있는 방법은 오로지 하나뿐이었다. 머지않아 겨울이 다가온다. 날씨가 추워지면 헤아릴 수 없는 오크 무리가 국경을 침범할 것이다.

웨스트가드 성벽이 이미 반 이상 무너진 상태라서 아그리아 공작가는 수많은 희생을 치러가며 오크 무리를 격퇴해야 할 것이다. 그것이 바로 변경백인 아그리아 공작가에 내려진 책무였다. 그 때문에 엘빈은 진격을 조금 서두를 생각이었다.

"늦어도 봄까지는 고토를 모두 되찾아야 한다. 그런 다음 겨울이 오기 전까지 최대한 영지민들을 징용해서 무너진 성벽을 다시 쌓아야 한다."

하지만 그것은 애초부터 불가능한 일이다. 루카스 후작가는 무려 5대에 걸쳐 성벽을 완성시켰다. 아마 자신의 대에 성벽이 완성되는 것은 꿈도 꾸지 말아야 할 터였다.

"그래도 어쩔 수 없지. 방법이 오직 그것밖에는 없으니 말이야."

고민하고 있는데 문밖에서 노크 소리가 들려왔다.

똑똑.

엘빈의 시선이 집무실 문으로 향했다.

"들어오게."

들어온 사람은 레이첼이었다. 그녀가 한결 밝아진 얼굴로 사뿐사뿐 걸어 들어왔다.

"부르셨어요? 아버님?"

엘빈의 얼굴에 미소가 걸렸다. 그에게 레이첼은 눈에 넣어도 아프지 않은 사랑스러운 외동딸이었다.

"어서 오너라. 새로운 방은 마음에 드느냐?"

"물론이죠. 아버지."

새로 둥지를 튼 영주성은 예전보다 족히 두 배 이상 넓어졌다. 거기에다 후작가의 위상에 걸맞게 증축 작업까지 진행되고 있었다.

레이첼에게는 더 화려하고 전망이 좋은 방이 내려졌다. 그녀에게는 새로운 취미가 생겼다. 리셀의 도움으로 고소공포증을 극복한 레이첼은 지금 그리폰 기수 교육을 받고 있었다. 경험 많은 교관으로부터 그리핀을 조종하는 방법을 전수받고 있는 것이다. 얼마 전에는 짧은 시간이었지만 혼자서 비행을 성공시키기도 했다. 엘빈이 따뜻한 눈빛으로 딸을 쳐다보았다.

"그나저나 너도 이제 결혼 적령기가 지났구나."

"……."

"너도 슬슬 배필을 맞이해야지. 각지에서 혼담이 쏟아지고 있는 실정이다."

레이첼이 어두운 표정으로 고개를 숙였다.

"하지만 아버지."

"더 늦기 전에 혼처를 찾는 게 현명할 것 같다. 그래, 수도에서는 마음에 드는 청년이 없더냐?"

작위 계승식을 한 뒤 엘빈은 수도에서 삼 개월 정도를 머물렀다. 매일 저택에서 연회를 벌여 수도의 중앙 귀족들에게 루카스 후작가의 건재를 알렸다. 거기에서 가장 큰 역할을 한 사람이 바로 아내인 에이미와 딸 레이첼이었다.

에이미는 후작가의 안주인으로서 귀족 부인들과 많은 교분을 쌓았다. 귀족 부인들은 입을 모아 루카스 후작 부인의 품위를 극찬했다. 레이첼은 루카스 후작가의 영애로 젊은 귀족 자제들을 상대하는 역할을 맡았다. 두 여인은 품위 있는 언행과 나무랄 데 없는 예의범절로 많은 귀족들의 칭송을 받았는데 특히 레이첼의 아름다운 미모는 여러 귀족 가문 자제들의 마음을 사로잡은 상태였다.

"변경백 가문이지만 중앙 귀족 못지않게 품위가 있고 용모가 아름다워."

"예의범절이 그야말로 완벽하더군. 어디 하나 흠잡을 데가 없었어."

게다가 루카스 후작가는 믿어지지 않는 속도로 잃은 영지를 회복해가는 중이다. 아그리아 공작가로부터 영지를 모조리 되찾으면 대번에 명문가 중 하나로 발돋움할 것이다. 그런 만큼 많은 귀족 가문들이 루카스 후작가에 관심을 기울이고 있었다. 처세술에 밝은 귀족들이 찬란한 미래가 기다리고 있는 루카스 후작가를 가만히 내버려둘 리가 없다.

후작의 외동딸인 레이첼에게 연일 헤아릴 수 없는 혼담이 쏟아져 들어왔다. 그러나 레이첼은 그 모든 혼담을 단호하게 거절했다. 그녀의 마음속에는 이미 한 사람의 영상이 화인처럼 낙인찍혀 있었기 때문이었다. 고개를 숙인 레이첼을 엘빈이 잔잔한 눈빛으로 쳐다보고 있었다.

"리셀 때문에 망설이고 있느냐?"

그 말에 레이첼이 고개를 들었다. 아름다운 그녀의 눈동자가 파르르 떨리고 있었다. 그러나 엘빈은 동요 없이 말을 이어나갔다.

"용서해라. 리셀은 안 된다. 나는 반드시 리셀을 내 양자로 삼을 생각이다. 그렇게 되면 리셀은 너와 남매지간이 되어버린다."

입술을 비집고 가늘게 떨리는 음성이 흘러나왔다.

"알고 있어요. 아버지."

"나는 리셀에게 루카스 후작가를 물려줄 생각이다. 여동생으로서 네가 리셀을 많이 도와줘야 할 것이다."

레이첼이 입술을 깨물었다.

"물론이죠. 아버지. 가문의 부흥을 가능하게 만들어준 오빠에게 어찌 힘을 아끼지 않을 수 있겠어요. 걱정하지 마세요."

"고맙다. 사실 리셀은 나무랄 구석이 하나도 없지만 너무 고지식하고 순진해서 귀족가의 모략에 휘말릴 가능성이 크다. 네가 나서서 그것을 철저히 보완해줘야 해. 알겠느냐?"

"걱정 마세요. 아버지. 이미 전 귀족가의 생리에 해박한걸요."

바로 그때 엘빈이 결정적인 말을 했다.

"그러려면 네가 빨리 결혼해야 한다. 가급적 하급 귀족을 데릴사위로 맞아들여서 내외가 함께 성에 머물러야 리셀을 보좌하는 게 편하다."

그 말을 듣는 순간 가슴 한구석이 아려왔지만 그녀는 내색하지 않았다. 이미 그녀는 가문을 위해 자신을 희생해야 하는 귀족 여인의 삶에 익숙해져 있었다.

"알겠어요. 아버지의 말 충분히 이해해요. 하지만 결혼 문제에 관해선 시간을 좀 주세요. 그때의 기억이 아직까지 남아 있어 당분간은 생각하고 싶지 않아요."

엘빈이 묵묵히 고개를 끄덕였다. 허드슨 자작령에서 그런 꼴을 겪었으니 레이첼에게 섣불리 결혼할 마음이 생길 리가 없었다. 아마도 여전히 충격에서 벗어나지 못했을 터였다.

"좋다. 그 점에 대해서는 전적으로 네 선택에 맡기마."

민감한 문제를 일단락하고 난 뒤 부녀는 두런두런 담소를 나누었다. 잠시 후 레이첼이 조심스럽게 입을 열었다.

"과거의 성세를 어느 정도 되찾았으니 아버지도 후처를 들일 때가 되지 않았나요? 이젠 누구도 섣불리 어머니를 무시할 수 없을 테니 말이에요."

엘빈이 쓴웃음을 지었다. 사실 루카스 후작 정도의 고급 귀족이라면 여러 명의 처를 두는 것이 일반적이다. 가능한 한 많은 자손을 생산해야 가문을 다스리는 것이 편해진다. 그러나 엘빈은 지금까지 후처를 맞아들이는 것을 전혀 생각하지 않았다. 바로 몸이 약한 아내 에이미를 위해서였다.

에이미는 영지를 잃고 몰락한 도플러 자작의 딸이다. 그런 상황에서 후처를 맞아들인다면 제대로 된 본부인 대접을 받을 리가 없다.

기본적으로 후처는 정략결혼을 통해 맞아들이기 마련이다. 그런 든든한 가문 출신의 후처가 몰락 귀족의 딸인 에이미에게 예의를 차린다는 것은 생각하기 힘든 일이다.

자고로 여인의 권세는 처가의 힘에 의해 좌우되기 마련이다. 몸이 약하고 성격이 섬세한 에이미는 하루하루 참기 힘든 나날을 보내야 할 터였다.

그 때문에 엘빈은 후처를 맞아들이는 것을 극구 마다해왔다. 하지만 지금은 사정이 바뀌었다. 도플러 자작가는 영지를 되찾았고 후작가의 권세 역시 예전과는 비교조차 할 수 없을 정도로 막강해졌다. 지금이라면 후처를 맞아들인다고 하더라도 아무런 문제가 발생하지 않을 터였다. 그러나 엘빈은 여전히 고개를 가로젓고 있었다.

"그럴 생각은 전혀 없다. 그리고 난 후계자로 리셀 하나만을 생각하고 있어. 그런 상황에서 후처를 맞아들여 혹시라도 사내아이가 태어나게 된다면 후계 구도가 복잡해진다. 구태여 혼란을 초래할 이유가 없지 않겠느냐?"

남달리 몸이 약한 에이미는 겨우 레이첼 하나만을 낳을 수 있었다. 더 이상은 아이가 들어서기 힘들 정도로 몸이 약했다.

레이첼의 눈가에 실망의 빛이 스쳐 지나갔다. 혹시라도 아버지가 맞아들인 후처가 후계자 자격을 지닌 사내아이를 낳는다면 그녀는 어쩌면 가슴 속 깊이 품은 연정을 이룰 수 있게 될지도 모른다.

레이첼의 가슴 한구석에는 리셀의 모습이 깊고 단단히 틀어박혀 있었다. 그러나 아버지의 뜻이 저토록 확고하니 도저히 방법이 없었다. 이제 부질없는 기대는 마음속에서 비워버려야 한다. 레이첼의 얼굴에 체념의 빛이 드리워졌다.

'어쩔 수 없지. 리셀 기사님의 레이디로 만족하는 수밖에……'

딸을 쳐다보는 엘빈의 눈빛도 가늘게 떨리고 있었다. 남달리 현명한 그가 어찌 딸의 마음을 몰라주겠는가?

'미안하다. 레이첼. 마음 같아서는 너와 리셀을 맺어주고 싶구나. 그러나 그렇게 되면 가문의 미래를 장담할 수 없게 된다. 그렇다고 카인베르크나 카디아스의 자식을 후계자로 내정할 순 없으니 말이다.'

엘빈의 관점에서 카인베르크나 카디아스의 자식들은 하나같이 루카스 후작가를 이끌어갈 재목이 되지 못한다. 강직한 성품에 막강한 무력을 지닌 리셀이 가문을 맡아야만 막강한 아그리아 공작가로부터 영토를 지켜낼 수 있다.

무엇보다도 그들에게는 리셀이란 거목을 휘하에 거두어들일 역량이 없다. 혹시라도 리셀이 떠난다면 루카스 후작가는 끝장이었다. 힘들게 되찾은 영지를 모조리 아그리아 공작가에 빼앗길 수밖에 없었다.

그렇다고 해서 레이첼에게 작위를 물려줄 순 없는 노릇이다. 오랜 제국의 역사를 통틀어 여자가 가주가 된 적이 없지는 않았지만 후작가 정도의 고위 귀족가에서는 한 번도 그런 경우가 없었다. 당장 안팎으로 무성한 반발이 초래될 것이 분명하다. 그렇게 서로 마주 보고 앉은 두 부녀의 고민은 끊임없이 이어지고 있었다.

직할령 이전 과정이 마무리되자 다시금 진군이 시작되었다. 리셀이 까마귀 전대와 용병대를 이끌고 영지 수복 전투에 가세했다. 멀리 와이번 서식지에서 날아온 아슈레인도 한팔 거들었다.

특이하게도 아그리아 공작가에서는 더 이상 적극적으로 나서지 않았다. 영지전을 선포받은 영지에 기본적으로 허용된 전력만을 지원해 줄 뿐 예전만큼의 힘은 쓰지 않았다.

영주들도 이미 포기한 듯 농성전을 선택하지 않고 벌판에 병력을 운집시키거나 아니면 기사대전을 선택해 휘하 기사들을 가급적 보호하는 길을 선택했다. 덕분에 영지 수복 계획은 지극히 순탄하게 진행되어 갔다.

팔메르노 자작령을 수복하고 나서 보름도 되지 않아 라카일 남작령을 되찾았다. 무려 20년 가까이 몰락 귀족 생활을 했던 라카일 남작이 감개무량한 표정으로 가족들과 함께 영주성에 입성했다. 소문을 들은 영지민들이 만세를 부르며 예전 영주의 귀환을 반겼다. 평균적으로 따지면 보름마다 영지 하나씩을 되찾은 셈이다.

루카스 후작령은 그동안 무려 스물다섯 개의 영지를 아그리아 공작가에 빼앗겼다. 루드비히 아그리아가 렌테리아 마탑에서 출관한 후로 30년의 세월 동안 야금야금 영지를 넘겨주었던 것이다. 그러나 되찾는 것은 그야말로 순간이었다. 루카스 후작가는 리셀을 앞세워 불과 1년 반 만에 영지를 모조리 되찾았다. 찬란했던 과거의 성세를 회복하게 된 것이다.

이제 남은 것은 하나, 몰락의 시초가 되었던 켈렌드리스 광산만 되찾으면 복수전을 종결지을 수 있다. 그러나 지금 중요한 문제는 금광의 탈환이 아니었다. 그보다 우선적으로 변경백의 의무에 따라 서쪽 평원에서 몰려드는 오크 무리를 막는 임무를 수행해야 했던 것이다.

인근의 두 영지를 탈환함으로써 루카스 후작가에 다시금 변경백의 자격이 부여되었다. 서부 평원에서 몰려오는 오크의 대군을 막아내는 것은 이제 아그리아 공작가가 아닌 루카스 후작가에 넘겨진 책무였다.

그런데 평원에 도착한 병력이 본 것은 완전히 허물어져버린 웨스트가드 성벽이었다. 아그리아 공작가에서 수많은 인력을 동원해 성벽을 완전히 해체해버렸다. 성벽 재건 임무를 맡은 공병대 지휘관이 참담하게 얼굴을 일그러뜨렸다.

"젠장. 복구할 엄두가 나지 않는군."

그럴 것이 웨스트가드 성벽은 그야말로 철저하게 파괴되어 있었다. 함께 도착한 엘빈 역시 망연자실한 표정으로 성벽의 잔해를 쳐다보았다. 축성에 대한 지식이 없는 그가 보기에도 도로 쌓을 엄두를 내지 못할 정도였다. 쌓는 것은 어렵지만 허무는 것은 쉬웠다.

"더러운 놈들."

이를 부드득 갈았지만 어쩔 수가 없었다. 엘빈이 분노 가득한 얼굴로 지평선 너머를 쳐다보았다. 벌판 저편 아그리아 공작가의 관할 구역에 있는 성벽은 온전했다. 5미터 높이의 성벽에는 병사들이 빼곡히 배치되어 있었다.

모르긴 몰라도 날씨가 추워지면 몰려올 오크 침략자들은 튼튼한 성벽을 피해 남쪽으로 전력을 집중시킬 터였다. 그것들을 막아내려면 얼마나 많은 희생을 감수해야 할 것인가?

지금 상황에서 금광을 되찾는 것은 급한 일이 아니었다. 보유한 모든 병력을 동원해서 오크의 침략부터 해결해야 하는 것이다. 엘빈의 얼굴에 착잡함이 아로새겨졌다.

"그나마 진군이 빨랐기 때문에 시간을 좀 벌긴 했지만……."

리셀이 지휘하는 용병대의 빠른 진군으로 인해 여름이 오기 전에 영지를 모두 탈환할 수 있었다.

그동안 아그리아 공작가에서는 엄청난 희생을 치러가며 국경을 수호했다. 물밀 듯 밀려오는 오크 침략자들은 견고한 성벽을 피해 허물어진 남쪽으로 몰려들었다. 그것을 막아내기 위해 실로 많은 희생이 발생했다. 헤아릴 수 없는 기사와 병사, 용병들이 접전 과정에서 싸늘한 시체가 되었다. 그러나 보고를 받은 아그리아 공작은 도리어 너털웃음을 지었다고 한다.

"후후후. 생각대로 되었군. 아마 루카스 후작 측에서는 금광을 되찾을 생각조차 못 할 것이다. 끝도 없이 밀려드는 오크의 대군을 막으려면 말이다."

모처럼 추진한 계획이 맞아떨어졌기에 아그리아 공작의 얼굴에는 희색이 만연했다. 그러나 루카스 후작의 입장에서는 발등에 불이 떨어진 것이나 마찬가지였다.

"겨울까지 성벽을 복구하는 것은 제국의 모든 영지민들을 동원하더라도 불가능합니다. 그저 무너진 성벽의 잔해를 이용해 2미터 높이의 방벽을 쌓는 게 고작일 겁니다. 그것도 30퍼센트 정도나 가능할 것 같습니다."

엘빈은 맥이 탁 풀리는 것을 느꼈다. 오크 무리를 막아내려면 얼마나 많은 희생을 치러야 한단 말인가? 모르긴 몰라도 각 영지에서 기사와 정예병을 최대한 많이 차출하여 변경백으로서의 책무를 수행해야 할 터였다.

"골치 아프군. 한창 회복 단계에 있는 영지들로부터 인원과 물자를 징발하면 사정이 극히 어려워질 터인데."

그렇다고 해서 휘하 영지에 지원을 요청하지 않을 수는 없었다.

모두가 근심에 빠져 있는 가운데 리셀은 다른 생각을 하고 있었다.

"이곳의 지형은 아슈레인 녀석이 살고 있는 와이번 서식지와 비슷하군."

아닌 게 아니라 끝도 없이 펼쳐진 넓은 평원이라는 점에서 두 곳은 환경이 매우 흡사했다. 그나마 다른 부분이 있다면 와이번의 서식지에 간헐적으로 솟아 있는 돌기둥이 이곳엔 없다는 것뿐이었다. 대지의 색깔 역시 붉은빛을 띠고 있었고 초목은 거의 자라지 않았다. 물이 매우 귀했기 때문이었다.

그때 엘빈이 다가왔다.

"무슨 생각을 하고 있나? 리셀."

"친구 생각을 하고 있었습니다."

"친구? 드래곤 말인가?"

"그렇습니다. 친구 녀석이 사는 곳이 이곳의 환경과 흡사합니다."

순간 리셀의 얼굴에 묘한 빛이 일었다. 그가 급히 엘빈을 쳐다보았다.

"주군. 혹시 제국 동남부에 위치한 와이번 평원에 대해서 아십니까?"

엘빈이 의아한 표정으로 고개를 끄덕였다. 제국의 지리에 대해 공부하는 것은 귀족의 교육 과정에 포함되어 있는 사항이다.

"와이번 평원? 알고 있지. 저 너머에 서쪽 평원과 같이 무수한 몬스터 무리가 서식하고 있지. 그러나 길목을 막은 와이번 무리 때문에 좀처럼 넘어오지 못하고 있어. 덕분에 남동쪽 영지는 지극히 평화로운 편이네."

리셀의 이맛살이 지그시 모아졌다. 그렇다면 오크 무리의 침략을 막을 방도가 생길지도 모른다. 만약 이곳에 와이번 서식지가 생긴다면……. 리셀이 주군에게 독대를 요청했다.

"주군. 급히 상의 드려야 할 일이 있습니다. 자리를 옮겼으면 합니다만."

"그렇게 하지."

리셀은 막사에 들어가 주군과 대화를 나누기 시작했다.

"혹시 주군, 이런 대응 방식은 어떻습니까?"

"말해보게."

리셀이 조용히 심중의 생각을 털어놨다.

"주군께서도 아시다시피 아슈레인은 현재 와이번 무리의 우두머리로 있습니다. 꽤나 많은 와이번 무리를 거느리고 있지요."

엘빈이 묵묵히 고개를 끄덕였다. 그 사실은 오직 엘빈과 레이첼, 리셀을 비롯한 기사 몇 명만이 알고 있었다. 와이번의 등에 타고 허드슨 영지를 탈출했던 인원들만 아슈레인의 비밀을 목격했다. 그들 외에는 비밀이 일절 퍼져 나가지 않았다.

"혹시 아슈레인이 휘하의 무리를 이끌고 와서 이곳에 자리를 잡는다면 어떻겠습니까?"

그 말에 엘빈의 안색이 환히 밝아졌다. 리셀의 말대로 진행된다면 국경을 오크 무리로부터 방어하기가 한결 수월해질 것이다. 막강한 비행 몬스터인 와이번 무리를 오크 무리가 꺼려하지 않을 수 없었다. 그러나 변수는 무수하게 많았다. 우선 아슈레인이 제안을 받아들일지가 의문이었다.

이미 리셀은 아슈레인에게 몇 가지 부탁을 한 적이 있었다. 그것은 바로 아슈레인으로부터 와이번의 알을 몇 개 건네받아 와이번 라이더를 육성시키려는 계획이었다. 그러나 아슈레인은 그 제안을 일거에 거절했다.

"그럴 순 없다. 나는 와이번 무리를 거느리는 우두머리다. 그런데 어떻게 새끼나 알을 내어줄 수 있단 말이냐? 입장을 바꾸어 너 같으면 직접 낳은 자식을 내어줄 수 있을 것 같나?"

"그, 그건 비유가 다르잖아?"

"어쨌거나 용납할 수 없다. 그런 일은 내가 눈을 부릅뜨고 있는 한 받아들이지 않을 것이다."

아슈레인의 완강한 거부에 루카스 후작가는 결국 와이번 라이더 육성 계획을 백지화시켜야 했다. 그랬던 아슈레인이 쉽사리 무리를 이끌고 이곳에 새로 터전을 잡으려 할지 확신할 수 없었다.

게다가 이곳은 와이번 서식지와는 달리 와이번이 둥지를 지을 만한 돌기둥이 없었다. 엘빈이 생각했던 문제점을 차근차근 설명해 주었다.

"그런 이유로 조금 힘들 것 같네. 뭐 그렇게 된다면 우리로서야 너무도 좋은 일이겠지만 말일세."

"우선 아슈레인 녀석과 한번 대화해보겠습니다. 아직까지 진영에 머물러 있으니까 말입니다."

"알겠네. 다녀오도록 하게."

현재 아슈레인은 특급 대우를 받으며 용병대에 머물고 있었다. 실력 순으로 뽑힌 서른 명의 병사와 두 명의 기사가 항상 그의 주변을 철통같이 지켰다. 드래곤의 체격에 맞게 제작된 특제 막사가 제공되었을 정도였다.

지금 아슈레인은 병사들이 설치해놓은 차양 아래에서 느긋하게 낮잠을 즐기고 있었다. 리셀이 다가가자 그가 실눈을 떴다.

—무슨 일로 날 찾아왔느냐?

"긴급히 상의할 일이 있다. 그러니 인간의 모습으로 좀 변해 봐."

—그러지.

아슈레인은 두 말도 하지 않고 폴리모프를 했다. 물론 아슈레인이 선택한 모습은 이전과 변함이 없었다. 자신과 똑같은 모습을 보고도 리셀은 불평을 하지 않았다. 드래곤의 고집을 꺾는 것이 불가능하다는 사실을 받아들인 것이다. 그들은 아슈레인이 잠을 잘 때 쓰는 거대한 막사로 들어가 대화를 시작했다.

"그래, 무슨 일로 날 불렀지? 또 싸워야 할 일이 있나?"

리셀이 자신과 똑같은 얼굴을 한 아슈레인을 쳐다보며 말을 이어나갔다.

"와이번 서식지의 사정은 어떻지?"

"무슨 소리냐?"

"와이번들이 사는 데 애로가 없는지 물어보는 것이다. 식량 수급이 원활한 편이냐?"

아슈레인이 도대체 이 자식이 무슨 꿍꿍일까 하는 눈빛으로 리셀을 노려보았다.

"뭐 항상 어려운 편이다. 먹잇감이 한정되어 있어서 겨울만 되면 굶어죽는 새끼들이 많이 나온다."

아슈레인이 살고 있는 와이번 서식지는 아주 오래전부터 와이번들이 둥지를 틀어왔다. 동남부의 몬스터 평원에서 들어오는 몬스터를 막고 있기에 인간들은 어지간하면 와이번을 공격하지 않았다.

때문에 와이번들은 그곳에 안전하게 터를 잡고 오랫동안 살아갈 수 있었다. 그러나 문제는 역시 식량이었다. 물이 풍부하지 않기 때문에 와이번 서식지에는 초목이 잘 자라지 않는다. 따라서 초목을 먹고 사는 초식동물의 수가 많지 않았고 그것들을 잡아먹고 사는 육식동물의 수도 적었다.

때문에 와이번들은 꽤나 멀리 나가서 사냥감을 잡아와야 했다. 주로 동남쪽의 몬스터 평원까지 날아가서 먹이를 물고 오는 상황이었다.

그나마 봄에서 가을까지는 먹이를 구하는 것이 비교적 수월했다. 그러나 겨울이 되면 무수한 새끼들이 먹지 못해 굶어죽는 일을 겪어야 한다. 몬스터 평원의 짐승이나 몬스터들이 추위를 피해 남쪽으로 대거 이동하기 때문이다. 때문에 겨울이 되면 다 자란 와이번들도 며칠 동안 사냥을 하지 못해 굶는 일이 종종 발생한다.

"겨울을 넘기는 일이 항상 큰일이야. 새끼들 태반이 굶어 죽으니 말이야."

"흠. 우리에게 말하면 먹이를 제공해 줄 텐데."

순간 아슈레인이 사납게 눈을 부라렸다.

"흥! 그래놓고 새끼나 알을 달라고 하겠지? 미안하지만 그 일은 일족의 우두머리로서 용납하지 못해. 설사 굶겨 죽이는 한이 있어도 인간들에겐 넘겨주지 않는다."

콧방귀를 뀌는 아슈레인을 보며 리셀이 쓴웃음을 지었다.

"좋다. 그 문제는 더 이상 거론하지 않겠다. 그리고 다음 질문."

“또 뭐를 묻고 싶은 게냐?”

“와이번에게 오크는 어떤 몬스터이냐? 물론 먹잇감으로서 말이다.”

그 말을 듣자 아슈레인의 눈매가 가늘어졌다.

“더할 나위 없는 만찬이지. 특유의 노린내와 감칠맛으로 인해 와이번들이 최고로 선호하는 먹잇감이다. 하지만 구하기가 만만치 않아서 맛보기가 쉽지 않지. 오크를 구하려면 몬스터 평원 남쪽 깊숙이 들어가야 하기 때문이지.”

리셀의 눈빛이 빛났다.

“그렇다니 정말 잘되었군.”

그는 망설임 없이 가슴속에 품은 의중을 털어놓았다.

“혹시 일족들을 이끌고 서부 평원 쪽으로 이주할 생각 없어? 그렇게 하면 먹잇감 걱정은 하지 않아도 될 거야. 겨울이 되면 헤아릴 수 없는 오크 무리가 먹잇감을 찾아 동쪽으로 몰려드니까 말이야.”

“오크 무리가 이곳으로 몰려온단 말이냐?”

“그렇지. 오크 놈들도 먹을 게 없어 살기 위해 몰려드는 것이지. 이곳으로 이주한다면 아마 겨울에도 먹을 것이 풍족할 것이다. 먹이가 없어 새끼가 굶어죽는 꼴을 더 이상 보지 않아도 될 것이다.”

리셀은 상당히 오랫동안 설명을 해주었다. 그러나 아슈레인은 심드렁한 표정을 짓고 있었다.

"그렇게 좋은 조건인데도 지금껏 와이번 무리가 자리 잡지 않았다면 뭔가 문제가 있을 거야. 문제가 없다면 진작 자리 잡은 와이번 무리가 있었겠지."

"그러니까 문제점을 같이 찾아보자는 거야. 무엇 때문에 와이번 무리가 자리를 안 잡았는지 말이야. 말 꺼낸 김에 지금 한 번 가볼까?"

"뭐 문제 될 거야 없지. 그렇게 하자."

둘은 곧장 밖으로 나왔다. 아슈레인이 드래곤으로 폴리모프하는 틈을 타서 리셀이 주군에게 다가가 보고를 했다.

"아슈레인과 함께 평원을 한번 살펴보도록 하겠습니다."

"조심해서 다녀오도록."

보고를 마친 리셀이 목 뒤에 올라타자 아슈레인이 날아올랐다. 운집한 병사들이 부러운 눈빛으로 날아오르는 리셀을 쳐다보았다.

"나도 한 번 타봤으면."

드래곤의 등에 한 번 타볼 수 있다면 죽어도 여한이 없을 것 같았다.

제10장
와이번 무리
이주 대작전

아슈레인은 눈 깜짝할 사이에 평원을 가로질렀다. 그동안 리셀은 아슈레인의 등판에서 아래의 정경을 감상했다. 드넓은 평원의 분위기는 아슈레인이 이끄는 와이번 무리의 서식지와정말 흡사했다. 그러나 확실하게 다른 점이 있었다. 아슈레인이 그 점을 꼬집었다.

—왜 와이번 무리가 자리를 잡지 않았는지 이해되는군. 둥지로 삼을 만한 곳이 전혀 없어.

아슈레인의 설명에 의하면 와이번 무리의 둥지는 그 요건이 매우 까다롭다고 한다. 우선 와이번 서식지에서 본 것처럼 높디높은 돌기둥이 있어야 한다. 그래야만 새끼와 알을 안전하게 지킬 수 있는 것이다.

돌기둥이 없을 경우 와이번 무리는 가파른 돌산이나 절벽 꼭대기에 둥지를 튼다. 그런데 서부 평원에는 그럴 만한 곳이 전혀 없었다. 아슈레인은 평원 전역을 돌아보며 감평을 했다.

—아무리 살펴보아도 둥지로 삼을 만한 곳이 없어. 그래서 와이번 무리가 이곳에 자리를 잡지 않은 것 같아.

평원의 남쪽에 큼지막한 돌산 하나가 있긴 했다. 그러나 완만한 산의 형태를 띠고 있었기에 둥지로 삼기에는 부적합했다. 경사가 완만해서 짐승이나 몬스터가 어렵지 않게 올라가서 와이번 둥지에 있는 알이나 새끼를 물고 갈 수 있을 것 같았다. 어른 와이번들이 지킨다고 해도 한계가 있는 법이다. 리셀이 손을 뻗어 돌산을 가리켰다.

"저 정도 크기의 돌산이라면 어떨까?"

돌산의 형태를 면밀히 살핀 아슈레인이 느릿하게 고개를 가로저었다.

—부적합해. 꼭대기가 평평하지 않은데다 산마루 부분이 너무 완만해. 부하들은 아마도 이런 곳에 쉽사리 둥지를 틀려 하지 않을 거야.

리셀이 고개를 쭉 뻗어 평원을 둘러보았다. 까마득한 지평선에서부터 길게 성벽의 폐허가 늘어져 있었다. 엄청난 길이였다. 저 긴 성벽을 복구하려면 실로 오랜 세월이 걸릴 것이다.

리셀의 시선이 이번에는 돌산을 향했다. 평원의 남쪽에 붙은 돌산은 거대한 크기였다. 와이번 서식지의 돌기둥을 수십 개나 합친 만큼 컸다.

리셀의 눈빛이 빛났다.

'어쩌면 성벽을 복구하는 것보다 돌산을 다듬는 게 빠를 수도 있겠어.'

그러고 보니 가능할 것도 같았다. 인력을 투입한다면 돌산의 산마루 부분을 깎아내어 가파르게 만들 수 있다. 게다가 단단한 화강암 재질이라 잘라낸 돌을 영지로 운반해서 건축자재로 쓸 수도 있을 것 같았다. 질이 좋은 돌덩이를 골라 다른 영지에 가져다 파는 것 역시 생각해볼 만한 수단 중 하나이다.

꼭대기 부분을 평평하게 만드는 것도 그리 어렵지 않아 보였다. 우선 인부들을 투입해 꼭대기를 평평하게 고른 다음 아래의 산자락을 깎아내면 해결된다. 수십 킬로미터에 달하는 성벽을 복구하는 것보다 시간이 훨씬 단축될 것이 틀림없었다. 일단 아슈레인의 마음에 들 정도로 만들어만 놓으면 와이번 무리를 이주시키는 것은 그리 어렵지 않다.

아슈레인의 휘하에는 무려 육백 마리에 달하는 와이번 무리가 있다. 모자라는 수는 아슈레인이 근처 와이번 무리를 복속시켜 끌고 오면 된다.

와이번 무리가 성공적으로 이곳에 자리를 잡는다면 많은 것이 해결된다. 오크 무리는 쉽사리 와이번의 영역으로 들어오려 하지 않을 것이다. 들어와 봐야 족족 와이번 무리에게 물려가서 먹잇감이 되어버릴 테니까 말이다.

리셀의 시선이 지평선 너머로 향했다. 활동 반경이 넓은 와이번 무리를 피하려면 오크 무리는 북쪽 산마루에 착 달라붙어 이동해야 한다. 그러면 오크 무리가 공격할 만한 곳이 한정된다. 북쪽에 위치한 웨스트가드 성벽을 공격할 수밖에 없는 것이다. 그곳은 아그리아 공작가가 수비를 맡은 장소이다. 와이번 때문에 오크 무리는 남쪽으로 오는 것은 엄두도 내지 못할 것이다. 리셀의 입가에 미소가 번져갔다.

"아슈레인. 진영으로 돌아가자. 가서 주군과 공병대 지휘관을 데리고 와서 보여줘야 할 것 같다."

영문을 모르는 아슈레인은 진영 쪽으로 방향을 틀었다.

잠시 후 엘빈과 공병대 지휘관을 등에 태운 아슈레인이 다시금 돌산으로 접근했다. 돌산의 형태를 본 공병대 지휘관의 얼굴이 환히 밝아졌다. 이미 그들은 리셀의 설명을 모두 들은 상태였다.

"어떻습니까? 가능하겠습니까?"

공병대 지휘관이 망설임 없이 고개를 끄덕였다.

"충분히 가능합니다. 꼭대기 부분을 다지는 거야 사람만

많으면 금방 해결됩니다. 산자락을 깎아내는 것도 식은 죽 먹기입니다. 인원만 충원되면 충분히 겨울이 오기 전에 작업을 마무리할 수 있습니다."

리셀이 단단해 보이는 돌산을 보며 고개를 갸웃거렸다.

"산자락을 깎아내는 것이 만만치 않아 보이는데요? 산 전체가 단단한 암석이라."

공병대 지휘관이 걱정하지 말라는 듯 어깨를 으쓱였다.

"돌을 캐내는 것은 생각보다 간단합니다. 저는 한때 채석장 책임자로 일했었지요. 오히려 돌을 운반하는 것이 더욱 손이 많이 가는 일이지 깎아내는 것은 식은 죽 먹기입니다."

공병대 지휘관이 신이 나서 작업 요령을 설명했다.

"바위벽에 정으로 구멍을 뚫어 나무로 된 쐐기를 집어넣습니다. 그런 다음 물을 부으면 나무쐐기의 부피가 불어나지요. 조금 내버려두면 바로 암벽에 금이 가며 떨어져 나옵니다. 그것을 운반하기만 하면 됩니다."

돌산을 쳐다본 지휘관이 한 마디 말을 덧붙였다.

"정말 질이 좋은 화강암이로군요. 성이나 건물을 건설하는 데 최고의 건축 자재입니다. 저 정도면 매우 비싼 값에 팔 수 있습니다."

"잘되었군요."

미소를 지은 리셀의 시선이 엘빈에게로 향했다. 좋은 생각이라는 듯 미소를 짓고 있던 엘빈이 고개를 끄덕였다. 전적으로 리셀이 알아서 하라는 뜻이었다. 리셀이 즉각 아슈레인에게 말을 걸었다.

"좋다. 네가 말한 대로 꼭대기 부분을 평평하게 고른 다음 산자락을 깎아내어 가파르게 만들어주겠다. 그렇게 하면 무리를 데리고 이곳으로 이주해 올 수 있겠느냐?"

그 말에 돌산을 한 번 더 쳐다본 아슈레인이 대답해주었다.

─그렇게 할 수 있긴 하다. 그런데 과연 가능하겠느냐? 쉬운 일이 아닐 텐데…….

"물론이지. 인간의 저력을 얕보지 말라고……. 겨울 안으로 와이번 무리의 구미에 맞는 보금자리를 만들어 주겠다. 그러니 너는 무리를 데리고 이주해 오는 데에만 신경 써라."

─그렇게 하마.

잃어버렸던 영토를 거의 되찾은 루카스 후작령에서 실로 어마어마한 대공사가 시행되었다. 인부들의 대열이 꼬리에 꼬리를 물고 웨스트가드 성벽이 있던 서부 평원으로 향했다. 이번 공사를 위해 거의 모든 영지에 협조 요청서가 하달되었다.

리셀과 까마귀 전대의 대활약에 의해 후작령에 머물던 몰락 귀족들은 대부분 영지를 되찾을 수 있게 되었다.

꿈에도 그리던 영주성에 돌아가긴 했지만 영지의 사정은 그리 좋지 않았다. 물론 그렇지 않은 경우도 있었지만 대다수의 아그리아 공작가 계열 영주들은 영지민들을 쥐어짜서 세금을 거뒀다. 아그리아 공작가에 높은 세금을 바치고 뇌물로 축난 재산을 복구하기 위해 그들은 영지를 점령하고 나면 세율부터 올렸다. 당연하게도 영지의 사정은 좋지 못했다.

영주들이 영지를 복구하기 위해 노력을 거듭했지만 단시일 내에 효과를 보기는 힘들었다. 그런 상황에서 루카스 후작가의 협조 요청서가 하달되었다. 여러모로 어려운 상황이었지만 영주들은 사정이 닿는 한 지원을 해주었다.

루카스 후작의 요청은 대부분 인력 지원이었다. 영주들은 영지 내의 건장한 사내들을 대거 차출하여 웨스트가드 성벽으로 보냈다. 인부들이 목적지까지 오고 가는 데 필요한 식량과 물자를 부담하려면 실로 엄청난 비용이 들었지만 영주들은 하나도 아까워하지 않았다.

그럴 것이 영주들이 영지를 되찾는 데에는 현 루카스 후작인 엘빈 루카스의 조력이 절대적이었다. 해서 영주들은 가족들의 생활비까지 아껴가며 비용을 마련해 인부들을 지원해 주었다.

그로 인해 인부들의 긴 대열이 서부 평원으로 향했다. 첩

자를 통해 그 소식을 들은 아그리아 공작이 비릿한 미소를
지었다.

"흥! 웨스트가드 성벽을 복구하려는가 본데 어림도 없지.
아마 5대가 지나서도 복구하지 못할 것이다."

웨스트가드의 허물어진 성벽 근처에는 헤아릴 수 없는 사
람들이 모여 웅성거리고 있었다. 루카스 후작령 전역의 영
지에서 모여든 인부들이었다. 그들 대부분은 처참하게 허물
어진 성벽을 보며 넋을 놓고 있었다.

"저걸 어떻게 다시 쌓아?"

"겨울이 오기 전까지 복구하는 것은 때려죽여도 불가능
해."

저 기나긴 성벽을 복구하려면 아마 늙어 죽을 때까지 일
을 해도 불가능할 것이다.

그러나 이곳에 배치된 병사들은 그들을 성벽 복구 작업에
투입하지 않았다. 그들은 병사들의 인도하에 서부 평원 안
쪽에 있는 돌산으로 이동했다. 야트막한 산마루를 통해 산
정상으로 올라간 인부들에게는 꼭대기를 평평하게 고르는
작업이 지시되었다. 이미 먼저 온 인부들이 잔도를 건설해
둔 상태였기에 오르내리는 데에는 큰 문제가 없었다.

"무슨 일이지?"

"도대체 왜 산의 꼭대기를 깎아내려는 거지?"

그러나 상부에서 내려온 지시 사항이었기에 인부들은 두

말도 없이 작업에 착수했다. 곡괭이로 튀어나온 부분을 깎아내고 큰 바위는 캐어내서 산 아래로 굴려버리는 식으로 굴곡이 있던 꼭대기 부분을 말끔하게 정리했다. 노역에 투입할 인부는 충분했다. 해서 그들은 밤에도 횃불을 대낮처럼 밝혀놓고 3교대로 끊임없이 작업을 했다. 그렇게 한 달을 작업하자 마침내 돌산의 꼭대기 부분을 평평하게 고를 수 있게 되었다.

사방으로 수 킬로미터에 이르는 평평한 공터가 완성되자 공병대 지휘관은 인부들을 모두 산 아래로 내려보냈다. 그동안 간헐적으로 출몰하는 오크 무리는 배치된 병사들이 막아냈다.

산마루를 깎는 작업 역시 순탄하게 진행되었다. 공병대 지휘관이 말한 대로 석벽에 가지런히 구멍을 파고 나무쐐기를 박아 넣은 뒤 물을 붓자 부피가 늘어난 쐐기의 팽창력으로 인해 화강암이 네모 반듯하게 떨어져 나왔다.

그러자 기다리고 있던 인부들이 달려들어 나무 활대를 이용해 돌을 옮겼다. 아스트리아 마탑에서 지원받은 마법사들이 돌에 경량화 마법을 걸어주었기에 작업이 한결 순탄하게 진행되었다. 나중에는 아슈레인마저 그 일을 도와주어야 했다. 자신과 부하 와이번들이 와서 살 곳이니 한 손 거들지 않을 도리가 없다.

경량화 마법이 걸린 네모 반듯한 돌을 옮기며 인부들이
수군거렸다.

"이 돌로 성벽을 쌓으려는 것인가?"

"그러기엔 돌이 너무 큰데?"

그러나 인부들은 두 말도 없이 작업에 몰두했다. 물론 인
부들 중에는 아그리아 공작가에서 파견한 첩자도 적지 않게
섞여 있었다. 그들의 보고를 받은 아그리아 공작이 고개를
갸웃거렸다.

"이상하군. 성벽을 쌓을 생각을 하지 않고 돌산부터 깎아
내다니 이해가 안 돼. 부서진 성벽의 잔해가 있으니 석재는
충분할 텐데?"

물론 아그리아 공작이 공사의 목적을 짐작하는 것은 불가
능에 가까웠다. 때문에 그는 간단하게 결론을 내렸다.

"돌산을 이용해서 요새를 지으려나 보군. 요새 위에서 화
살로 공격할 생각인가? 멍청한 생각이지. 어쨌거나 상관없
어. 겨울이 오면 루카스 후작가는 오크 무리의 침공으로 큰
타격을 받을 수밖에 없을 테니까."

공사는 지극히 순탄하게 진행되어갔다. 거대한 돌산을 둘
러가며 산마루를 깎는 작업이라 그리 어렵지도 않았다.

그동안 무수히 많은 인부들이 이곳을 거쳐 갔다. 대략 3
개월 주기로 와서 노역을 하다가 다른 인부들이 도착하면
돌아가는 것이다. 그들을 먹이고 입히는 데에도 엄청난 비

용이 발생했다. 고된 일을 하기 때문에 항상 든든히 먹여야
한다. 그리고 간헐적으로 넘어오는 오크 무리는 병력을 동
원해 처치해야 한다.

그러나 엘빈은 눈썹 하나 까딱하지 않고 모든 지출을 승
인해 주었다. 오히려 사정이 어려워 인부를 보내지 못하는
영지에 자금까지 지원해 줄 정도였다. 그야말로 영지의 모
든 역량을 모두 이곳에다 쏟아 붓는 것이다.

그렇게 해서 돌산은 와이번 무리의 새로운 둥지로 서서히
변모해갔다. 와이번 서식지에서 보던 돌기둥 모양은 아니었
지만 산자락을 완전히 깎아내어 높이 30미터 정도까지는
가파른 절벽이 되어 있었다.

사다리에 올라탄 인부들이 정을 이용해 매끄럽게 다듬었
기에 원숭이조차도 올라갈 엄두를 내지 못할 터였다. 그 윗
부분은 산자락만큼 완만하지 않고 급경사를 이루고 있어서
굳이 깎아낼 필요가 없었다.

그렇게 해서 루카스 후작령의 운명을 가름할 와이번의 둥
지가 마침내 완성이 되었다. 공사 기간은 봄에서부터 늦가
을까지였고 동원된 인원은 무려 십 수만을 헤아렸다. 소요
된 비용은 천문학적이었다. 루카스 후작가는 돌산을 다듬기
위해 실로 엄청난 재정을 소모해야 했다.

어쨌거나 겨울이 오기 전에 공사가 무사히 마무리되었다.
판이하게 모양이 변한 돌산을 본 아슈레인이 고개를 끄덕였

다.

 —흠. 괜찮군. 이 정도라면 와이번 무리가 무난히 와서 살 수 있겠어. 족히 천 마리까진 수용할 것 같군. 네가 말한 대로 먹잇감만 풍족하다면 말이야.

 리셀이 싱긋 웃으며 고개를 끄덕였다.

 "아마 풍족할 거야. 와이번 서식지에서 몬스터 평원으로 나가는 것보다 여기에서 서부 평원으로 가는 거리가 월등히 짧으니 말이야. 겨울에는 굳이 서부 평원까지 나가지 않아도 될 테지. 헤아릴 수 없는 오크 무리가 몰려드는 것은 확실하다."

 아슈레인이 묵묵히 고개를 끄덕였다.

 —알겠다. 그럼 둥지로 돌아가서 무리를 인솔해 오도록 하마. 네 말이 사실이라면 다른 와이번 무리도 몇 굴복시켜서 데리고 오겠다.

 "부탁할게. 많으면 많을수록 좋으니 말이야."

 —그렇게 하지.

 "돌아갈 때에는 사람들의 눈에 띄지 않게 와이번으로 변하도록. 혹시라도 네가 와이번 무리의 우두머리로 살고 있다는 사실이 드러나면 아그리아 공작가에서 가만히 있지 않을 테니 말이야. 뭐 너무 걱정하지는 마. 이곳이라면 우리 병력의 주둔지가 훨씬 가까우니 무난히 지켜 줄 수 있을 거야."

—걱정하지 마라.

아슈레인은 즉각 날개를 펴고 날아올랐다. 이곳에서 사흘 거리에 있는 와이번 서식지까지 가려면 부지런히 날갯짓을 해야 할 터였다.

서남쪽으로 날아가는 아슈레인은 마음이 급했다. 지금쯤 이면 몬스터 평원의 짐승과 몬스터들이 남쪽으로 이주를 시작할 시기이다. 먹이를 구하기 어려운 시기이기 때문에 한 시라도 빨리 와이번 무리에게 여행 준비를 시켜야 한다. 사흘 동안 비행하려면 든든히 먹여야 하기 때문이다. 그러려면 가급적 서둘러야만 했다.

쐐애애액.

아슈레인의 금빛 찬란한 동체가 돌연 구름 속으로 사라졌다. 잠시 후 구름을 뚫고 나온 것은 골드 드래곤이 아니었다. 칙칙한 회색 동체를 가진 거대한 와이번이 날개를 활짝 펴고 빠른 속도로 활강을 시작했다. 구름을 이용해 폴리모프를 한 아슈레인이었다.

아슈레인이 돌아가는 데에는 꼬박 사흘이 걸렸다. 건장한 수컷 와이번의 비행 속도를 기준으로 한 것이니 새끼나 암컷 와이번들은 그보다 오래 걸린다는 결론이 나온다. 때문에 아슈레인은 와이번 서식지에 도착하자마자 비축 식량부터 점검했다.

끼애애액.

부하 와이번들이 몰려들어 우두머리의 귀환을 반겼지만 아슈레인은 눈길조차 주지 않았다. 둥지의 구석에 있는 구덩이를 본 아슈레인의 표정이 어두워졌다.

—비축 식량이 거의 남아 있지 않아. 힘이 센 수컷들이 먹었나 보군.

아슈레인이 와이번 무리의 우두머리가 된 이후 가장 먼저 한 것은 바로 비축 식량을 저장하는 일이다.

봄에서 가을까지는 사냥감이 비교적 풍족한 편이다. 그때 남아도는 사냥감을 저장해두면 겨울철에 새끼들이 죽어나가는 꼴을 보지 않아도 된다. 보존 마법을 걸어두었으니 상할 염려는 없었다.

물론 비축 식량이 있으면 약한 녀석들이 사냥을 나갈 리가 없었기에 힘 좋은 수컷 와이번 몇 마리를 차출해서 항상 식량 창고를 지키게 했다. 때문에 지금까지 구덩이의 비축 식량은 거의 손실이 없었다.

그런데 아슈레인이 자리를 비운 얼마 안 되는 시간 동안 비축 식량의 태반이 사라져버렸다. 다시 말해 지키는 수컷보다 강한 녀석들이 먹어치웠거나 아니면 지키라고 명령받은 녀석들이 주둥이를 들이민 게 분명했다.

이 사건을 통해 유추할 수 있는 건 상황이 생각보다 심각하다는 점이다. 수컷들이 비축 식량에까지 눈독 들인 것은 먹이 수급이 원활하지 않기 때문이리라. 이는 곧 힘이 좋아 더 빨리, 그리고 멀리까지 날 수 있는 수컷들조차 사냥에 실패했다는 말이 된다. 게다가 날씨가 추워질수록 먹잇감 수급은 점점 어려워질 것이다. 아슈레인의 눈에 근심이 어렸다.

—리셀의 말대로 겨울철에 오크 무리가 대거 넘어오는 것이 사실이어야 할 텐데…….

아슈레인은 우선 암컷들과 새끼들을 불러 모았다. 남은 비축 식량을 모조리 암컷과 새끼들에게 먹여 체력을 비축해 두어야 오랜 비행을 견딜 수 있다.

캬아아악.

느닷없는 만찬에 암컷과 새끼들이 기뻐하며 비축 식량을 게걸스럽게 집어삼켰다. 보존 마법이 걸린 몬스터나 짐승의 시체가 와이번의 뱃속으로 사라지는 데에는 그리 오랜 시간이 걸리지 않았다.

그동안 수컷들은 눈알만 굴리며 그 광경을 지켜보아야 했다. 우두머리인 아슈레인이 버티고 서 있었기에 감히 달려들 엄두를 내지 못했다. 몇 놈이 눈치를 살피며 슬그머니 끼어들려고 했지만 우두머리의 경고성에 그 자리에 얼어붙고 말았다.

암컷과 새끼들이 배불리 먹고 나자 아슈레인은 망설임 없이 날개를 펴서 날아올랐다. 남은 찌꺼기들을 향해 수컷들이 달려들었지만 신경 쓰지 않았다. 우선은 근처의 소규모 와이번 무리를 몇 복속시켜 리셀이 요구한 머릿수를 채워야 한다.

와이번 무리 정벌은 정말로 손쉬웠다. 거둬들이면 신경 써서 돌봐주어야 했기 때문에 그동안 가만 놔뒀을 뿐이었다.

아슈레인이 강한 수컷 십여 마리를 데리고 둥지에 내려앉자 소규모 와이번 무리는 겁에 질려 부들부들 떨었다. 지금껏 무리를 이끌던 우두머리 수컷 와이번은 저항 한번 못해 보고 배를 바닥에 깔며 복종 자세를 취했다.

평소였다면 본보기로 우두머리를 물어 죽인 다음 나머지를 거둬들였겠지단 아슈레인은 그렇게 하지 않았다.

—나를 따르겠다면 살려주마.

텔레파시로 의사를 전달하자 수컷 와이번이 즉각 복종을 맹세했다. 본능에 따라 행동하는 와이번이 막강한 존재감을 내뿜는 드래곤의 명에 거역할 수는 없었다.

그렇게 해서 아슈레인은 도합 네 개의 소규모 와이번 무리를 휘하에 거둬들였다. 이제는 먼 곳으로 이주를 해야 할 때였다. 아슈레인이 고개를 돌려 와이번 서식지를 둘러보았다.

—그나마 정이 든 곳인데 말이야.

이곳에서 가장 세력이 강한 아슈레인의 무리가 떠나고 나면 구석으로 밀려나 있던 다른 와이번가 슬금슬금 다가와 둥지를 차지할 것이다. 최고위 포식자인 와이번의 수가 대거 줄어든 만큼 먹잇감은 충분할 것이므로 남겨진 와이번 무리는 별다른 걱정 없이 겨울을 날 수 있을 것이다. 몇 년이 지나면 수도 충분히 불어날 터였다.

아슈레인은 긴 여행을 앞두고 무리를 둘로 나눴다. 새로 거둬들인 와이번들과 암컷, 새끼들을 포함한 무려 육백 마리에 달하는 대무리가 구성되었다. 남은 녀석들은 주로 다 자란 수컷들로 대략 사백여 마리 정도 되었다. 한 번에 모두 이동하기가 힘드니 의도적으로 나눈 것이다. 남겨진 수컷 무리는 당분간 둥지를 지키며 먼 곳으로 여행하기 위한 체력을 비축할 것이다.

알이나 너무 어려 날지 못하는 새끼들은 첫 번째 무리에 포함된 수컷에게 맡겼다. 우두머리의 명령이니만큼 수컷 와이번들은 철저히 명령에 따를 것이다.

—이주를 시작한다. 모두 날아올라라.

아슈레인의 명령이 내려지자 모든 와이번들이 순차적으로 날개를 펴고 날아올랐다. 이제 와이번들은 북서쪽으로 사흘거리에 있는 머나먼 새 보금자리로 이주해야 한다. 과정이 결코 만만치 않을 터였기에 아슈레인의 눈에는 긴장감이 아로새겨져 있었다.

비행 첫날은 그래도 순탄하게 진행되었다. 이주하기 전에 암컷과 새끼들이 배를 두둑이 채웠기에 별로 힘들어하지 않고 비행에 몰두했다. 워낙 높이 날았기에 와이번 무리의 편대 비행은 사람들의 눈에 잘 띄지도 않았다.

와이번들은 구름 위쪽의 비교적 공기 밀도가 희박한 곳을 골라 비행했다. 사냥을 할 경우에나 저공비행을 하지, 먼 거리를 이동할 때에는 가급적 높은 곳을 날아야 체력 소모가 적었다. 밀도가 낮아서 공기 저항이 줄어들기 때문이다.

그에 따라 와이번 무리는 잠도 자지 않고 비행에 열중했다. 그러나 두 번째 날이 되자 문제점이 발생했다. 체력이 약한 새끼들이 한두 마리씩 뒤처지기 시작한 것이다.

후미를 맡은 수컷들이 주둥이를 쫙 벌리며 위협했지만 새끼들은 좀처럼 무리의 비행 속도를 따라잡지 못했다. 조금 더 날자 암컷들도 지친 기색이 역력했다. 체력이 거의 소진된 모양이었다. 그 모습에 아슈레인은 맥이 탁 풀리는 것을 느꼈다.

—아무래도 좀 쉬었다 가야겠군. 배를 채우진 못하겠지만 말이야.

이 많은 와이번 무리의 배를 채울만한 먹잇감을 구하는 것은 사실 불가능한 일이다. 꼼짝없이 굶으며 새 보금자리로 날아가는 수밖에 없었다.

　바로 그때 신호가 날아들었다. 아슈레인이 재빨리 통신용 수정구를 꺼내 들었다. 원활한 통신을 위해 아슈레인은 항상 수정구를 소지하고 있었다. 수정구에 리셀의 얼굴이 비쳤다.

　―잘 오고 있나?

　아슈레인이 살짝 얼굴을 찡그렸다.

　―좀 쉬었다 가야 할 것 같다. 새끼들이 많이 지쳤어.

　―부하들이 배가 많이 고프겠군.

　―두 말하면 잔소리겠지? 꼬박 하루를 굶었다. 수컷들이야 그나마 버티지만 암컷들은 힘들어하는 티가 역력해.

　이어진 리셀의 말에 아슈레인의 눈동자가 커졌다.

　―먹을 것을 좀 준비해두었다. 혹시 예전에 나와 주군을 구해서 날아간 그 목장 기억하나? 그곳까지 가려면 얼마나 걸릴 것 같나?

　아슈레인이 급히 아래를 내려다보았다. 마법까지 사용해서 좌표를 확인해보니 그곳은 현재 와이번 무리가 있는 곳에서 한 시간 정도 떨어진 곳에 있었다.

　―우리가 있는 곳에서 그리 멀지 않다. 한 시간 정도 날면 도착할 수 있을 것이다.

　―그곳의 영주님께 마법 통신을 해서 목장에다 소와 돼지를 풀어두라고 지시해 두었다. 시간이 없어서 도축하진 못

했겠지만 먹는 데에는 문제없을 것이다. 가축 값은 주군께서 지불해주실 테니 가서 부하들의 배를 조금이라도 채우도록 해라.

아슈레인의 입가에 미소가 번져갔다.

―고맙다. 큰 도움이 되었어.

―고마울 것까지야. 다 우리 좋자고 하는 일인데……. 비행 조심하도록.

과거 몰락했던 루카스 후작가가 자리 잡고 있던 영지는 이제 하이델 자작령으로 이름이 바뀌어 있었다. 그런데 영주가 된 하이델 자작이 며칠 전부터 바쁘게 움직이기 시작했다. 영지 내부는 물론 인근 영지에 사람을 보내 가축을 대거 사들이기 시작한 것이다.

연락을 받은 주변 영주들이 전폭적으로 협조해주었다. 그로 인해 수많은 소와 돼지들이 목동들의 손에 이끌려 하이델 영지로 몰려들었다.

영주성의 남쪽에 있는 야트막한 야산에 자리한 드넓은 목장. 그곳에는 수를 헤아릴 수 없는 소와 돼지들이 몰려들어 목장을 가득 메우고 있었다. 가축들이 워낙 많았기에 목동들이 입을 딱 벌렸다.

"세, 세상에……. 이 많은 가축들을 어떻게 보살핀단 말인가?"

"준비해 둔 건초가 벌써 동났습니다. 돼지도 먹일 사료가 없습니다."

그러나 파견된 기사들은 심드렁하게 손을 내저을 뿐이었다.

"신경 쓰지 마라. 금방 해결될 것이다."

바로 그때 외마디 음성이 울려 퍼졌다.

"옵니다. 하늘을 새카맣게 뒤덮고 있습니다."

그 말을 듣자 기사가 급히 명령을 내렸다.

"모든 목동들은 지금 즉시 초막과 외양간으로 들어가라. 서둘러야 한다."

결국 목동들은 영문도 모른 채 초막 안으로 들어가야 했다. 기사들은 배치된 병사들까지도 모조리 초막 안으로 들여보냈다. 초막 안의 공간이 모자라자 외양간으로도 밀어넣었다. 기사들 역시 외양간 안으로 들어가서 문을 닫았다. 잠시 후 목장은 소와 돼지의 울음소리로 요란해졌다.

음메에에.

그 소리에 목동들의 안색이 파리하게 변했다.

"뭐, 뭐지?"

문틈으로 바깥쪽을 내다보려는 목동도 있었다. 그러나 기사들이 제지했기에 그들은 뜻을 이루지 못했다. 가축들의 비명 소리는 오래지 않아 잦아들었다. 그리고 뭔가를 쩝쩝거리며 먹는 소리와 뼈 으스러지는 소리가 한참 동안 흘러

들어왔다. 몇몇 목동이 몸을 파르르 떨었다.

"아, 악마가 온 건가?"

10분 정도 지나자 날갯짓 소리가 요란하게 울려 퍼졌다. 소리가 멀어지는 것을 보니 이곳을 떠나는 것 같았다. 문틈을 통해 바깥쪽을 내다본 기사가 고개를 끄덕였다.

"이제 나가도 된다."

밖으로 나온 목동들이 입을 딱 벌렸다. 드넓은 목장을 가득 메우고 있던 가축들이 흔적도 없이 사라진 것이다. 남은 것이라곤 바닥에 흥건한 핏자국과 굵은 뼈뿐이었다. 심지어 가죽이랑 심줄도 남아 있지 않았다. 목동들이 어안이 벙벙한 표정으로 불행한 가축들이 남긴 잔해를 쓸어보았다.

"도, 도대체 뭐가 습격한 거야?"

그러나 목동들은 가축들을 먹어치운 몬스터가 와이번일 거라곤 생각하지 못했다.

루카스 후작가에서 제공한 먹이를 먹어치운 다음 아슈레인은 무리를 이끌고 다시금 날아올랐다. 배를 채운 탓인지 암컷과 새끼들은 힘을 내어 날갯짓을 했다. 식곤증 때문에 꾸벅꾸벅 졸며 나는 녀석들도 있었지만 수컷들이 으르렁거리며 깨웠다.

—배를 채웠으니 목적지로 곧장 간다. 가면 풍성한 먹잇감이 기다리고 있을 것이다.

우두머리의 인도에 따라 와이번 무리는 북서쪽을 향해 날아갔다.

계속해서 부하들을 독려한 끝에 아슈레인은 마침내 무리를 목적했던 곳까지 이끌 수 있었다. 저 아래 지평선 부근에 깎아지른 듯 거대한 돌산이 보였다.

지난봄에서 가을까지 루카스 후작가가 영지의 모든 역량을 투입해서 만들어낸 와이번의 서식지였다. 이미 병사들과 인부들은 모두 철수한 뒤였다. 폐허가 된 웨스트가드 성벽 근처에도 병사들이 일절 배치되어 있지 않았다. 와이번의 비행 반경을 감안해 병력을 뒤로 멀찌감치 물린 것이다. 운이 나쁘면 와이번의 먹잇감이 될 수도 있었다.

루카스 후작가의 인부들은 웨스트가드 성벽에서 후방으로 10킬로미터 정도 떨어진 세 개의 요새 주변에 성벽을 쌓고 있었다. 돌산에서 채취한 석재가 풍부했기에 비교적 순탄하게 작업이 진행되고 있었다. 무너진 웨스트가드 성벽을 지나친 아슈레인이 무리에 의사를 전달했다.

―거의 다 왔다. 저곳이 우리의 새로운 보금자리이다.

목적지가 얼마 남지 않았음을 인지한 와이번들이 안간힘을 써서 날개를 휘저었다.

쐐애애액 쿠웅.

아슈레인의 육중한 다리가 바닥에 사뿐히 착지했다. 그 뒤를 이어 헤아릴 수 없는 수의 와이번 무리가 하나둘씩 날개를 접으며 착륙을 시도했다. 잘 정돈된 돌산의 꼭대기가 워낙 넓었기에 와이번 무리가 모두 내려앉아도 공간이 넉넉했다. 지금 도착한 수보다 족히 두 배 이상의 와이번들을 수용할 수 있을 것 같았다.

와이번들은 새로운 보금자리를 돌아다니며 환경을 살피기 시작했다. 둥지로 삼기에 적합한지를 조사하는 것이다. 날개를 펴고 날아 내려가 돌산 아랫부분을 관찰하는 녀석도 있었다. 다행히 공사는 성공리에 끝난 모양이었다. 대부분의 와이번이 둥지의 환경에 만족 의사를 밝혔다.

키에에엑.

암컷들은 즉각 둥지를 틀기 시작했다. 부지런히 날아다니며 나뭇가지 등을 물어다 둥지를 만드는 것이다. 거기에 먹고 남은 사냥감의 늑골이나 뼈 등을 더하면 훌륭한 와이번 둥지가 완성될 터였다.

그동안 수컷 와이번들이 주변을 돌아다니며 사냥감을 물색했다. 하이델 영지의 목장에서 만찬을 벌였지만 이곳까지 날아오는 동안 모두 소화된 상태였다. 굶주린 새끼와 암컷을 먹이려면 반드시 사냥을 해야 했다. 때문에 수컷 와이번들은 시뻘건 눈을 빛내며 사냥감을 찾고 있었다.

서쪽 평원으로 통하는 길로 수많은 그림자가 이동하고 있었다. 멀리서 보면 인간과 비슷해 보였지만 가까이 다가가자 판이하게 다른 생김새가 드러났다. 털이 숭숭 나 있는 녹색 피부에 얼굴은 돼지의 생김새와 흡사했는데 저마다 입술 사이로 날카로운 어금니가 삐져나와 있었다. 그들은 바로 유사종족 중 하나인 오크였다. 수를 헤아릴 수 없는 오크 무리가 무리를 지어 이동하고 있는 것이다.

뛰어난 번식력과 군집 생활을 특징으로 하는 오크는 인간에게 상당히 위협적인 몬스터이다. 주로 깊은 산에 모여 살며 여행자나 상인들을 습격하기로 악명이 높았다. 붙잡은 장인들을 부려서 무기나 갑옷을 제작시킬 정도로 지능도 높은 편이었다.

그러나 아스트리아 제국이 건국된 이후 제국의 영토 내부에 존재하던 오크들은 씨가 말라 버렸다. 영주들이 기사와 영지병들을 동원해 조직적으로 토벌했으며 힘에 부칠 경우 중앙에 지원을 요청했다. 그럴 경우 황실에서는 대대적으로 지원군을 보내주었다. 상인들을 보호해 상업을 장려하려면 안전한 교통로를 확보해야 했기에 그야말로 철저히 오크를 토벌한 것이다.

그로 인해 제국 내부에서는 더 이상 오크를 찾아보기 힘들게 되었다. 살아남은 얼마 안 되는 오크들은 꽁지가 빠지게 서쪽 평원으로 도주했다. 그곳은 아직까지 몬스터의 천국이었다.

아스트리아 제국은 구태여 서쪽 평원의 오크를 토벌할 생각을 하지 않았다. 그저 서쪽 국경에 아그리아와 루카스 두 변경백 가문을 임명하여 오크 무리에 대한 대비책을 마련했을 뿐이었다. 두 변경백들에게 내려진 임무는 오크 무리가 제국 내부로 들어오는 걸 철두철미하게 막는 것이다.

겨울이 되면 몬스터의 천국이라 불리는 서쪽 평원도 식량이 부족해진다. 따라서 수많은 오크 무리가 약탈을 위해 동진을 시작했다. 지금 이동하는 오크 무리가 바로 그런 경우였다.

이동하는 오크 무리의 모습은 과거 제국의 영토에서 활약하는 오크 산적들과는 판이하게 달랐다.

오크들은 하나같이 짐승의 두개골로 만든 투구를 덮어쓰고 있었고 상체에는 뼈를 엮어 만든 갑옷을 입고 있었다. 들고 있는 무기도 돌도끼와 뼈를 날카롭게 갈아 만든 골창이었다.

포로로 붙잡은 장인들이 만들어낸 금속제 무기와 갑옷으로 무장한 오크 산적들과는 달리 상당히 원시적인 모습이다. 그러나 웨스트가드 성벽에 도착해서 전투를 치르게 되면 금속제 갑옷과 무기를 노획해서 무장하는 오크들이 하나둘 생겨날 것이다.

지금 이동하는 오크들은 대부분 서쪽 평원 최외곽에 터를 잡고 있던 부족이었다. 초겨울이 되면 먹잇감의 수가 기하급수적으로 줄어들게 되고 중앙의 요지를 차지하고 있던, 가장 세력이 강한 오크 부족은 사냥감을 찾기 위해 사냥터를 넓힌다.

하필이면 그들의 이동 경로에 위치한 부족에게는 두 가지 선택지가 주어진다. 중앙에서 밀고 나온 강력한 오크 부족과 싸우거나 아니면 외곽으로 밀려 나가는 것이다. 물론 대부분의 오크 부족은 두 번째 방법을 택한다. 중앙에서 밀고 나오는 부족보다는 외곽에 있는 오크 부족이 월등히 약하기 때문이다.

그런 악순환이 계속 거듭됨에 따라 가장 외곽의 오크 부족은 어쩔 수 없이 인간들의 영역을 침범할 수밖에 없었다. 그대로 있으면 굶어죽을 판이라 이판사판이라는 심정으로 밀고 들어오는 것이다.

오크들은 인간의 영역까지 오는 과정에서 무수히 죽어나간다. 긴 행군에 지쳐서 탈진한 오크의 육신은 동료들의 배를 채워주는 식량이 된다. 그렇게 죽은 동족들의 살을 씹어가며 행군을 마친 오크들이 인간들과의 전투에 투입되는 것이다. 그것이 바로 웨스트가드 성벽으로 밀고 들어오는 오크들의 실체였다.

그래도 아직까지는 초겨울이라 행군하는 오크 무리가 그리 많지 않았다. 그러나 날씨가 추워지면 더욱 많은 오크들이 웨스트가드 성벽으로 밀려들 것이다.

지금 이동하는 오크 무리는 대략 이백 마리 정도로 비교적 작은 규모였다. 우두머리로 짐작되는 녀석은 금속제 투구와 강철 도끼를 들고 있었다. 시뻘겋게 녹이 슬어 있는 것을 보니 작년에 웨스트가드 전투에서 노획한 모양이었다. 멀리 웨스트가드 요새가 보이자 우두머리가 괴성을 내질렀다.

"꾸에에엑."

그러자 오크 무리가 행군을 멈췄다. 제아무리 머리가 나쁜 오크라도 튼튼한 성벽을 공격하는 것이 쉽지 않다는 것을 판단할 정도의 지능은 있었다. 성벽을 둘러보던 우두머리가 손을 뻗어 남쪽을 가리켰다. 성벽을 따라 이동하다가 비교적 성벽이 얇고 약한 곳을 골라서 공격하려는 심산이었다.

그런데 한나절 정도 행군하던 우두머리의 눈에 묘한 빛이 떠올랐다. 지평선 가까운 곳에 위치한 성벽이 무너져·있는 것을 본 것이다. 우두머리가 신이 나서 부하들을 진군시켰다. 아그리아 공작의 노림수가 여지없이 맞아떨어지는 순간이었다.

"꾸엑. 꾸에엑."

명령을 받자 오크 무리가 이동 속도를 높였다. 성벽만 없다면 인간들을 상대하는 것은 그리 어렵지 않다. 일단 전투만 벌이면 살아남은 녀석들은 배불리 포식할 수 있다. 그게 인간이건 오크건 상관할 바가 전혀 없었다.

그 생각 때문인지 오랫동안 굶주린 오크의 입가로 침이 질질 흘러내렸다. 저기까지만 가면 이곳까지 오는 과정에서 겪은 모든 고생을 보상받을 수 있다. 싸우다 죽거나 아니면 살아남아서 동료나 인간의 시체로 배를 불릴 수 있을 터였다.

한참을 행군하자 무너진 성벽의 모습이 뚜렷이 눈에 들어왔다. 오크 무리의 행군 속도가 서서히 빨라졌다. 그런데 얼마 가지 않아 오크 우두머리가 고개를 갸웃거리며 주위를 둘러보았다.

"꾸에엑?"

뭔가 분위기가 심상치 않았다. 마치 상위 포식자가 어딘가에 숨어서 자신들을 기다리는 듯한 느낌이었다. 바짝 긴장한 우두머리가 명령을 내려 오크 무리를 정지시켰다.

그 순간 맹렬한 바람이 스쳐 지나갔다.

쐐애애액.

바로 옆에 서 있던 부하 하나가 흔적도 없이 사라져버렸다. 깜짝 놀라 고개를 돌리자 이번에는 뒤에 있던 부하가 사라졌다. 뜻밖의 상황에 우두머리가 눈을 끔뻑거렸다. 그때 하늘에서 처절한 비명 소리가 울려 퍼졌다.

“꿰에엑.”

당장이라도 숨이 넘어갈 듯한 처절한 비명 소리에 오크들의 시선이 일제히 하늘로 향했다. 그리고 그들은 보았다. 온통 하늘을 뒤덮은 채 호시탐탐 내려꽂힐 기회를 노리는 수많은 와이번의 모습을 말이다.

지금도 서너 마리의 와이번들이 날개를 접으며 쏜살같이 하강하고 있었다. 눈 깜짝할 사이에 서너 마리의 오크가 낚아채여 하늘로 끌려갔다. 사색이 된 우두머리가 목청이 터져라 비명을 내질렀다.

“꾸꾸꾸꾸엑.”

모두 도망치라는 신호였다. 겁에 질린 오크들이 정신없이 등을 돌려 도망치기 시작했다. 그러나 그들을 향해 내려꽂히는 와이번의 수는 끝이 없었다. 줄잡아 백 마리가 넘게 몰려와 있었기에 오크 무리의 운명은 암울하기 그지없었다. 훤히 뚫린 평원에는 몸을 숨길 엄폐물이 전혀 없었다.

오크 무리의 우두머리는 사색이 되어 도망치는 중이었다. 서쪽 평원에서도 쉽게 보기 힘든 와이번 무리가 어찌하여 이곳에 출몰한단 말인가? 자유자재로 날아다니는 와이번은 오크 무리가 가장 두려워하는 몬스터였다.

그러나 우두머리는 더 이상 생각을 이어가지 못했다. 굳센 발톱에 붙잡혀 허공으로 떠오른 우두머리가 처절하게 비명을 내질렀다. 와이번의 다른 뒷발에는 이미 절명해서 축 늘어진 부하 하나가 붙잡혀 있었다. 괴성을 지르는 오크 우두머리가 못마땅한 듯 와이번이 발톱에 힘을 주어 꽉 움켜쥐었다.

우두둑.

몸에 걸친 뼈갑옷이 박살난 데 이어 늑골이 모조리 부서져나간 오크 우두머리의 몸이 축 늘어졌다.

각각 한 마리, 혹은 두 마리의 오크를 낚아챈 와이번들이 사냥을 성공시킨 데 대한 기쁨을 표시하며 열심히 둥지로 비행을 했다. 고된 행군을 해온 불운한 오크 무리의 허무한 전멸이었다.

이백 마리가 넘는 오크를 모조리 붙잡아 왔지만 무리 전체를 배불리 먹이는 것은 불가능했다. 여간해서는 먹기 힘든, 감칠맛 나는 오크 고기의 맛을 본 것으로 만족해야만 했다.

조그마한 체구의 오크는 거대한 덩치의 와이번에겐 간에 기별도 가지 않는 먹잇감이었다. 그나마 맛이 무척 좋은 편이라서 와이번들은 흡족해했다. 바로 그때 하늘 저편에서 날카로운 울음소리가 들려왔다.

키핫. 키핫, 키핫. 키핫.

먹잇감을 발견했다는 동료의 신호였다. 연달아 네 번을 울부짖는 것을 보니 수가 꽤 많은 모양이었다. 와이번들이 망설임 없이 날개를 펴고 날아올랐다. 그 수가 무리의 절반에 가까운 삼백 마리에 달했다. 이번에는 암컷들도 사냥에 가세한 것이다.

아득한 땅 위로 수많은 그림자가 접근하고 있었다. 남달리 뛰어난 와이번의 시력은 먹잇감의 정체가 오크란 사실을 정확히 판별해냈다. 수가 사백 가까이 되었기에 와이번들이 침을 질질 흘리며 날개를 접었다.

쐐애애액.

와이번들이 급강하해서 오크를 낚아채기 시작했다. 오크들은 동료의 비명 소리를 듣고 하늘을 올려다보고 나서야 와이번 무리의 공습을 알아차렸다. 곧 오크 무리의 비명 소리가 평원 가득 처절하게 울려 퍼졌다.

"꾸에에엑."

불행하게도 이번 오크 무리 역시 한 마리도 도망치지 못했다. 무려 삼백여 마리의 와이번이 사냥에 동원되었기 때문이었다. 결국 오크들은 모조리 붙들려가서 와이번의 한 끼 식사거리로 전락하는 신세가 되고 말았다.

루카스 후작가에 의해 만들어진 와이번의 둥지에는 수를 헤아릴 수 없는 오크의 뼈와 해골이 굴러다녔다. 모처럼 풍족한 먹잇감으로 포식을 한 와이번들이 만족스럽다는 듯 입맛을 다셨다. 좀처럼 맛보기 힘든 오크 고기로 배를 채운 탓인지 와이번들은 하나같이 행복해하고 있었다.

오크의 늑골이나 팔다리의 뼈는 암컷들이 가져다 둥지를 보강하는 재료로 삼았다. 그러나 쓸 데가 없는 두개골은 와이번들이 사냥을 나가면서 모조리 물어다 둥지 밖으로 던져버렸다. 끔찍한 생김새와는 달리 와이번은 생각보다 청결한 몬스터였다.

드넓은 평원 여기저기에 오크의 두개골이 떨어져 깨지는 소리가 들렸다.

콰직.

그 모습을 본 아슈레인이 만족스러운 표정을 지었다.

—오크 무리가 수도 없이 몰려온다는 리셀 녀석의 말이 맞았군. 간만에 부하들이 포식을 했어. 이곳이라면 새끼가 굶어죽는 꼴을 보지 않고 겨울을 무사히 날 수 있을 것 같군.

아슈레인이 느긋하게 눈을 감았다. 잠시 휴식을 취한 다음 다시 와이번 서식지로 돌아가 남은 부하들을 모조리 데리고 올 생각이었다. 몰려오는 오크 무리의 수를 보니 무리 전체를 먹이고도 모자람이 없을 터였다.

와이번 서식지를 이전시켜 오크의 침략을 막아낸다는 리셀의 계획은 정확히 적중했다. 공교롭게도 아슈레인이 서식지에 남은 부하들을 모조리 데리고 온 다음부터 오크 무리의 침공이 본격화되었다.

하루에도 수백 마리의 오크들이 웨스트가드 요새로 밀어닥쳤다. 일부는 굶주림을 참지 못해 곧장 공성에 나섰다가 성벽 수비병들에 의해 싸늘한 시체가 되어버렸다. 조잡한 사다리 하나만을 이용해서 공성을 하니 공격하기가 힘들 수밖에 없었다.

그러나 나머지 오크 무리는 섣불리 공격을 가하지 않았다. 그들은 공성 과정에서 죽은 동족들의 시체를 수거해서 배를 채운 다음 숫자가 불어날 때까지 차분히 기다렸다. 자신들이 숫자가 많아지면 많아질수록 강해지는 종족이라는 사실을 본능적으로 알고 있는 것이다. 그렇게 천에서 이천 마리가량이 모이면 오크 무리는 그때서야 움직이기 시작했다.

오크 무리는 곧바로 공격하지 않고 남쪽이나 북쪽 등, 한 경로를 선택해서 행군했다. 가급적 성벽이 얇고 높이가 낮은 곳을 찾아내어 집중적으로 공략하려는 계산에서였다.

그중 북쪽 방향을 택한 오크 무리는 지금까지 해왔던 대로 할 수 있었다. 비교적 낮은 성벽을 발견하고 공성에 나설 수 있었던 것이다.

성벽 수비병들 역시 오크 무리의 이동에 따라 위치를 옮겨 갔다. 현실적으로 수십 킬로미터에 달하는 웨스트가드 성벽 전체에 병력을 모두 배치하는 것은 불가능했다. 지금처럼 오크 무리의 움직임을 면밀히 정찰해서 적절하게 대처할 수밖에 없는 것이다.

공성에 나선 오크들은 아그리아 공작 가문 소속 병사들과 치열한 전투를 벌였다. 놈들에겐 인간이 죽든, 동료가 죽든 아무런 상관이 없었다. 그들에게 필요한 것은 당장 배를 채울 고기였다. 한바탕 전투를 치르면 망설임 없이 시체를 수거해서 잔치를 벌인다. 거기에는 성에서 떨어져 죽은 불쌍한 병사의 시체도 섞여 있었다.

성벽 수비병들은 오크들이 성벽 가까이 접근해서 죽은 동족의 시체를 수거해 가도 공격하지 않고 내버려두었다. 시체를 열심히 제공하며 봄까지 시간을 끌면 살아남은 오크 무리가 다시 서쪽 평원으로 돌아갈 것이기 때문이다. 매년 되풀이되는 일이다 보니 성벽 수비병들도 그러려니 하고 넘겼다.

반면 남쪽으로 향한 오크 무리는 사정이 판이했다. 한참 행군하자 허물어진 성벽이 보인다. 그러면 오크 무리는 한껏 신이 나서 행군 속도를 높인다. 성이란 방어 수단이 없다면 인간들을 더욱 수월하게 죽일 수 있기 때문이다.

그런데 얼마 가지 않아 그들은 바닥에 즐비하게 깔린 동족의 두개골을 발견하고 흠칫 놀란다. 종족을 막론하고 같은 동족의 뼈, 그것도 두개골을 보면 행동이 각별히 조심스러워질 수밖에 없다. 바로 그때 와이번의 공습이 시작된다.

와이번에 의해 낚아채여 허공으로 딸려 올라가는 동료의 비명 소리를 들은 오크들이 무심코 하늘을 쳐다본다. 그 순간 녀석들은 허공을 가득 메운 와이번 무리를 목격할 수 있다. 수를 헤아리기 힘든 와이번 무리가 하늘을 선회하며 내려꽂힐 순간만을 노리고 있었다. 그럴 경우 오크의 선택은 약속이라도 한 듯 똑같았다.

"꿰에에엑."

처절한 비명을 내지르며 온 길을 되돌아 필사적으로 도주하는 것이다. 다행히 이번 오크 무리는 전멸의 위기까지 가진 않았다. 거듭된 사냥 성공으로 배가 불렀기에 사냥에 나선 와이번들은 한두 마리를 낚아채는 것으로 만족하고 둥지로 돌아갔다.

때문에 희생된 오크는 고작해야 이백에서 삼백 마리가 전부였다. 칠백에서 천 마리 정도의 오크가 와이번의 습격에서 살아남은 것이다.

그러나 오크들은 두 번 다시 와이번의 영역으로 들어갈 엄두를 내지 못했다. 하나같이 잔뜩 겁에 질려 북쪽으로 정신없이 도망치는 것이다. 그들은 가다가 마주치는 오크 무리에게 친절하게 경고해 주는 것을 잊지 않았다.

"꾸익 꾸 꾸에엑(저곳은 와이번의 영토이다. 수를 헤아릴 수 없을 만큼 많다. 가지 마라)!"

경고를 받은 오크 무리는 지체 없이 발길을 돌렸다. 와이

번은 그 정도로 오크에게 공포감을 안겨주는 상위 몬스터였
다. 결국 오크 무리의 공격은 오로지 북쪽에 위치한 웨스트
가드 성벽으로만 집중되었다. 아그리아 공작가가 수비를 맡
은 지역이다.

폐허가 된 웨스트가드의 남쪽 성벽을 넘어 루카스 후작령
으로 가는 오크 무리는 거의 존재하지 않았다. 와이번의 영
역을 통과하는 과정에서 모조리 잡혀먹히거나 아니면 겁에
질려 북쪽으로 발길을 돌렸기 때문이었다.

덕분에 웨스트가드의 북쪽 성벽을 수비하는 아그리아 공
작가의 병사들은 실로 엄청난 곤욕을 치러야 했다. 몰려드
는 오크 무리의 수가 평소의 두 배에 달했기 때문이었다.

힘이 달리는 것을 느낀 성벽 수비병들은 끊임없이 지원을
요청했다. 워낙 많은 오크 무리가 달려들었기에 전사자가
속출했다. 게다가 오크 무리는 보충병이 도착하기도 전에
계속해서 밀어닥쳤다.

지금까지 남쪽과 북쪽으로 나눠 공격해오던 오크 무리가
모조리 공성에 가담했으니 부담이 클 수밖에 없다. 그로 인
해 후방에서 대기 중이던 아그리아 공작가의 예비 병력 대
부분이 성벽으로 투입되었다. 그것도 모자라 급보를 받은
공작령에서 잇달아 지원군이 파병되었다.

반면 루카스 후작령은 조금도 피해를 입지 않았다. 아슈
레인이 이끄는 와이번 무리가 철두철미하게 오크 무리를 막

아주었기 때문이었다.

　후방의 요새에 급조한 성벽과 목책에는 단 한 마리의 오크도 살아서 도착하지 못했다. 그 틈을 타서 루카스 후작령은 영지의 부흥과 내치에 모든 노력을 쏟았다.

〈다음 권에서 계속〉

김정률 작가 팬카페
http://cafe.daum.net/Sword

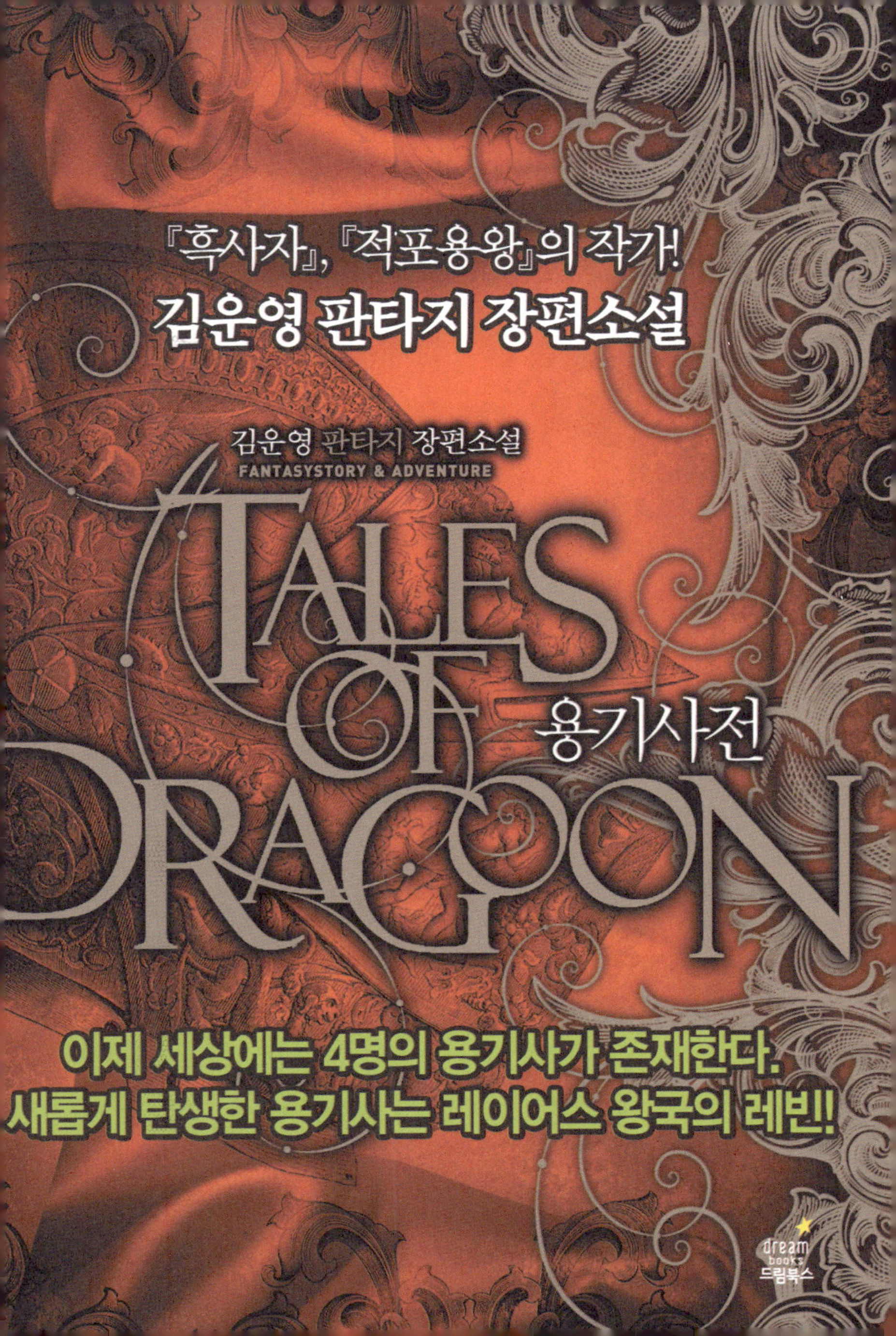

『흑사자』,『적포용왕』의 작가!
김운영 판타지 장편소설
김운영 판타지 장편소설
FANTASYSTORY & ADVENTURE
TALES OF DRAGOON
용기사전
이제 세상에는 4명의 용기사가 존재한다.
새롭게 탄생한 용기사는 레이어스 왕국의 레빈!!
dream books
드림북스

黃金公子
황금공자
김강현 신무협 장편소설
ORIENTAL FANTASY STORY & ADVENTURE
「마신」, 「전신」, 「마룡전」의 작가!
김강현 신무협 장편소설
「황금공자」
천하제일인이었던 혈룡귀갑대주 금철휘!
천하제일 금룡장의 소장주가 되어
금력을 휘두르다!
dream books
드림북스

장르문학을 세공하는 판타지 소설계의 장인(匠人)
『아트 메이지』, 『하이로드』의 작가

기천검 판타지 장편소설

케노스 천기

KENOTH
BIOGRAPHY

명예의, 명예에 의한, 명예를 위한 전사 케노스!
전사의 새로운 패러다임을 제시한다.

dream
books
드림북스

Noblesse

노블레스

손제호 장편소설
Son Je ho popular literature

극화 사상 최대 조회수를 자랑하는
네이버 화요웹툰 노블레스의 소설판!

손제호 장편소설 『노블레스』

사립 예란 고교에 온 의문의 전학생.
그 정체는 820년 만에 깨어난 노블레스!

dream books
드림북스